جنم جلی

(افسانے)

رضیہ فصیح احمد

Janam jali *(Short Stories)*

by: Razia Fasih Ahmad

Edition: June '2024
Publisher :
Taemeer Publications LLC (Michigan, USA / Hyderabad, India)

ISBN 978-93-5872-964-1
9 789358 729641

کتاب	:	**جنم جلی** (افسانے)
مصنف	:	**رضیہ فصیح احمد**
صنف	:	فکشن
ناشر	:	تعمیر پبلی کیشنز (حیدرآباد، انڈیا)
سالِ اشاعت	:	۲۰۲۴ء
صفحات	:	۱۶۴
سرورق ڈیزائن	:	تعمیر ویب ڈیزائن

فہرست

گھر

ایمسٹرڈیم کے ڈیم اسکوائر میں ربیعہ کے انتظار میں ٹہلتے ہوئے میں ماضی میں بہت دور نکل گیا۔
ہم دونوں پاک امریکن کلچر سینٹر میں انگریزی کا گریجوایٹ کورس کر رہے تھے۔ میں تقریباً ہر سال یہ کورس کیا کرتا تھا اس لئے کہ میری انگریزی ذرا درست رہے اور اس لئے بھی کہ میں ریلوے کے اس بوسیدہ دفتر میں پڑے پڑے یہاں کی مسلوں کی طرح گل سڑ کر ختم نہ ہو جاؤں ـــــ اور اس لئے بھی کہ ہماری انگریزی کی اُستاد بے حد شریف خاتون تھیں اور انہوں نے مجھ سے کبھی نہیں پوچھا کہ میاں تم جو ہر سال منہ اٹھا کے میری کلاس میں چلے آتے ہو تو تم ٹرم کے فیس کے پیسے بھی بھرتے ہو یا نہیں۔ ریلوے میں بے جگری سے کام کرنے کی کوئی ایسی روایت نہیں ہے اور دوپہر کے کھانے کے بعد ٹھیک تین بجے کون کم بخت کام کر سکتا ہے۔ چنانچہ ایسے وقت جب میرے ساتھی کرسیوں پر ٹیڑھے بانکے لیٹ کر قیلولہ کرتے، میں پاک امریکن کلچرل سینٹر میں پنکھے کے نیچے دس پندرہ لڑکے لڑکیوں کے ساتھ بیٹھ کر اپنی انگریزی کو ہوا دے لیا کرتا تھا اور مجھے یہ احساس رہتا تھا کہ میں ناک کی پھنگوں پر چشمے ٹکائے بابوؤں کے قبیلے سے نہیں ہوں۔ طالب علم برادری سے ہوں اور مجھے جلد یا بدیر وہاں کا اونگھتا ہوا ماحول چھوڑ کر زندہ انسانوں میں لوٹ کر آنا ہے۔ یہاں میں نے پہلی مرتبہ ربیعہ کو دیکھا جو انگریزی کے اس کورس کو نہایت سنجیدگی سے لے رہی تھی۔ جیسے لوگ محض تفریحاً کرتے تھے۔ وہ نہ صرف کلاس کا کام باقاعدگی سے کرتی۔ بلکہ گھر میں خود سے کام کر کے ٹیچر کو دکھاتی اور نہایت باقاعدگی سے برٹش کونسل لائبریری جاتی اور وہاں سے ایسی کتابیں لاتی جو زبان کے سیکھنے میں معاون ہو سکتی ہیں۔

ربیعہ مجھے شروع سے ہی اچھی لگی تھی۔ اس میں ایک خاص قسم کا ٹھہراؤ اور بانکپن تھا۔

باتیں بھی بڑی دلچسپ اور مجھے دار کرتی تھی۔ وہ خوبصورت نہیں تھی۔ مگر خوش شکل تھی اور ایک خاص طرح کی نفاست اس میں تھی۔ جو مجھے اپنے خاندان کی لڑکیوں میں کبھی نظر نہ آتی تھی۔ اس کے پروگراموں پر تھوڑی سی ریسرچ کرنے کے بعد مجھے اندازہ ہوگیا کہ وہ کون کون سے دن برٹش کونسل لائبریری جاتی ہے اور میں نے اپنے پروگرام کا ڈول یوں ڈالا کہ جب بھی ربیعہ وہاں جائے اتفاقاً ہماری ملاقات ہو جایا کرے۔ اس زمانے میں لڑکے لڑکیوں کا ملنا عام نہیں تھا۔ مگر سر راہے ساتفاقاً مل جانے پر گفتگو کر لینے میں کوئی ایسی برائی بھی نہیں سمجھی جاتی تھی۔ چنانچہ ہم اکثر اپنی اپنی کتابیں تھامے کھڑے باتیں کیا کرتے تھے۔ پھر یوں بھی ہوا کہ جہاں بیٹھ کر وہ کتابوں کی ورق گردانی کر رہی ہے۔ مجھے بھی وہیں جگہ مل گئی۔ ایک ایسے ہی موقع پر میں نے اس سے پوچھ ہی لیا کہ وہ انگریزی ادب کے مقابلے میں انگریزی زبان و قواعد کو کیوں اتنی اہمیت دے رہی ہے اور اس نے جھجکتے ہوئے بتایا کہ اسے لندن میں ایک اسکالرشپ ملنے کی امید ہے اور وہ چاہتی ہے کہ وہاں جا کر اسے زبان کے سلسلے میں زیادہ دقت نہ ہو۔ ربیعہ کی اس بات نے مجھے اپنے مستقبل کی ایک نئی راہ سجھائی۔ ان دنوں ہمارے ملک پر برطانیہ کی خاص نظر عنایت تھی اور مختلف مضامین میں ڈھیروں وظیفے ملا کرتے تھے۔ کیا ایسا نہیں ہو سکتا کہ میں بھی کسی اسکالرشپ پر لندن چلا جاؤں۔ اب تو ربیعہ سے رابطہ رکھنا اور بھی ضروری ہوگیا۔ چنانچہ اگلی ملاقات پر میں نے کچھ اور تفصیلات جاننے کی کوشش کی اور پتہ چلا کہ ربیعہ کے چچا حکومت میں ایسے عہدے پر فائز ہیں کہ اپنے رشتے داروں کو آسانی سے وظیفوں پر باہر بھجوا سکتے ہیں۔ اب میرے تو سرے سے کوئی سگے چچا ہی نہیں تھے۔ رشتے کے جو تھے ان میں سے کوئی ایسے عہدے پر فائز نہیں تھا۔ اگر ہوتا بھی تو لمبی قطار میں میرا نمبر کہیں بہت پیچھے ہوتا۔ رشتے داری کا چکر چھوڑ کر میں نے محض اپنی قابلیت کی بنا پر باہر جانے کی کوشش شروع کر دی۔ محض قابلیت تو کام نہ آئی۔ مگر ڈھیر سی ڈگریوں اور سرٹیفکیٹ کے ساتھ ایک دوست کے چچا کی سفارش کام آگئی۔ ربیعہ اور میں آگے پیچھے ہی لندن کے لئے روانہ ہوئے۔

شروع شروع میں مجھے انگلستان کی زندگی یوں لگی جیسے کسی قید خانے سے نکلا ہوں۔ کوئی روک ٹوک نہ تھی۔ گھر سے نکلو تو کوئی پوچھنے والا نہ تھا کہ کہاں جا رہے ہو۔ کوئی چھوٹا بہن بھائی ہر وقت ساتھ چلنے کو تیار نہ رہتا تھا کوئی بزرگ ہر ملاقات پر یہ نہ پوچھتے تھے کہ میاں صاحبزادے تمہارے امتحان کا نتیجہ کیا رہا، خواہ امتحان کو ایک سال باقی ہو خواہ ایک مہینہ کوئی کسی کے معاملات میں دخل نہ دیتا تھا۔ ایسے میں ربیعہ سے ملاقات کرنا اور ملتے رہنا بھی مشکل نہ تھا۔ تقریباً ہر ویک اینڈ پر، ہم کسی نہ کسی چوک پر ملاقات کی جگہ اور وقت مقرر کرتے کبھی ٹرافلگر سکوائر، کبھی پکاڈلی سرکس، کبھی کوئی اور جگہ، پھر وہاں سے اکٹھے سیر کرتے، چائے پیتے، کھانا کھاتے رات کو ایک دوسرے کو خدا حافظ کہتے۔ لندن میں ربیعہ کو بھی آزادی کی فضا میں سانس لینے کا عجیب سکھ بھرا احساس تھا۔ حالانکہ وہ ایک کھاتے پیتے اور ماڈرن خاندان کی لڑکی تھی۔ لیکن ان کے ہاں زیادہ تعلیم اور تعلیم کے لئے دوسرے ملکوں میں مارے مارے پھرنے کا تصور خاصا بھیانک تھا۔ خاندان کی زیادہ تر لڑکیاں نہایت کم عمری میں گھر بار بسا کر بیٹھ جاتی تھیں اور غیر ملکوں میں جانے کے بجائے وہاں کی ڈشز پکا کر کھانے اور کھلانے پر اکتفا کرتی تھیں۔ ہم نے ایک دوسرے کو خاندان کے ہر فرد سے اتنا متعارف کروا دیا تھا کہ بغیر دیکھے بھی یوں محسوس ہوتا تھا۔ جیسے میں ربیعہ کے اور ربیعہ میرے گھر والوں سے مل چکی ہے۔ ربیعہ اس ساری بات سے خوب واقف تھی کہ میرا گھرانہ اتنا متمول نہیں ہے۔ میرے والد کا انتقال ہو چکا ہے۔ بہت سے بہن بھائی ہیں جن کا بوجھ بڑے بھائی سنبھال رہے ہیں، جو خود بھی، بیوی بچوں والے ہیں میں ریلوے کی نوکری سے ان کا بوجھ بٹا رہا تھا مگر اب وہ ہی سب کی کفالت کر رہے ہیں، دو بڑی بہنوں نے چھوٹی موٹی نوکریاں کر لی ہیں اور وہ سب میرے اچھے مستقبل سے بہت سی امیدیں وابستہ کئے بیٹھے ہیں۔

ہم دونوں کے گھر والے لمبے چوڑے خطوط لکھتے اور کیسٹوں میں نہایت جذباتی قسم کے پیغامات بھر کر بھیجتے جن کو ہم اکٹھے بیٹھ کر یوں سنتے جیسے ریڈیو پر کوئی مزاحیہ پروگرام سن رہے

ہوں اور پھر وہ سارے خطوط اور کیسٹ میزوں کی درازوں میں ڈال کر بھول جاتے۔ یہ دم لڈ رستی موسم، پیسے کی کمی وغیرہ کئی بہلانے خط نہ لکھنے کے ہمارے پاس تھے۔ گو ان میں سے کوئی بھی معقول نہیں تھا۔ یوں انگلستان کی آزاد سرزمین میں ہفتے اور اتوار کا دن اکٹھے گزارتے ہوئے ہم آہستہ آہستہ نزدیک آتے جا رہے تھے اور اپنے دوستوں کے حلقے میں ہماری دوستی مستند ہوتی جا رہی تھی۔

جس دن میں نے ربیعہ سے شادی کی درخواست کی۔ اس دن ہم نے ٹرافلگر سکوائر پر ملنے کا وعدہ کیا تھا۔ اسے آنے میں کچھ دیر ہو گئی تھی اور میں سنگِ موسیٰ سے بنے ہوئے کالے شیروں، ایڈمرل کی ٹیڑھی ٹوپی اور غٹر غوں کرتے کبوتروں کو دیکھتے دیکھتے اکتا چکا تھا۔ اس دن روز سے کچھ زیادہ گرمی تھی بچے فواروں کے نیچے اچھل کود رہے تھے اور جوان لڑکیاں لڑکے انگوری پانی میں پاؤں ڈالے بیٹھے تھے۔ ہمیشہ کی طرح ٹورسٹوں کا ہجوم تھا۔ مگر میرا دل کسی چیز میں نہیں لگ رہا تھا اور ربیعہ کے انتظار کی لذت اب کرب کی شدت میں بدلتی جا رہی تھی۔ ایسے میں جب وہ نظر آئی تو میرے دل کی ایک دھڑکن میں کمی یا بیشی ضرور ہوئی۔ آج وہ ہمیشہ سے زیادہ اچھی لگی۔ لندن آن کر اس کا رنگ نکھر گیا تھا اور جسم کے خطوط زیادہ دلآویز ہو گئے تھے۔ آج وہ ایسی ساڑھی پہنے ہوئے تھی جیسے کسی نے کپڑے پر رنگ کے چھینٹے مار دیئے ہوں۔ وہ سراپا بہار سی نظر آ رہی تھی۔ میں نے اس کا ہاتھ تھاما اور ہم ایڈمرلیٹی آرچ سے گزرتے ہوئے سینٹ جانس پارک میں چلے گئے۔ فلورنس نائٹ انگیل کے مجسمے اور انجانے سپاہی کی قبر کے پاس سے تازہ کٹی ہوئی بجری کی سرخ سڑک پر چلتے ہوئے، ہم جھیل کے کنارے بیٹھ گئے وہاں خنکی تھی۔ جھیل میں کنول کی شکل کے فوارے سے پانی اچھل اچھل کر دوبارہ جھیل میں گر رہا تھا۔ سیاہ بطخیں پانی میں بے آواز تیرتی پھر رہی تھیں۔ جیسے درخت سے گر کر پتے پانی میں چپ چاپ بہتے چلے جاتے ہیں۔ جھیل کے درمیان دلوز کے گھنے جھنڈ تھے۔ جن کے سہرے کی لڑیوں کی طرح گرتی شاخیں زمین کو چھو رہی تھیں اور ان میں

پھر بھی ہزاروں لاکھوں چڑیوں کی چہکار سے کان پڑی آواز سنائی نہ دیتی تھی۔ ایسے میں کینوس کی کرسیوں میں دراز ہم ماحول کے سحر میں کھوئے ہوئے تھے کہ اچانک بغیر کسی تیاری کے میں نے اس کا ہاتھ تھام کر کہا

"اب ہمیں شادی کر لینی چاہیئے کیونکہ یقیناً اب ہم ایک دوسرے کے بغیر نہیں رہ سکتے۔"

اس نے میری طرف ادا سے دیکھا۔ دھیرے سے مسکرائی اور کہا

"یہ تم میری طرف سے اتنے یقین سے کیسے کہہ رہے ہو؟"

"اس لئے کہ میں جانتا ہوں۔۔۔۔"

"اگر میں کہوں کہ تم نہیں جانتے۔۔۔۔"

"تو میں یہ بات ماننے کے لئے تیار نہیں ہوں۔۔۔۔"

"ہٹ دھرمی کی بات اور ہے۔۔۔۔ اس کے علاوہ جس طرح تم نے پروپوز کیا ہے۔ یہ مشرقی آداب ہیں نہ مغربی۔ طریقہ یہ ہوتا ہے کہ مرد شادی کی پیش کش کرتا ہے اور لڑکی یا اس کے والدین سے لڑکی کے ہاتھ کا طالب ہوتا ہے۔"

"اچھا تو لو۔ میں فوراً کرسی سے اٹھا اور جھیل کے بھیگے کنارے پر ربیعہ کے سامنے دو زانو ہو گیا۔ اپنا ایک ہاتھ آگے بڑھا کر ڈرامائی انداز میں کہا۔۔

کیا تم مجھ سے شادی کرنا پسند کرو گی؟

ربیعہ اس اچانک حملے کے لئے تیار نہ تھی۔ وہ ایک دم گلنار ہو گئی کیونکہ آس پاس بیٹھے ہوئے لوگ یکایک ہماری طرف متوجہ ہو گئے تھے۔ ایک اخبار پڑھتا بوڑھا ہنسا اور اس نے اخبار پر سے نظر ہٹا کر اپنی جھریوں بھرے چہرے، مسکراتی آنکھوں اور ہلتی گردن کے ساتھ ہمیں مبارک باد دی۔ ربیعہ گھبرا کر اٹھ کھڑی ہوئی۔ میں بھی ہنس پڑا۔ جیسے یہ سب مذاق ہو اور اس کا ہاتھ پکڑ کر اسے بال مال کی طرف لے چلا اور بکنگھم پیلس پہنچنے سے پہلے پہلے ربیعہ شادی کے لئے تیار ہو چکی تھی۔ میں نے جب اسے باہوں میں لے کر پیار کرنا چاہا

تو وہ بری طرح بدکی۔ میں نے اس کے کان میں کہا۔

"ڈرو نہیں، یہ کراچی کا پاکستان چوک نہیں ہے۔ یہاں کوئی نظر اُٹھا کر نہیں دیکھتا۔"

"نہیں۔ نہیں کوئی دیکھے نہ دیکھے ہم اپنی روایتوں کو نہیں بھول سکتے۔ ہم نہیں بدل سکتے۔"

"کیوں نہیں۔ ہم چاہیں تو بدل سکتے ہیں اور بدلے بھی ہیں۔ کیا کراچی میں ہم اس طرح ہاتھ میں ہم ڈال کر پھر سکتے تھے؟"

"ہاں کسی حد تک۔ مگر انسان اندر سے نہیں بدل سکتا۔"

"ارے بھئی انسان تو ہر لحظہ بدلتا رہتا ہے، کم از کم فلسفی تو یہی کہتے ہیں۔"

"جی نہیں۔ مجھ سے بدلنے کی توقع نہ کرنا۔ میں ایسی ہی رہوں گی۔ جیسی ہوں۔ بولو منظور"

"منظور۔ مگر میں ہر لحظہ بدلتا رہوں گا۔ مجھے یوں ہی دیکھنے کی تمنا نہ کرنا۔"

"اسی کا مطلب ہے تمہاری وفائیں بھی بدلتی رہیں گی۔"

"تو پھر کیا ہوا۔ تم تو ویسی ہی رہو گی۔ کیونکہ تمہارا نظریہ ہے کہ انسان بدل ہی نہیں سکتا۔"

"جی نہیں اس خیال میں نہ رہنا۔ ۔ ۔ ۔" وہ کچھ اور کہتی مگر میں نے اسے زیادہ نہ بولنے نہ دیا۔ پہلے پہلے پیار کے لمحے بحث وتمحیص میں گنوانا سراسر زیادتی تھی۔

شادی کے باوجود ہماری رہائش الگ الگ رہی۔ یہ بڑی عجیب اور دلچسپ صورتحال تھی کہ ہم میاں بیوی ہوتے ہوئے بھی ساتھ نہ رہ سکتے تھے۔ میں اس صورت حال سے بے حد غیر مطمئن تھا۔ مگر ربیعہ مطمئن تھی۔ کبھی کبھار یہاں وہاں کا ملاپ اس کی رومانی طبیعت کے عین مطابق تھا۔ جب بھی میں زور دیتا کہ ہم ایک الگ گھر لے کر اکٹھے رہیں تو اسے سنجیدگی سے نہ سنتی۔ "اس میں کتنا بکھیڑا ہو گا اور کتنا خرچ سوچو تو" مگر میں کچھ سوچنا نہیں چاہتا تھا۔ میں قرب چاہتا تھا۔ جب کسی رو سے بھی ہم میں فاصلہ نہیں ہونا چاہیئے تھا۔ بلا وجہ کا یہ فاصلہ میں برداشت نہیں کر سکتا تھا۔ جب کچھ فیصلہ نہ ہو سکا تو ہم نے طے کیا کہ کم از کم

گرمیوں کی چھٹیاں تو لندن سے باہر اکٹھی گزاری جائیں اور اس سیر کے لئے ہم نے ہر طرح پس انداز کرنا شروع کر دیا۔

عجیب اتفاق تھا کہ ہم چھٹیوں کے لئے روانہ ہو رہے تھے مجھے ایک دن لندن میں رکنا پڑ گیا اور دوسرے دن ہماری ملاقات پیرس کے ایک چوک پر ہوئی۔ لندن ایئرپورٹ پر ربیعہ کو رخصت کرتے ہوئے میں نے کہا۔

"جاؤ، ایک دن کے لئے تم آزاد ہو، پھر تم میری قید میں ہوگی۔"

"تم قید اور گرفتاری کی بات نہ کرو۔ میں کسی کی قید میں رہ ہی نہیں سکتی۔" ربیعہ نے جواب دیا تھا۔

"مانو یا نہ مانو تم ایک جن کی قید میں ہو۔"

"جن میرا کچھ نہیں بگاڑ سکتا... میرے پاس اسم اعظم ہے۔ میں جب چاہوں جن کے جنگل سے نکل سکتی ہوں۔"

"اچھا دیکھیں گے تم اس جن کے چنگل سے کیسے نکلتی ہو۔"

"یوں چٹکی بجاتے"۔ اس نے چٹکی بجائی اور میرے ہاتھوں کے حلقے سے نکل گئی۔

"وہ جن دوبارہ تمہیں گرفتار کرے گا۔" میں نے اسے پھر اپنے حلقے میں لے لیا اور ہم دونوں ہنسنے لگے۔

اور پیرس میں وہ دن جیسے خواب میں گزرے۔ میں نے لندن میں ربیعہ کو اتنا خوش کبھی نہیں دیکھا تھا۔ یوں لگتا تھا جیسے پیرس شہر بسایا ہی اس لئے گیا ہے کہ نئے شادی شدہ جوڑے ایک دوسرے میں گم ہو سکیں۔ ایک دوسرے کو پا سکیں۔ ان دنوں پیرس میں جیسے ہم ہی ہم تھے اور کچھ نہ تھا۔ ہم کچھ بھی دیکھتے ایک دوسرے کی رفاقت کے حوالے سے جیسے ہم دونوں شفاف شیشے کے ہوں اور دوسرے کے آر پار پیرس کو دیکھ رہے ہوں۔ سین کے پانی پر بڑے سے بجرے میں کرسیوں پر بیٹھے ہوئے ہم اس پر بنے ہوئے وضع وضع کے پلوں اور

کناروں کی گزرتی عمارتوں کو حیرت اور مسرت سے دیکھتے رہتے اور ہمارے اندر دمکتی خوشی کی لو تیز ہوتی رہتی۔ ایفل ٹاور پر چڑھتے ہوئے جب یوں محسوس ہوتا کہ کسی نے کھڑے کھڑے ہمارے سر پر رسّی باندھ کر اوپر کھینچ لیا ہے تو ربیعہ مارے خوف کے مجھ سے چمٹ جاتی۔ مگر اس مسرت بھرے خوف سے اس کا چہرہ پہلے سے بھی زیادہ خوبصورت ہو جاتا۔ پیرس میں شانزے لیزے کا شور و شر بھی بھلا لگتا تھا۔ روشنیوں کی قطاریں اور لپاک جھپاک بھاگتے لوگ اور زون زون کرتی کاریں اور شانزے لیزے سے ذرا ہٹ کر سینزے اور ولوز میں چھپی ہوئی بنچیں جہاں ربیعہ تھوڑی دیر میری گود میں سر رکھ ستا لیتی اور آنکھیں بند کر کے ہم نزدیکی ریستورانوں سے آنے والی موسیقی کا لطف اٹھاتے اور میرے دل سے دعا نکلتی اسے کاش ہماری زندگی پیرس کی طرح حسین، رواں دواں اور آسان ہو جائے۔

پیرا تھون کی چھبیس سال میں بنی ہوئی قوی الجثہ عمارت اور اس کے لمبے لمبے منقش ستونوں کو دیکھتے ہوئے بھی اس پر ایک عجیب کیفیت طاری تھی۔ اس کا چہرہ کسی اندرونی خوشی سے دمک رہا تھا اور جب ہم اس عمارت کے بے حد مضبوط تہہ خانے میں روسو، والٹیر ایملی زولا اور کئی قبروں کو دیکھتے پھر رہے تھے تو ربیعہ کے چہرے پر ایسا مقدس سکون تھا جیسے وہ مصر کے معبدوں میں گھومتی کوئی پجارن ہو۔

ان دنوں وہ اتنی خوش تھی کہ اسے میری کسی بات سے اختلاف کرنے کا خیال بھی نہ آتا تھا اور نہ وہ کبھی تھکن کا اظہار کرتی تھی۔ یہ ضرور ہوتا کہ جب ہم اپنے ٹھکانے پر پہنچتے تو وہ جوتے پہنے پہنے بستر پر دراز ہو جاتی اور سو جاتی۔ میں آہستہ سے جوتے اتارتا اور اس کے پرسکون چہرے کو دیکھتا رہتا جو کسی معصوم اور مطمئن بچے کے چہرے سے کسی طرح کم نہیں تھا۔ ایک دن نوتر ڈیم کے گرجا گھر میں سینکڑوں موم بتیوں کے سائے میں کھڑے ہو کر اس نے مجھ سے تصویر اتارنے کے لئے کہا تھا۔ روشنیوں اور سایوں کے امتزاج میں

اس کا پروفائل کسی عظیم آرٹسٹ کی بنائی ہوئی پینٹنگ کا تاثر لئے ہوتے تھا۔

چھٹیاں ختم ہونے سے چند دن پہلے ہی ہم لندن واپس لوٹ آئے کیونکہ میں ساتھ رہنے کے لئے کسی نہ کسی گھر یا کمرے کا انتظام کرنا چاہتا تھا۔ آخر ساری تگ ودو اکیلے کرنے کے بعد میں نے اس فصل کو وصل سے بدل لیا۔ میں نے ایک کمرے باورچی خانے اور غسل خانے پر مشتمل ایک گھر کا انتظام کر ہی لیا جس میں ربیعہ کے کہنے کے مطابق بہت جھمیلے اور بکھیڑے پڑے مگر میں اس سے کہتا کہ بھئی شادی شدہ زندگی میں یہ بکھیڑے کبھی نہ کبھی تو آئیں گے ہی، تو کیوں نہ ہم ابھی سے انہیں قبول کرلیں۔ بظاہر ربیعہ نے بھی انہیں خندہ پیشانی سے قبول کر لیا۔ گرمیوں کا سہانا موسم لندن میں بھی بڑے مزے میں گزرا۔ چھم چھم کرتی بارش ہمیشہ سے زیادہ حسین لگتی۔ ہم ایک دوسرے کے پیچھے چھپ چھپ کرتے بھاگتے۔ جس طرح بچپن میں بارش میں بھیگنے میں مزا آتا تھا۔ اب بھی وہی لطف ملتا۔ ہم برساتیوں کے ہڈ پیچھے ڈال کر چہرے پر گرتی پھوار کا لطف لیتے "سرپن ٹائن" کے کنارے ٹہلتے اور جھیل میں گرتی بوندوں کا تماشا دیکھتے رہتے۔ گھنٹوں وہاں کے شیشے کے بنے ہوئے ریستوراں میں بیٹھے کراچی کی چپچپاتی گرمیوں کی باتیں کرتے۔ یا اللہ کتنا گندا موسم ہے کراچی کا لندن تو اس کے مقابلے میں بہشت ہے۔ جون جولائی میں ساری دنیا جیسے لندن میں ڈھل آتی تھی۔ جدھر جاؤ میلہ سا لگا ہوا تھا۔ پھر ایک دن میں سینکڑوں کھیل تماشے۔ پچاس ڈرامے بیلے اور آرٹ کی نمائشیں اور کیا کیا کچھ۔ خاصا پیسہ ہم نے ان پر لٹایا۔ چند دن کے عیش کے بعد ہم پھر اپنے اپنے کاموں میں جٹ گئے۔ مگر اب وہ پہلے کی سی بات نہیں رہی تھی۔ گھر کے کام ہی دم نہ لینے دیتے تھے۔ پھر اپنی اپنی پڑھائی۔

جوں جوں سردیاں بڑھتی گئیں۔ یوں لگتا جیسے ہم موم کی طرح جمتے جارہے ہوں۔ کام کرنا دوبھر ہو جاتا۔ ہمارا گھر گرم نہ تھا۔ اسے گرم کرنے کے لئے گھنٹہ بھر بعد پیسے ڈالنے پڑتے۔ ہم اس قسط وار گرمی پھینکنے والے ہیٹر کے آگے بیٹھے کراچی کے دسمبر جنوری کے نرم گرم موسم کو

یاد کرنے اور آہیں بھرتے۔ کراچی میں بعض اوقات پوری سردی کا موسم بغیر سویٹر پہنے گزر جاتا تھا اور یہاں روئی کا دگلا بننا پڑتا تھا۔ سردی میں باہر جانا، واپس آکر گیلے موزوں اور جوتوں کو سکھانا۔ برساتیوں اور چھتریوں کا سنبھالنا ہی دوبھر ہو جاتا۔ اندر بیٹھے برف کے جھکڑوں کو دیکھتے تو دل اڑنے لگتا۔ باہر نکلتے تو دھند میں سے جھانکتی زرد روشنیاں بیمار اور لاغر مریضوں کی طرح نظر آتیں۔ وہ گرمیوں کی شامیں جب رات کے نو بجے تک اُجالا پھیلا رہتا تھا جیسے خواب و خیال ہو گئی تھیں۔ دوپہر دو بجے سورج ڈوبنے کی کرتا اور ٹھنڈ سے ہاتھ پاؤں اینٹھنے لگتے۔ سردی ہڈی کے گودے تک پہنچتی معلوم ہوتی۔ انگلستان میں روئی تھی نہیں، دوئی بھی کب تک کام آتی۔ سردی کے ختم ہونے ہونے تک ہم دونوں تھک کر چور ہو چکے تھے۔ لشتم پشتم چند مہینے کھینچے اور پھر اپنے وطن بھاگے۔

یوں تو میرے والدین بھی کراچی میں تھے اور ربیعہ کے بھی مگر سوال یہ تھا کہ رہا کہاں جائے۔ میرا گھر ربیعہ کو ہاتھوں ہاتھ لینے کو تیار تھا۔ مگر وہاں تل دھرنے کی جگہ نہ تھی۔ آٹھ بہن بھائی شادی شدہ بھائی اب کنبے والے تھے اور سب اسی گھر میں رہتے تھے۔ ربیعہ دو ہی دن میں اوبھ گئی اور اپنے گھر چلنے کی باتیں کرنے لگی۔ میں اس گھر میں جا کر کیسے رہ سکتا تھا۔ جہاں ہماری شادی کو نہایت بے جوڑ قرار دیا گیا تھا۔ ربیعہ جو بہت خوبصورت اور قابل ہونے کے ساتھ ایک کھاتے پیتے گھر کی فرد تھی جسے ایک سے ایک شاندار رشتہ مل سکتا تھا۔ متوسط طبقے کے ایک نہایت معمولی لڑکے کے ساتھ پھنس گئی تھی۔ جو کچھ کھاتا کماتا نہ تھا اور جس کا گھر چیونٹیوں بھرا کباب تھا۔ میرے سسرال والے اتنے اسٹیٹس کانشیس تھے کہ ان کے گھر کے پالتو جانور تک مجھے حقیر سمجھتے تھے۔ کتا کسی ڈوم ڈھاری دھوبی اور فقیر کو برداشت کر لیتا مگر مجھے دیکھتے ہی کاٹنے کو دوڑتا۔ سفید جھاگ سی ایرانی بلی مجھے اپنے صوفے پر بیٹھے دیکھ کر خاموش ناگواری سے اُٹھ کر وقار سے چلتی ہوئی دوسرے صوفے پر دراز ہو جاتی۔ سالے ایک گنہ دُور سے ہاتھ ملاتے اور جلدی جلدی ضروری کاموں پر نکل جاتے۔ سالیاں جو دوسرے

بہنوئیوں سے اٹھلا اٹھلا کر گھنٹوں باتیں کرتیں، مجھے دیکھتے ہی کمرفل میں دبک جاتیں ساس یا تو لئے دیتے رہتیں یا باتیں کرتیں تو ایسی کہ ایک بات میں دو دو نہیں چار چار مطلب ہوتے۔ ان کے سب بیٹے باہر سے لمبی لمبی گاڑیاں لے کر آئے تھے۔ سب ڈیفنس سوسائٹی میں رہتے تھے۔ یہی حال بیٹیوں کا تھا۔ سب اپنے اپنے گھر میں راج رج رہی تھیں۔ صرف ربیعہ تھی جو ابھی تک "سیٹل" نہیں ہوئی تھی۔

میں ان کو بتاتا تھا کہ مجھے اور ربیعہ کو ٹک کر بیٹھنے کا اتنا شوق بھی نہیں ہے۔ مگر وہ یہ بات ماننے کو تیار نہ تھیں۔ درخت وہی اچھا ہوتا ہے جس کی جڑ مضبوط ہو، تنے ہوں، شاخیں لمبی ہوں۔ پھول اور پھل دے۔ مگر جڑ والے پودوں کا کیا ہے۔ خود بخود ہی سوکھ جاتے ہیں۔ ورنہ جب دل چاہا کسی اور نے اکھاڑ پھینکا مشکل یہ تھی کہ یہ باتیں رفتہ رفتہ ربیعہ کو بھی وزنی لگنے لگی تھیں۔ وہ انگلستان میں یہاں کی ذہنیت کا مذاق اڑاتی تھی۔ مگر اب اسے رکشا اور ٹیکسی میں بیٹھتے ہوئے شرم آنے لگی تھی۔ ایک ساری کو دوسری دفعہ کسی تقریب میں پہنتے ہوئے ناگواری کا احساس ہوتا تھا۔ رہنے کا سلسلہ یہ تھا کہ ربیعہ اپنے میکے میں رہتی تھی اور میں اپنے گھر۔ ہم اب چوکوں پہ تو نہ ملتے تھے۔ مگر کبھی وہ آ جاتی، اور ہمارے گھر والے با اصرار اسے دو ایک دن کے لئے ٹھہرا لیتے اور کبھی میں چلا جاتا تو ربیعہ کے گھر والے با دل نخواستہ مجھے دو چار دن برداشت کر لیتے۔ یہ صورت حال میرے لئے خاصی عذاب ناک تھی۔ جسے میں زیادہ دن نہ جھیل سکتا تھا۔

جس طرح ربیعہ کو یہ احساس ہونے لگا تھا کہ اس کے گھر والے ٹھیک ہی کہتے ہیں کہ یہ رشتہ اس کے لئے مناسب نہیں تھا۔ اسی طرح میں بھی محسوس کرنے لگا تھا کہ میرے گھر والے بھی صحیح سوچتے تھے وہ صاف صاف نہیں کہتے تھے، مگر یہ بات روز روشن کی طرح عیاں تھی۔ کہ ان کی بہت سی امیدیں میرے ساتھ وابستہ تھیں۔ بھائیوں کی تعلیم اور بہنوں کی شادی کے جو اخراجات مجھے اٹھانے چاہئیں تھے، ان میں ربیعہ نے قبل از وقت حصہ بٹا کر کچھ اچھا نہیں

نہیں کیا تھا۔ مگر اب کچھ نہیں ہوسکتا تھا۔ میں اور ربیعہ ایک دوسرے سے محبت کرتے تھے۔ اس میں شک کی کوئی گنجائش نہیں تھی اس کے باوجود ہم ایک دوسرے سے دور تھے اور جب نزدیک آتے تھے۔ تو صورتِ حال سے پریشان ہو کر لڑنا شروع کر دیتے تھے۔ بند کمروں میں یہ لڑائیاں مسلسل بدن شدت اور تندی اختیار کرتی گئیں۔ جسمانی دوری سے بگڑے مزاجوں پر خارجی حالات جلتی پر تیل کا کام کر رہے تھے۔ آخر میں نے واپس جانے کا فیصلہ کر لیا۔۔۔ مگر ربیعہ واپس جانے کو تیار نہیں تھی۔ اس کی اپنی ریسرچ میں دلچسپی بھی نہ ہونے کے برابر رہ گئی تھی۔ اس کا کہنا تھا کہ جب وہ گھر کے کاموں میں اُلجھ کر اپنی ریسرچ جاری رکھ ہی نہیں سکتی تو باہر جانے کی کیا ضرورت ہے اس کا خیال تھا کہ مجھے بھی ان کی سسرال کی بزنس میں کھپ جانا چاہیئے۔ تاکہ ہم ٹھاٹھ سے نہیں تو کم از کم آرام سے رہ سکیں۔ میں اس کے لئے تیار نہیں تھا۔ ابھی ہم کسی نتیجے پر نہیں پہنچے تھے کہ کراچی میں لسانی جھگڑے شروع ہو گئے۔ ربیعہ ہاؤسنگ سوسائٹی میں رہتی تھی۔ میں ناظم آباد میں رہتا تھا۔ درمیان میں لسبیلہ کا پُل تھا۔ جب بھی ہنگامے ہوتے اس پُل پر سے گزرنا خطرناک ہو جاتا۔ ربیعہ اپنے گھر اور میں اپنے گھر میں قید ہو جاتا۔ ربیعہ کے اور ہمارے گھر میں بھی ان موضوعات پر گفتگو۔ بحثیں ہوتی۔ کوئی کہتا۔ لوگ پاکستان میں اس لئے تو اپنا سب کچھ لٹا کر نہیں آئے تھے کہ مار مار کر انہیں شدھی بنایا جائے۔ ورنہ ان پر نان نفقہ بند کر دیا جائے۔ دوسرا کہتا، ہجرت کرنے والوں پر فرض تھا کہ خود کو یہاں کے لوگوں میں ضم کرتے اور اپنے آپ کو ان میں سے ایک جانتے اور اپنے کلچر اور زبان کو ان کے کلچر اور ان کی زبان پر ترجیح نہ دیتے اور ان کے ملک میں آن کر ان کی کرسیوں اور تختوں پر مختارِ اعلیٰ بن کر نہ بیٹھتے۔ کوئی کہتا، ہجرت تو یوں ہوتی ہے کہ انصار اپنے گھر، اپنی زمینیں تک بانٹ لیتے ہیں۔ ایک آدمی کی دو بیویاں ہوں تو وہ ایک کو طلاق دے دیتا ہے کہ مہاجر بھائی اس سے شادی کر لے۔ مگر ان بحثوں سے کوئی فائدہ نہ ہوا۔ اُدھر میرے ضبط کا پیمانہ لبریز ہو گیا۔ میں نے کراچی چھوڑ کر جہاں منہ اُٹھے نکل جانے کا فیصلہ کر لیا۔ میری اور ربیعہ کی ملاقات پھر ایک

ہوٹل میں ہوتی اور ہم میں ایک فیصلہ کن جنگ ہوتی۔

"تم میرے ساتھ چلو گی یا نہیں؟" میں نے پوچھا۔

"کہاں؟" اس نے سوال کیا۔

"جہنم میں۔" میں نے غصے سے کہا۔

"نہیں، مجھے جہنم سے کوئی دلچسپی نہیں اور وہ بھی تمہارے ساتھ۔"

"اچھا میں جا رہا ہوں۔ مگر میں تمہیں آزاد نہیں کروں گا کہ تم گلچھرے اڑاتی پھرو۔"

"مجھے مردوں سے اتنی نفرت ہو گئی ہے کہ میں دس قدم سے آگے اسے برداشت نہیں کر سکتی۔ البتہ تم میری طرف سے گلچھرے اڑانے کے لیے آزاد ہو۔"

"مجھے تمہاری اجازت کی ضرورت نہیں۔ اگر میں چاہتا تو تمہارے ساتھ ہوتے ہوئے بھی گلچھرے اڑا سکتا تھا اور اڑا سکتا ہوں۔"

"تو جاؤ جہنم میں" اس نے کہا۔ اور تیزی سے باہر نکل گئی۔ کہ کہیں میں اس کے بال پکڑ کر نہ گھسیٹ لوں۔

یہ اس سال کا ہم جیسے پیارے، لجت کرنے والے جوڑے کا آخری مکالمہ تھا۔ میں نے اندھا دھند درخواستیں بھیجنی شروع کر دیں۔ چین، کوریا، جاپان، فلپائن، آسٹریلیا، نیروبی، گھانا، ایرانی، ترکی اور امریکہ میں سارے سفارت خانوں کے اخبار دیکھتا اور جہاں کہیں کوئی جگہ نظر آتی۔ ایک عدد درخواست داغ دیتا۔ میرا تعلیمی ریکارڈ اچھا تھا۔ مضامین کی فہرست طویل تھی۔ پڑھانے اور ایک آدھ جگہ کام کرنے کا تجربہ بھی تھا اور اس زمانے میں دوسرے ملکوں میں جانا آج کی طرح دشوار نہ تھا۔ مجھے امریکہ سے بلاوا آیا اور میں نے وہاں جانے کی تیاری شروع کر دی غصے میں ربیعہ کو میں نے اطلاع نہیں دی۔ میرا خیال تھا کہ وہ غصہ ٹھنڈا ہونے پر ضرور ملنے کی کوشش کرے گی مگر ایسا نہیں ہوا۔ وہ شاید گھر والوں کے کہنے میں آ گئی تھی یا اس کے گھر والوں نے محاذ بنا کر میری ہر کوشش کو ناکام بنا دیا۔ جب میں کہیں

سے فون کرتا جواب ملتا ربیعہ گھر پر نہیں ہے۔ آخری دن جب اس سے ملنے گیا تو معلوم ہوا کہ وہ کسی رشتے دار کی شادی میں حیدرآباد گئی ہوئی ہے اور تین چار دن بعد واپس آئے گی۔

میں امریکہ پہنچ گیا۔ ربیعہ کا نہ کوئی خط آیا نہ میرے کسی خط کا جواب۔ میرے گھر والوں نے لکھا کہ انہوں نے ہم سے قطع تعلق کر لیا ہے۔ غیروں سے بدتر سلوک کرتے ہیں۔ گھر پر جاؤ تو توہین کی حد تک بے اعتنائی برتی جاتی ہے اور ہمیشہ ایک ہی جواب ملتا کہ ربیعہ گھر پر نہیں ہے چند دن بعد گھر والوں کے خط سے ہی معلوم ہوا کہ ربیعہ دوبارہ لندن چلی گئی۔

"ایک مرتبہ جب میں فرم کے کام سے اٹلی جا رہا تھا تو میں نے ربیعہ کو تار دے دیا۔"

دوسرے دن جب میں کام سے لوٹا تو ہوٹل کے سامنے ساڑھی میں ملبوس ایک عورت کو ٹہلتا دیکھ کر میرا دل زور زور سے دھڑکنے لگا اور جب میں نزدیک پہنچا تو میں نے دیکھا کہ وہ انہونی، وہ ناممکن بات، وہ معجزہ ہو چکا ہے۔ ہم دونوں بے اختیار ایک دوسرے سے لپٹ گئے اور مجھے یقین ہو گیا کہ ربیعہ میری زندگی پر اس طرح چھائی ہوئی ہے کہ نہ میں اسے بھول سکتا ہوں نہ چھوڑ سکتا ہوں۔ وہ تین دن جب میں صبح کو اپنے کام پر جاتا اور سہ پہر سے رات گئے تک روم میں ربیعہ کے ساتھ مارا مارا پھرتا، میری زندگی کا ماحصل بن گئے اور پھر ہم جہاں بھی چلتے روم کے کلوسیم میں شیروں کے مجسموں کے آگے، فورم کے سنگِ مرمر کے ستونوں کے سائے میں ہسپانوی سیڑھیوں میں، جہاں کئی انگریز شاعروں کے چڑھنے اور اترنے کے نظر نہ آنے والے نشان تھے۔ روم کے گلیاروں میں جہاں ہم ملکوں سے پھل دھو دھو کر کھاتے تھے اور پیازا دینزیا میں شہنشاہ مارکس آریلیس کے سیاہ سنگی مجسمے کے نیچے کھڑے ہوتے ہمارے درمیان ایک ہی معرکہ تھا۔ میں ربیعہ سے کہتا۔

"میرے ساتھ امریکہ چلو۔۔۔ اتنا بڑا اور ترقی یافتہ ملک ہے۔ ہم وہاں بہت خوش رہیں گے۔"

وہ کہتی ۔۔۔ تم کینیا چلو ۔۔۔ وہ امریکہ سے کم ترقی یافتہ سہی۔ مگر کم خوبصورت نہیں ہے۔

ہم بڑے ملک کا کیا کریں گے؟ نیروبی میں میرے پاس ایک بڑا سا گھر ہے اور اتنی تنخواہ ملتی ہے کہ تم نوکری نہ بھی کرو تو مزے سے گزر ہو سکتی ہے۔"

یہ بات میرے مشرقی مزاج کے بالکل خلاف تھی۔ ہر بیوی کو وہاں جانا پڑتا ہے جہاں اس کا شوہر کہے۔ جہاں اس کا شوہر رہے۔ ربیعہ کہتی: "یہ کوئی بات نہیں ہے۔ ہمیں وہاں رہنا چاہیئے۔ جہاں زیادہ آسانیاں ہوں۔ جہاں سے ہمارا اپنا ملک نزدیک ہو اور پھر میں وہاں سوشل کام بھی کر رہی ہوں۔ میرے نزدیک وہ بہت اہم ہے۔ ہم دونوں وہاں بہت خوش رہیں گے۔"

آخر میں نے تنگ آکر غصے میں کہا۔

"خوش تو ہم ایک دوسرے سے دُور ہی رہ سکتے ہیں۔"

"میرا بھی یہی خیال ہے"۔ اُس نے بغیر برُا منائے کہا۔

وہ ہمارے ملاپ کا آخری دن ایک طویل جدائی شروع ہونے سے پہلے کا دن، وصل و فراق کی عجیب و غریب کش مکش میں گزرا۔ ہم نے ایک دوسرے سے کوئی بات نہ کی کہ باتیں تو پہلے ہی بہت ہو چکی تھیں۔ ہم نے ایک دوسرے کو خدا حافظ کہا۔ میں مغرب کی طرف اور وہ مشرق کی سمت لوٹ گئی۔

ہم میاں بیوی جو ایک دوسرے کے رفیق حیات تھے۔ ایک دوسرے کا پردہ تھے۔ ایک دوسرے سے ہزاروں میل دُور تھے اور بظاہر اس کی کوئی معقول وجہ بھی نظر نہیں آتی تھی۔

اُس دن روم میں جو تصویریں اکٹھی یا الگ کھینچی تھیں۔ وہ سب میرے پاس تھیں اور میں انہیں گھنٹوں دیکھا کرتا تھا۔۔۔ ایک دن ایکا ایکی مجھ پر انکشاف ہوا کہ یہ بچپنا ہے جب ہم ساتھ نہیں رہ سکتے تو نہ صرف ہمیں الگ رہنا چاہیئے۔ بلکہ الگ ہو جانا چاہیئے اور اُسی دن سے میں نے عورتوں میں بطور خاص دلچسپی لینی شروع کر دی کوئی نہ کوئی مجھے اتنی بھا ہی جائے گی کہ میں اُسے اپنا جیون ساتھی بنانے پر تیار ہو جاؤں۔ تب میں ربیعہ کو آزاد کر دوں گا۔۔۔

مگر انصاف کا تقاضہ تھا کہ میں اسے پہلے سے آزاد کر دیتا۔ میں نے کئی مرتبہ سوچا، فیصلہ کیا، خط لکھنا شروع کیا، مگر کبھی کوئی خط پورا نہ ہو سکا۔

اور پھر ایک دن مجھے ربیعہ کا تار ملا۔ وہ کسی سیمینار کے سلسلے میں واشنگٹن آئی ہوئی تھی۔ اس نے مجھے لکھا "صرف ایک ہفتہ ہے۔ اگر تم آسکو تو آجاؤ، اکٹھے بسر کریں گے مجھے بڑی خوشی ہوگی" اچانک اس کا تار پا کر میں بے حد خوش ہوا جیسے کسی بچے کو یکایک وہ کھلونا مل جائے جس کا وعدہ اتنا پرانا ہو کہ وہ اسے بھول بھی چکا ہو پھر میں نے سوچا کہ یہ کیا بچپنا ہے میں اس سے ملنے اتنی دُور جاؤں۔ کس لیے — ذرا سی دیر کی رفاقت کے لئے جس کے کوئی معنی نہیں ہیں۔ یہ زن و شوہر کی رفاقت نہیں ہے۔ یہ تو ان دو اجنبیوں کی یکجائی ہے جو سفر میں چلتے پھرتے اکٹھے ہو جاتے ہیں۔ مجھے ہرگز نہیں جانا چاہیئے۔ تاکہ اسے اندازہ ہو کہ میں اس کے حکم کا بندہ نہیں ہوں۔ کیوں نہ میں جواب میں لکھ دوں "افسوس ہے میں نہیں آسکتا" مگر اس درجہ خوش اخلاقی کی بھی کیا ضرورت ہے۔ ایسے وقت میں خاموشی اور مایوسی جو چرکا لگائے گی، وہ یقیناً گہرا ہوگا۔ ہو سکتا ہے اس مرتبہ اس کا آنا اپنی شکست کا اعتراف ہی ہو آخر امریکہ تک تو وہ آ ہی گئی۔ البتہ میری ریاست تک اُسے آنا گوارا نہیں ہے۔ اب بھی وہ مجھ ہی سے خوشامد کروانا چاہتی ہے۔ لیکن میں اب اس کے لئے تیار نہیں ہوں۔ اب وقت نکل چکا ہے اور میں اسے چھوڑنے کا فیصلہ کر چکا ہوں۔

لیکن پھر خدا جانے کیا ہوا۔ ایکا ایکی میرا دل مجھے ملامت کرنے لگا۔ میں نے ربیعہ کے ساتھ واقعی زیادتی کی تھی۔ اسے یقیناً مجھ سے اچھا شوہر مل سکتا تھا اور اب جب کہ وہ غالباً پچھتا رہی تھی اور بزم پڑ رہی تھی۔ میرا اکڑ جانا یقیناً نامناسب تھا۔ اس سے قبل کہ میرا دل ان خیالات کے خلاف دلائل دے کر مجھے قائل کرے۔ میں نے چھٹی لی اور واشنگٹن جا پہنچا۔

ربیعہ اتنی ہی حسین، اتنی ہی شگفتہ اور اتنی ہی بے مروت تھی۔ وہ واقعی ایک سیمینار میں شرکت کرنے آئی تھی۔ دن کے اور کبھی کبھی شام کے چند گھنٹے وہ سیمینار میں گزارتی اور باقی

ہر پل میرے ساتھ۔ وہ پل، وہ گھنٹے، وہ دن کتنے دل کش تھے کہ باقی زندگی ان لمحوں کے مقابلہ میں ایک بوجھ نظر آتی تھی۔ مجھ پر ایک دفعہ پھر اس بات کا انکشاف ہوا کہ میں ربیعہ کے بغیر خوشی کا دھوکا تو کھا سکتا ہوں لیکن دراصل خوش نہیں رہ سکتا۔۔ ایک مرتبہ پھر میں نے اس سے ساتھ رہنے کی استدعا کی۔ اس نے جواب دیا۔

"ہم ایک دوسرے سے دور رہنے کے اتنے عادی ہو چکے ہیں کہ اب ساتھ رہنا مشکل ہے ساتھ رہیں گے۔ تو ہر وقت لڑیں گے۔ یہاں تک کہ ایک دوسرے سے نفرت ہو جائے گی۔ کیا تم چاہتے ہو کہ ہمیں ایک دوسرے سے نفرت ہو جائے۔۔ یہ فیصلے کا عجیب و غریب لمحہ تھا، یا تو ہم ایک دوسرے سے دور رہ کر دائمی محبت کرتے رہیں یا ایک دوسرے کے وصل میں سرشار ہو کر ہر وقت کی جنگ، وصل اور آخر کار نفرت کا بوجھ برداشت کریں۔

وقت گزرتا گیا اور میں کوئی فیصلہ نہ کر سکا۔ ربیعہ نے چلتے وقت کہا۔ "ہمیں جلد بازی میں کوئی فیصلہ نہیں کرنا چاہیئے۔" تب میں یکدم پھٹ پڑا۔ میں نے کہا۔

"سنو۔۔ اگر دور رہ کر ہمیں دائمی محبت میں بندھے رہنا ہے تو اُس کے لئے ازدواجی بندھن کی کوئی ضرورت نہیں ہے۔۔ اگر ہم ساتھ نہیں رہ سکتے تو ہمیں ہمیشہ کے لئے ایک دوسرے کو خدا حافظ کہنا ہوگا۔ یہ میرا آخری اور اٹل فیصلہ ہے"، میں نے دیکھا کہ یکایک ربیعہ کا رنگ یوں سفید ہو گیا جیسے لمحہ بھر میں کسی نے اس کا سارا خون نچوڑ لیا ہو۔ میں نے اس کی خالی نگاہوں کو دیکھتے ہوئے فوراً اضافہ کیا۔

"اب کے ہم جہاں کہیں ملیں گے وہیں اس بات کا فیصلہ ہوگا۔ یا تو ہماری راہیں ہمیشہ کے لئے مل جائیں گی، یا ہم ہمیشہ کے لئے الگ ہو جائیں گے۔

"تو تم ساتھ رہ کر دن رات دوزخ میں جلنے کو تیار ہو۔۔"

"ہاں اگر یہی ہمارا مقدر ہے تو یہی سہی۔۔ میں دُور کی جنت پر نزدیک کی دوزخ کو ترجیح دیتا ہوں۔"

"ایسا نہ ہو کہ بعد میں تم پچھتاؤ۔!"

"ٹھیک ہے میں بھی سوچوں گا۔ تم بھی غور کرنا۔ بہر حال اب کے جب ہم ملیں گے۔ تو جو بھی فیصلہ ہوگا وہ آخری ہوگا۔"

ہم اب رخصت ہوئے تو ہمارے دل ہمیشہ سے زیادہ بوجھل تھے۔ خدا جانے یہ دوزخ میں جلنے کا خوف تھا کہ بہشت سے نکل کر اپنے پسینے کی کمائی کھانے کی فکر تھی۔ وصلِ مسلسل یا فراقِ پیہم ـــ دونوں ہی ہمارے لئے عذابِ جان تھے۔

اور اس دفعہ ہمارے ملنے کی جگہ ایمسٹرڈم تھی ـــ میں نے اپنے آنے کی تاریخ، ہوٹل کا نام پتہ سب کچھ لکھ دیا۔ مگر ربیعہ ابھی تک نہیں پہنچی تھی۔ میرے لئے ہوٹل کے چھوٹے سے جلتے جلتے کمرے میں بیٹھنا دوبھر ہو چکا تھا۔ ہوٹل کے استقبالیہ میں بیٹھنا ناممکن تھا۔ اور ٹہلتے ٹہلتے میری ٹانگیں شل ہو چکی تھیں۔

میں نے استقبالیہ پر بتایا کہ کوئی خاتون مجھے پوچھیں تو میرے کمرے کی چابی انہیں دے دی جائے اور پھر میں بس میں سوار ہو کر سیر کرنے نکل گیا۔

ڈیم اسکوائر سے میں نے کشتی کی سیر کے لئے جانے کا فیصلہ کیا۔ جس وقت میں کشتی میں بیٹھا۔ مجھے یوں لگا۔ جیسے ربیعہ میرے پاس بیٹھی تھی۔ جب بھی ہماری رہبر خاتون کوئی دلچسپ بات بتاتی میں خوش ہو کر ربیعہ کی طرف دیکھتا اور یہ دیکھ کر حیران ہو جاتا کہ میرے برابر میں اسّی سالہ ایک بڑے میاں بیٹھے تھے۔ جب ہماری کشتی ایک پُل سے رگڑ کھاتی ہوئی گزر رہی تو پُل کے اندرونی تاریک اور سیلے حصے میں بنے ہوئے گھونسلے میں ایک کبوتری ایک انڈے پر بیٹھی تھی وہ بالکل تنہا تھی اور اس کی آنکھوں میں اداسی تھی۔ میں نے پلٹ کر ربیعہ کی طرف دیکھا۔ میرے بار بار اس طرح دیکھنے سے بڑے میاں پہلے ہی برا مان کر دوسری سیٹ پر جا بیٹھے تھے اور اب میرے برابر میں کوئی بھی نہ تھا۔

نہریں ہی نہریں، پُل ہی پُل۔ کہیں سے کتنے ہی پلوں کی محرابیں بیک وقت نظر آتیں۔

نہروں سے ہماری کشتی کھلے سمندر تک جا پہنچی۔ اور پھر گھوم پھر کر وہیں لوٹ آئی۔ جہاں سے چلی تھی۔ ایک فوٹوگرافر نے میری تصویر نذر کی جو اُس نے کشتی میں اُترتے ہوئے لی تھی۔ اور مجھے ایک بار پھر تعجب ہوا کہ ربیعہ کی تصویر اس میں شامل نہیں تھی۔ سارے مسافر جوڑے جوڑے سے تھے۔ سوائے میرے اور اسی سالہ بڑے میاں کے ــــ اور میری ذہنی کیفیت کچھ عجیب سی تھی ــــ مجھے یقین تھا کہ اب تک ربیعہ ہوٹل پہنچ چکی ہوگی۔ وہ میرے کمرے میں میرے بستر پر دراز ہوگی اور میرا جی چاہا کہ میرے پر لگ جائیں اور میں اُڑ کر ہوٹل پہنچ جاؤں ــــ سڑک پہ پہنچ کر میں نے ٹیکسی لی اور ہوٹل کا پتہ بتایا۔

راستے بھر سوچتا رہا۔ ہوسکتا ہے۔ ربیعہ ہوٹل کے باہر پڑی ہوئی کرسیوں پر بیٹھی ہو۔ ہوسکتا ہے۔ اوپر لاؤنج میں بیٹھی ٹیلیویژن دیکھ رہی ہو یا میرے کمرے میں میرے بستر پہ دراز میرے سگریٹ پی کر وقت کاٹنے میں مصروف ہو۔

ہوٹل پہنچا تو ربیعہ ہوٹل کے باہر پڑی ہوئی کرسیوں پر نہیں تھی۔ وہ ٹی وی لاؤنج میں بھی نہیں تھی اور نہ میرے بستر پہ دراز سگریٹ پی رہی تھی۔ وہ آئی ہی نہیں تھی ــــ اور کل میری واپسی تھی۔

کمرے میں بے حد گرمی تھی اور میری طبیعت از حد جھنجلائی ہوئی تھی۔ میں نے غصے سے پردے ایک طرف سرکائے۔ کھڑکیاں بالکل سڑک پر کھلتی تھیں۔ میں نے کھڑکیاں کھول دیں۔ تازہ ٹھنڈی ہوا میں کچھ دم میں دم آیا تو خیالات نے ایک بار پھر یلغار کی ــــ

اس کا مطلب ہے ربیعہ نے اپنا فیصلہ دے دیا ہے۔ اب میری بات کی اس کے نزدیک کوئی اہمیت نہیں ہے۔ وہ مجھ سے ہر قیمت پہ دُور رہنا چاہتی ہے۔ خواہ میں اس سے بندھا رہوں یا آزاد ہو جاؤں۔ کتنی سنگدل ہے وہ جب کہ میں ــــ ایک یورپی ملک میں چاروں طرف حسین و جمیل لڑکیوں کے ہوتے ہوئے بھی۔ فقط ربیعہ کو اپنا شریکِ سفر سمجھا کیا ــــ اُس کے آنے کی آس ہی مجھے اس کی موجودگی کا احساس دلانے کو کافی تھی اور اس

وقت بھی جب میں یہ سب باتیں سوچ رہا تھا۔ کھڑکی کے باہر ہر گزرتے سائے پہ مجھے ربیعہ کا گمان گزر رہا تھا۔ ایک آس نے مہینوں کے فصل کو لیکا یک پاٹ دیا تھا۔ مگر وہ انہیں صدیاں بنانے کا تہیہ کئے ہوئے تھی۔

ٹھیک ہے۔ اگر وہ یہی چاہتی ہے تو میں بھی گھر پہنچتے ہی اسے طلاق نامہ بھجوا دوں گا۔ اور تب میں نے دوبارہ پردے کھینچ دیئے اور بستر پہ لیٹا سگریٹ پھونکتا رہا۔ اس وقت ربیعہ کی قربت کا ذرا بھی احساس نہیں تھا بلکہ محسوس ہوتا تھا جیسے میں اُسے طلاق دے چکا ہوں۔ ہم میں دائمی جدائی ہو چکی ہے۔ اب میں اُسے کبھی نہیں دیکھوں گا۔ اس سے کبھی نہیں ملوں گا۔ وہ آج تک میرے لئے سب کچھ تھی۔ اب میرے لئے کچھ بھی نہیں ہے۔ ہمارے دائمی فراق کی یہ پہلی رات تھی۔ جو میں نے سگریٹ پھونکتے آنکھوں میں کاٹ دی۔

دوسرے دن جب میں تیار ہو کر سوٹ کیس تھامے باہر نکلا اور آخری بار کنجی استقبالیہ میں دی تو انہوں نے ایک تار میری طرف بڑھا دیا۔ ربیعہ نے لکھا تھا، بہت کوشش کے باوجود ہفتہ کو نہ پہنچ سکی۔ اتوار کو پہنچوں گی''۔ مگر اب میں ٹھہر نہیں سکتا تھا مجھے پیر کے دن اپنی ملازمت پہ پہنچنا تھا اور میرا آج روانہ ہونا ضروری تھا۔ میں نے وہی کمرہ ربیعہ کے لئے بک کروا کے پیشگی پیسے ادا کئے اور کنجی واپس لے کر پھر اس کمرے میں آیا اور ربیعہ کو ایک طویل خط لکھا۔ جہاں جہاں کل گیا تھا۔ اس کی تفصیل لکھی اور لکھا کہ کل مجھے یہ محسوس ہوتا رہا کہ تم میرے ساتھ ہو۔ آج ان سب جگہوں پہ جاؤ تو ممکن ہے تم محسوس کرو کہ میں تمہارے ساتھ ہوں اور جب تم واپس آؤ۔ تو میرے بستر پہ لیٹ کر سوچنا کہ یہ ہماری آخری ملاقات تھی۔ اب ہم کبھی نہ مل سکیں گے۔

اس کے بعد مجھے پتہ نہ چل سکا کہ ربیعہ آئی یا نہیں۔ وہ ان سب جگہوں پر گئی یا نہیں اسے اُس ملاقات کا جو نہ ہو سکی۔ میری طرح تجربہ ہوا یا نہیں۔ اُس نے بستر پہ لیٹ کر ساری رات سگریٹ پھونکی یا نہیں مجھے کچھ پتہ نہ چل سکا اور جب طلاق کے کاغذات کا پہلا

مسودہ میں نے اسے بھیجا تو وہ واپس آگیا۔اس نام کی کوئی خاتون اب وہاں نہیں رہتی تھیں۔ وہ کہاں گئیں۔مجھے معلوم نہ ہو سکا۔گھر والے مدت سے ربیعہ کا ذکر بھی کسی خط میں نہیں کرتے تھے ان سے پوچھنا اچھا نہیں لگا اور پوچھنے کی ضرورت بھی کیا تھی۔ میں نے اپنی طرف سے اس سے ہر رابطہ قطع کر لیا تھا۔میری بلا سے وہ کہیں جائے۔اگر اسے طلاق چاہیئے ہوگی تو وہ خود مجھ سے رجوع کرے گی۔میں ظاہر ہے کہ اس کو طلاق دیئے بغیر بھی دوسری شادی کرنے کا مجاز تھا۔

اور جب کئی سال بعد میں کراچی آیا تو پتہ چلا کہ ہمارے گھر والوں کا ربیعہ کے خاندان سے کوئی رابطہ نہیں ہے۔اڑی اڑی سی خبر سنی گئی ہے کہ ربیعہ دوبارہ انگلستان چلی گئی ہے۔

" اوہ مجھے پتہ ہوتا تو میں اس سے ملتا آتا—" ذہن میں فوری طور پر خیال آیا۔پھر میں نے اپنے آپ کو یاد دلایا کہ میرا اور ربیعہ کا تعلق ختم ہو چکا تھا۔

تو وہ انگلستان چلی گئی۔کوئی جیسے بار بار مجھے یاد دلاتا۔اور میرے ذہن میں آج سے سالوں پہلے کے مناظر گھومنے لگتے۔میں اور ربیعہ گرین (GREEN) پارک کے لمبے لمبے سایوں والی گھاس پر دراز ہیں۔ ریجنٹ اسٹریٹ پر جوتیاں چٹخاتے پھر رہے ہیں۔برٹش میوزیم میں مصری، یونانی، رومن چینی اور ایرانی گیلریاں دیکھ کر عش عش کر رہے ہیں کبھی پاکستانی، ہندوستانی اور بنگالی ریسٹورانوں میں اصل کھانوں کی نقل کھا رہے ہیں۔کبھی انڈر گراؤنڈ سے نکل رہے ہیں کبھی انڈر گراؤنڈ میں جا رہے ہیں۔کبھی برف میں پھسل رہے ہیں۔کبھی پھواروں میں نہا رہے ہیں کبھی شیکسپیر کے سرسبز جھونپڑے کا عکس ندی کے پانی میں پڑتا دیکھ رہے ہیں۔تو کبھی برانٹی بہنوں کے دیس یارک شائر میں لانبی لانبی گھوڑے کے ایال ایسی گھاس کو پار کر رہے ہیں۔کبھی یارک منسٹر کے جلال و جمال سے مسحور ہو رہے ہیں اور کبھی اپنے ایک کمرے کے فلیٹ میں پڑ رہے ہیں اور لڑے جا رہے ہیں۔

سارا دن ذہن میں قصے دہراتا رہا۔طبیعت سخت پراگندہ رہی۔ہزار کوشش سے

ذہن کو انگلستان سے نکالتا اور امریکہ کے خوش باش شہروں میں لے جانے کی کوشش کرتا مگر وہ کسی غیر ذمہ دار سیاح کی طرح کبھی پیرس، کبھی روم اور کبھی کہیں اور اُتر جاتا۔ کسی ایسی جگہ جہاں میں اور ربیعہ ساتھ گئے تھے۔

پریشان ہو کر میں تیار ہوا اور گھر سے باہر نکل گیا۔ خدا جانے کہاں کہاں پھرتا رہا۔ شاید میں خواب میں گھومتا پھر رہا تھا کیونکہ یکایک وہی شکل نظر آئی جو خوابوں میں نظر آیا کرتی تھی ہلکے رنگ کی ساڑھی پر ایسا پرنٹ جیسے رنگ کے چھینٹے ڈالے گئے ہوں پہنے وہ کسی سے بڑی دھیرج سے پوچھ رہی تھی۔

"یہاں برٹش کاؤنسل لائبریری ہوا کرتی تھی۔"

"وہ تو بہت سال ہوئے یہاں سے اُٹھ گئی — اب وہ ....." کوئی راہگیر اسے پتہ سمجھانے کی کوشش کر رہا تھا۔ مگر ربیعہ لوٹ چکی تھی۔ جیسے اُسے یہ جاننے کا ذرا بھی شوق نہ ہو کہ وہ اب کہاں ہے۔

راہ بتانے والا حیران تھا کہ اتنی مدت بعد لائبریری کا پتہ پوچھنے نکلی تھیں۔ تو ڈھنگ سے پتہ سن تو لیا ہوتا۔ وہ گردن ہلاتا ایک طرف چل دیا تو میں لپک کر آگے بڑھا... "ربیعہ"..... میں نے کہا

اُس نے آنکھیں اُٹھا کر میری طرف دیکھا۔ ان میں ویرانی پہلے سے تھی — حیرانی بعد میں آئی۔

"تم کہاں ہو آجکل ؟" میں نے اس سے پوچھا ...."یہیں ہوں" اس نے کہا۔

"اور تم کہاں ہو ؟"

"میں بھی یہیں ہوں۔ میں چند دن ہوئے مستقل طور پر پاکستان آگیا ہوں" پھر جیسے تمام باتیں ختم ہو گئیں۔

"آؤ چلیں —" میں نے اُس سے کہا۔

"کہاں؟" اُس نے حیران ہو کر پوچھا۔

"گھر۔"

"گھر کہاں ہے؟"

"جہاں کہیں بھی ہو۔" میں نے کہا اور ہاتھ بڑھایا۔ اُس نے میرے ہاتھ میں ہاتھ ڈال دیا اور ہم چل دیئے۔ نہ مجھے معلوم تھا کہ اس کا گھر کہاں ہے نہ اسے خبر تھی کہ میرا گھر کہاں ہے، نہ ہم دونوں کو معلوم تھا کہ ہمارا گھر کہاں ہے اور ہم کہاں جا رہے ہیں۔ ہمیں صرف اتنا معلوم تھا کہ ہم ایک دوسرے کے بغیر نہیں رہ سکتے۔

مکعب

+ یہ ایک مکعب ہے۔

— ہاں دیکھ رہا ہوں۔

+ اس میں ستائیس چھوٹے چھوٹے مکعب ہیں جو آپس میں جُڑے ہوئے ہیں۔ اس میں چھ رنگ ہیں۔ سفید، زرد، نارنجی، سرخ، سبز اور نیلا۔ اس مکعب کو تم تین طرف گھُما سکتے ہو۔

— معلوم ہے۔ تم چاہتے ہو کہ ہر رنگ ایک طرف ہو جائے۔

+ بالکل ساری سرخ سطحیں ایک طرف۔ زرد ایک طرف، سبز ایک طرف ہوں۔ کوئی رنگ کسی دوسرے کی حد میں نہ ہو، صرف اپنی حد میں ہو اور یوں مکعب میں مکمل ہم آہنگی ہو جائے۔

— یہ ناممکن ہے۔ میں بہت دن سے کوشش کر رہا ہوں مگر ایک طرف بھی مکمل نہیں ہوئی۔ اور اب مجھے یقین ہو گیا ہے کہ یہ معمہ نہیں فراڈ ہے۔ ایسا کبھی ہو ہی نہیں سکتا۔

+ یقین کرو بھائی۔ ہو سکتا ہے، ہوا ہے اور ہو گا۔

+ اگر ہوا ہے تو کروڑوں مرتبہ میں سے ایک مرتبہ ہو گیا ہو گا اور ہو گا تو سینکڑوں سال بعد اتفاق سے کبھی ہو جائے گا۔

+ اس مکعب کے امکانی پیٹرن کی تعداد بھی اتنی زیادہ ہے کہ مجھے اتنی گنتی نہیں آتی۔ میں لکھ کر بتاتا ہوں اگر پڑھ سکتے ہو تو پڑھ لو۔

ان امکانات کی تعداد ۴۳،۲۵۲،۰۰۳،۲۷۴،۴۸۹،۸۵۶،۰۰۰ ہے۔ مگر جب میں نے اسے پہلے پہل دیکھا تھا تو یہ مکمل ترتیب میں تھا۔ سب رنگ اپنی اپنی جگہ تھے۔

— تو تم نے اس کی ہم آہنگی کو توڑا کیوں۔ انہیں بے جگہ کیوں کیا؟

+ اس لئے میرے بھائی کہ کھیل ہی یہی ہے۔

— کھیل ہی یہی ہے؟

+ ہاں...... یہی تو کھیل ہے کہ اس ہم آہنگی کو توڑا جائے اور پھر اسے قائم کیا جائے ہر رنگ سدا اپنی جگہ رہتا تو مزا کیا آتا۔ کس کی ذہانت کا امتحان ہوتا۔

— کیا ذہانت کا امتحان بہت ضروری ہے؟

+ اور کیا! یہ بھی تو کھیل کے لطف میں شامل ہے کہ تمہاری طرح لوگ پکار پکار کہ کہیں یہ ناممکن ہے اور انہیں یقین دلایا جائے کہ یہ قطعی ممکن ہے۔

— تمہارے یقین دلانے سے کیا ہوتا ہے اگر میں پھر بھی نہ مانوں!

+ تم یہ تو مانتے ہو کہ اسے کسی نے بنایا ہے؟

— ہاں مانتا ہوں۔

+ تم میری بات پر یقین کرتے ہو؟

— ہاں کرتا ہوں۔

+ تو میں تمہیں بتا رہا ہوں ناکہ جب میں نے اسے دیکھا ہے تو اس کا ہر رنگ ایک طرف تھا۔

— اس سے یہ ثابت نہیں ہوتا کہ اسے دوبارہ بنایا جا سکتا ہے۔ پہلے یہ ٹکڑے جُداجُدا ہوں گے۔ بنانے والے نے سارے رنگ یکجا کئے اور انہیں جوڑ دیا۔ اب جب کہ تم نے سارے خانے اپنی جگہ سے ملا دیئے ہیں۔ وہ سب دوبارہ اپنی اپنی جگہ نہیں جا سکتے۔

+ کیوں نہیں جا سکتے؟

— ابھی تم ایک مکمل انسان ہو، اگر میں تمہارا جوڑ جوڑ الگ کردوں، ہر عضو بے جگہ کردوں

تو کیا انہیں دوبارہ جوڑ سکتا ہوں۔ نہیں ایسی ابتری اور کیوس سے ترتیب پیدا ہونا ممکن نہیں۔

+ کیوں نہیں، اچھا تھیوری سے شروع کرو۔ ممکن ہے تم میرا جوڑ جوڑ الگ کر کے نہ جوڑ سکتے ہو۔ مگر کوئی بے مد ماہر سرجن جو علم البدن سے اچھی طرح واقف ہو ایسا کر سکتا ہے یا نہیں۔

— صرف تھیوری کی حد تک۔

+ جو چیز تھیوری میں ممکن ہو وہ ایک نہ ایک دن عملی طور پر بھی ممکن ہو جاتی ہے۔ سمندری سطح پر چلنے والے جہاز پہلے کاغذ ہی کی سطح پہ رواں ہوتے تھے اور ہوا میں اڑنے والے جہاز پہلے کاغذ پہ ہی اُڑائے گئے تھے۔ دیکھو باتوں میں ایک طرف تو مکمل بھی ہوگئی۔

— دکھاؤ، یہ کیسے ہوا؟

+ کوشش سے اور اس یقین سے کہ ایسا ہو سکتا ہے۔

— ایک طرف کا مکمل ہو جانا اس بات کا ثبوت نہیں ہے کہ چھ کی چھ اطراف مکمل ہو سکتی ہیں

+ ایک طرف کا مکمل ہو جانا اس بات کا ثبوت ہے کہ چھ کی چھ اطراف مکمل ہو سکتی ہیں کسی نہ کسی دن، کبھی نہ کبھی، کسی نہ کسی کے ہاتھوں۔

— کون جیتا ہے تری زلف کے سر ہونے تک۔

+ جینے اور مرنے کی بات اور ہے، ایقان کا مسئلہ دوسرا ہے۔ یہ یقین کہ ہم مریں یا جئیں یہ بات ہو سکتی ہے اور ہو گی۔

X اب میری بات سنیئے، میں آپ دونوں کو اس مکعب کی کہانی سناتا ہوں۔ ہنگری میں روبیک نامی ایک شخص نے جب یہ مکعب بنایا تو بچوں کے کھیل یا معمّے کی حیثیت سے اُسے فروخت کرنے کے لئے بھی کوئی تیار نہ تھا۔ بمشکل ایک کھلونا بنانے والی کمپنی چند ہزار مکعب بنانے پر راضی ہوئی مگر ہوا یہ کہ پہلے دوسرے دن ہی سارے مکعب بک گئے جو شخص اُسے کسی بچے کو تحفتاً دینے کے لئے خریدتا اس میں ایسا اُلجھتا کہ اپنی سدھ بدھ بھول جاتا۔ بچے

بوڑھے جوان سب اس کے جال میں پھنس کر رہ گئے ۔ کچھ لوگ تو دیوانگی کی حد کو جا پہنچے۔ اور اس کا نام روبیک دیوانگی پڑ گیا۔ ہنگری سے جو لوگ باہر جاتے اور اُن کے ہاتھ میں یہ مکعب ہوتا تو دوسرے لوگ بھی اس میں دلچسپی لیتے ۔ ۱۹۷۸ء میں اسے ایک ہنگرین پروفیسر بین الاقوامی ریاضی کانفرنس میں لے گیا اور وہاں ایک امریکی پروفیسر نے جو لندن میں پڑھاتا تھا اسے پہلی مرتبہ دیکھا۔ اس سے اور مکعب بھیجنے کی درخواست کی اور اس کا حل دریافت کیا۔ چھیاسٹھ صفحے کی یہ کتاب فوری طور پہ دس ہزار کی تعداد میں بک گئی اور اس کے، خدا جانے کتنے ایڈیشن چھپے۔ اب یہ مکعب ایک سو پانچ ملین ماہانہ کے حساب سے بنائے جاتے ہیں تب بھی لوگوں کی مانگ پوری نہیں کر سکتے۔ اب ریاضی داں اور سائنسداں اس میں نئی نئی تھیوریاں تلاش کر رہے ہیں اور پا رہے ہیں حالانکہ روبیک نے اس میں کسی علمی امکان کا دعویٰ نہیں کیا تھا۔

— مگر کیا واقعی اس کا حل ڈھونڈ لیا گیا ہے، میں نہیں مانتا۔

X جناب آپ بہت بے خبر ہیں۔ یہ ناممکن کب کا ممکن ہو چکا ہے۔ لوگ بڑی آسانی سے چھ کی چھ اطراف بنا لیتے ہیں۔ میں اسے ایک منٹ میں بنا لیتا ہوں جب کہ دنیا کا ریکارڈ ہے بتیس سیکنڈ۔

— واقعی! کیا ناممکن اتنی آسانی سے ممکن ہو جاتا ہے ؟

+ آسانی سے نہیں بھائی، کوشش سے، لگن سے، محنت سے اور یقین سے۔

X اور اس کا کوئی ایک حل نہیں ہے۔ کئی حل دریافت ہو چکے ہیں اور ہر شخص کا دعویٰ ہے کہ اس کا حل سہل ترین اور بہترین ہے۔

+ تمہارا کیا خیال ہے، کون سا حل بہترین ہے؟

X جو حل سب سے پہلے آپ کے ہاتھ لگے یا جو حل آپ کی اُفتادِ طبع کے مطابق ہو۔ اصل مسئلہ تو معمہ حل کرنا ہے۔

— سچی بات یہ ہے کہ میرا دل نہیں مانتا، مجھے لگ رہا ہے کہ تم ہمیں بے وقوف بنا رہے ہو۔

X لایئے یہ مکعب مجھے دیجیے اور آپ گھڑی پر نظر رکھئے۔۔۔۔ یہ ایک۔۔۔۔ یہ دو۔۔۔۔ یہ تین۔۔۔۔ یہ چار۔۔۔۔ یہ پانچ۔۔۔۔ یہ چھ، لیجئے مکعب مکمل ہو گیا۔ دیکھ لیجئے اپنی آنکھوں سے۔

— ہاں واقعی یہ تو ہو گیا۔ تو یہ ناممکن نہیں تھا۔ میں سوچتا تھا کہ اپنی جگہ سے ہلانے کے بعد یہ قیامت تک بھی اپنی جگہ واپس نہ جا سکیں گے۔

+ اب جب کہ سب رنگ ایک طرف ہو گئے ہیں۔ انہیں چھیڑنے کو جی نہیں چاہتا، دیکھو کیسا سکون ہے جیسے سب نے اپنی منزل پا لی ہو۔

X شاید سکون ہمارے اپنے دل و ذہن میں ہو۔ ہمارے لئے یہ معمہ ایک چیلنج تھا جسے پورا کئے بغیر دل نہیں مانتا تھا۔ تجسس اور تکمیل کی جو خواہش ہر انسان میں ہے وہ ہمیں اس جنون میں مبتلا کرتی ہے۔ مگر ہم بہت جلد ہی چھوڑ دیتے ہیں اور خدا کا شکر ادا کرتے ہیں کہ ہم اس دیوانگی سے نکل آتے۔ عجب بات ہے کہ چھوٹے چھوٹے فضول کاموں میں وقت گنوانے کو ہم کام کرنا کہتے ہیں اور کھوجنے اور تحقیق کرنے کو دیوانگی کا نام دیتے ہیں۔

+ یہ تو صرف ایک مکعب ہے جس میں چون سوالات ہیں۔ سوالوں کی صرف ایک چھوٹی سی ڈھیری۔ کائنات کی شش جہات میں سوالوں کی نہ جانے کتنی ڈھیریاں ہیں جن کے جواب تلاش کرنا ہیں۔

X ان سب کے امکانی پیٹرن اتنے زیادہ ہیں کہ عقل کام نہیں کرتی۔

+ صرف ایک امید ہے۔

— کیا؟

+ یہی کہ اگر انسان کوشش کرتا رہے تو ان سب کے حل ملنے ممکن ہیں، محنت سے، لگن سے، ایمان اور ایقان سے سارے سوالوں کی ساری ڈھیریاں کبھی نہ کبھی حل ہو جائیں گی۔ کسی نہ کسی دن سارے جگ سا پزل اپنی اپنی جگہ پا کر مکمل ہو جائیں گے۔

—— ناممکن!

X دنیا میں کوئی بات ناممکن نہیں ہے۔ ریاضی داں کہتے ہیں کہ اگر کوئی بندر ٹائپ رائٹر پہ بیٹھ کر اندھادُھند ہاتھ مارنے لگے تو وہ شیکسپیئر کا ایک ڈرامہ جوں کا توں لکھ دے گا۔ اربوں کھربوں میں سے ایک سہی مگر اس کا امکان ہے۔

—— میں اسے ناممکن کہتا ہوں، تو یوں کہو یہاں آن کر امکان اور ناممکن مل جاتے ہیں۔

+ مگر تمہیں ناممکن کہنے ہی پر اصرار ہے۔ تم ہر چیز کا منفی پہلو دیکھتے ہو اور اسی لئے غمگین رہتے ہو۔ کیا تمہارے غمگین رہنے سے دنیا کے غم کم ہو جائیں گے؟

—— تو کیا تمہارے پُرامید رہنے سے دنیا کے دُکھ دور ہو جائیں گے۔ جب دنیا میں اتنے دُکھ، اتنی محرومیاں اور اتنے مظالم ہیں تو بتاؤ کہ خوش رہنے کا کیا جواز ہے تمہارے پاس؟

+ زندگی بذاتِ خود خوش رہنے کا جواز ہے۔ کائنات کے ہزارہا معمے ہماری عقدہ کشائی کے منتظر ہیں۔ ان کو ناممکن سمجھنے والے غمگین رہتے ہیں اور امکان پر یقین رکھنے والے پُرامید رہتے ہیں۔ بس اتنی سی بات ہے ہے یا نہیں؟

—— میں نے کبھی سوچا نہیں۔

+ سوچا کرو، سوچ کر فکرمند ہونا بغیر سوچے غمگین رہنے سے بہتر ہے۔

سرخ پلنگ پوش کی رات

خدا جانے یہ ناہید کی قربت کی آگ تھی یا سیما کے فراق کی تڑپ یا اس احساس کی شدت کہ اگر آج رات کسی لمحے میں کمزور پڑ گیا تو سیما ہمیشہ کے لئے مجھ سے دور ہو جائے گی۔

وہ جو میرے قریب سو رہی تھی میری طرف سے مطمئن تھی۔ سونے سے پہلے پاس پاس بیٹھے اور کافی پیتے ہوئے اس نے کہا تھا، "کل صبح آس پاس کے لوگ ہمیں اکٹھے دیکھیں گے تو کیا سوچیں گے؟"

"وہی جو انہیں سوچنا چاہیئے۔"

"کیا؟"

"یہی کہ ہم تم اکٹھے رہ رہے ہیں۔"

"یعنی... اکٹھے کیا!!! اکٹھے تو ہم رہ ہی رہے ہیں مگر وہ رشتہ....؟"

"ہاں یقیناً اس رشتے کے بغیر اکٹھے رہنے کا تصور کون کر سکتا ہے۔"

"کیوں.... مگر کیوں نہیں ہو سکتا۔" وہ بضد تھی۔

"کیونکہ.... یہ قریب قریب ناممکن ہے۔"

"ناممکن کیوں ہے، قطعی ناممکن نہیں ہے۔ انسان اپنے اوپر قابو رکھ سکتا ہے۔ نہیں رکھ سکتا.... تم بتاؤ۔"

"ہاں کیوں نہیں۔" میں نے گول مول جواب دیا۔

"میری سمجھ میں نہیں آتا اگر مرد اور عورت دونوں سمجھدار ہوں تو کوئی وجہ نہیں.... کیا خیال ہے تمہارا۔"

"ہاں ٹھیک ہے مگر کیا کہا جاسکتا ہے.... آج پہلا تجربہ ہے۔"

"دیکھو تم کمزور پڑ رہے ہو۔"

"قطعی نہیں۔"

"اچھا وعدہ کرو.... کوئی ایسی ویسی بات نہیں ہوگی۔"

"نہیں ہوگی۔"

پھر اِدھر اُدھر کی باتیں ہوئیں۔ ناہید نے کہا اب سو جائیں۔ اس نے بتی بند کی ہم دونوں پاس پاس بچھے ہوئے پلنگوں پر لیٹ گئے وہ سو گئی میں جاگتا رہا۔

دل نے کہا۔ وہ اتنی دور سے یہ دیکھنے آئی ہے کہ اپنے سب عزیز واقارب سے دور اس ملک میں ان حالات میں رہ سکتی ہے یا نہیں۔ وہ دو چار دن میں فیصلہ کرے گی۔ مگر تم.... تم کیا فیصلہ کرو گے بولو!!!! تمہیں ایک زمانے میں اس سے محبت تھی کھلے بندوں تم دونوں ملتے تھے۔ حالات نے دونوں کو بچھڑنے پر مجبور کیا۔ اس نے کبھی نہیں سوچا کہ تم اپنا خیال بدل دو گے وہ نہ معلوم کیسے کیسے اپنے حالات سے لڑ کر تم تک پہنچی اور اب تم.... صاف صاف مان لو کہ اب تمہیں اس سے محبت نہیں۔ مگر یہ بات میرے ذہن میں صاف نہیں تھی۔ یہ ضرور تھا کہ اب وہ پہلی سی تڑپ نہیں تھی۔ اس کے آنے پر اسے دیکھ کر خوشی بھی ہوئی تھی مگر ایک کانٹا سا بھی چبھا تھا۔ ایک دم سیما کا خیال آیا تھا۔ وہ جو مجھ سے اتنی چھوٹی تھی مگر کچھ دنوں سے بے تحاشا میرے حواسوں پر سوار ہوتی جا رہی تھی۔

پھر جب میں اور ناہید بازار میں ساتھ ساتھ پھر رہے تھے تو دل میں ہوا سی بھری ہوئی تھی، پرانی باتیں یاد آ رہی تھیں مگر ایک ٹیس سی بھی تھی جیسے زیادہ ہوا دل کو تکلیف پہنچا رہی ہو۔ یہ عجب دور اہا تھا۔ اصل میں میں اس پر وقت سے پہلے پہنچ گیا تھا۔ ایک کی طرف کھنچتے ہوئے دوسری کی یاد کی خلش آہستہ آہستہ نکل رہی تھی کہ وہ آ پہنچی۔ نہ کانٹا نکلا نہ اندر رہا۔

ایک بات اور بھی تھی۔ سیما کو تو کچھ معلوم نہیں تھا۔ مگر ناہید کو بڑی امیدیں تھیں امیدیں کیسی یقین۔ گویا فیصلہ تو بس اسے ہی کرنا تھا، میرا پرپوزل تو جوں کا توں اب تک قائم ہی تھا۔ ہاں اسے شبہ ہو بھی کیسے سکتا تھا۔ میں اب تک کنوارا جو رہا مگر اب . . . ! اور بالآخر میں نے فیصلہ کیا کہ آج کی رات خیریت سے گزر گئی تو ناہید کو واپس جانا ہی ہوگا۔ آج کی رات فیصلے کی رات تھی مگر یہ بات نہ اس کو معلوم تھی جو میرے قریب تھی نہ اس کو جو مجھ سے دور تھی۔ اور یہ کتنی عجیب بات تھی کہ جب میں کمزور پڑتا تھا تو یہی فیصلہ مجھے قوت دیتا تھا، شاید قربت کی آگ سے زیادہ دور کی تپش مجھے اپنی طرف کھینچ رہی تھی مگر مجھے وہ وقت بھی شدت سے یاد آرہا تھا جب میں اس قریب کی آگ میں گرنے کو، جلنے کو، مرنے کو، بھن جانے کو سر سے پاؤں تک تیار تھا۔ وہ آنچ آج بھی تھوڑی سی باقی تھی جو مجھے دھیرے دھیرے پگھلا رہی تھی۔ اتنے قریب۔ اتنے۔ دو چار آنچ کا فاصلہ . . . . اور ایک زمانے میں ہم نے کتنی ٹوٹ کر محبت کی تھی۔

کروٹ لے کر میں نے اس کے لٹکتے ہوئے ہاتھ کو پکڑ لیا۔ وہ کچھ جاگی یا سوتے میں میرے ہاتھ پر ہاتھ رکھ دیا۔ میں اور نزدیک ہو گیا۔ اتنا کہ بس پٹی پر لیٹ گیا . . . . مگر اس نے کروٹ بدل لی . . . . گویا مجھے جتایا کہ ہمت سے کام لو۔ بہادر بنو۔ کتنا پاگل لمحہ تھا۔ کاش اسے معلوم ہوتا کہ اگر میں کمزور نہ ہوا، اگر میں نے ہمت کر لی تو وہ مجھے کھو دے گی . . . . اگر اسے معلوم ہوتا تو شاید . . . . اور ویسے بھی سنا ہے عورت جب نہیں کہتی ہے تو اس کے دل کی دھڑکنوں میں کہیں ہاں ہاں کی آواز آتی ہے۔ شاید اس کے کروٹ بدل لینے میں کھینچنے کی ادا ہو، اکساہٹ ہو، چیلنج ہو . . . . .

کشاکش بڑھ رہی تھی، نیند کا سوال ہی نہیں تھا، میں تھک کر چور ہو چکا تھا۔ اٹھ کر بتی جلا دی، اور کیا کرتا۔ وہ جاگ گئی۔ سرخ آنکھیں کھول کر معصومیت سے پوچھا۔

"کیا ہوا؟"

"کچھ نہیں"

"نیند نہیں آئی؟"

"نہیں۔"

"کیوں؟"

میں نے اس کا کوئی جواب نہیں دیا۔ جھوٹ بولنا نہیں چاہتا تھا اور سچ بات بتلانے کی ہمت نہیں تھی۔ اس نے تکیے کے نیچے سے نکال کر گھڑی دیکھی۔

"تین بجے ہیں صبح تو ہوگئی میں کافی بناتی ہوں۔"

اس نے اٹھ کر گاؤن پہنا اور باورچی خانے میں چلی گئی۔ کافی بنا کر لائی تو میں نے اس سے کہا "آج ہوٹل میں تمہارے لئے کمرہ بک کرا دوں گا۔"

"کیوں؟"

"بس۔"

"ارے دو چار دن کی تو بات ہے، ایک رات تو گزر ہی گئی۔ . . . اور بھی گزر جائیں گی۔ . . . پہلی ہی رات تو مشکل ہوتی ہے۔" یہ بات اس نے میری پیٹھ کے پیچھے کھڑے ہو کر کہی تھی تاکہ میں اس کے چہرے پر حیا کی سرخی نہ دیکھوں مگر اس کے لہجے میں اور آخری فقروں میں جو ممنانے کی کیفیت تھی وہ مجھ سے چھپی نہ رہی۔ "اور دیکھو نا ہم اب بچے تھوڑی ہیں . . . کیا ہم ساری عمر اس بات پر فخر نہیں کر سکیں گے کہ . . . . . ."

"میرے حساب سے ابھی بہت رات باقی ہے . . . . اور میں اب تک جاگتا رہا ہوں"، میری آواز کھسں تھی۔

"تو اب سو جاؤ . . . . تمہیں میری قسم، میری نیند بھر چکی ہے میں دوسرے کمرے میں بیٹھ کر کچھ پڑھوں گی" اس نے بتی بند کی اور اپنی کافی کی پیالی اٹھا کر ڈرائنگ روم میں چلی گئی۔ میں پھر لیٹ گیا۔ کمزوری کا لمحہ گزر گیا تھا . . . . سو گیا۔

صبح اٹھا تو دیکھا کہ وہ پھر میرے نزدیک کے بستر پر سو رہی ہے مگر اب اسے یہاں سونے

کا کوئی حق نہ تھا.... وہ ہار چکی تھی۔

دوسرے دن میں سیما کے گھر گیا۔ اس کو ساتھ لانے کی کوشش کی تو سارے بہن بھائیوں بلکہ دو چار کزنوں کو اور لادنا پڑا۔

"آؤ تمہیں انار یا گنے کا رس پلائیں"، میں نے ایک جگہ گاڑی کھڑی کرکے اس لونڈھار پارٹی سے کہا۔

"گنے کا رس یا مکھیوں کا"، اس نے ٹھیلے کے گرد منڈلاتی ہوئی مکھیوں کو دیکھ کر شرارت سے کہا مگر اتنا آہستہ کہ کوئی سن بھی لے اور بھی نہ سنے۔ اس کی یہ ادا بھی خوب ہے۔ پتہ ہی نہیں چلتا وہ کس سے کیا کہتی ہے، کس کو کیا جتاتی ہے کس سے کیا چھپاتی ہے۔ مجھے اتنا اہم فیصلہ کرنا ہے مگر نہیں معلوم کہ اس کے جی میں کیا ہے۔ رات کو اتنے بڑے اور خطرناک کھیل میں وہ جیت چکی ہے مگر اسے کانوں کان خبر نہیں۔ اسے اپنے کام سے کام، ہنسنے سے، بولنے سے، دوسروں کو ہنسانے سے سبھی اس کی باتوں پر ہنستے ہیں اور خوش ہوتے ہیں اور کبھی کبھی یوں محسوس ہوتا ہے جیسے اسے کسی کے ساتھ کوئی خصوصیت نہیں۔ میری بھی بس عزت ہی کرتی ہے مگر اکثر یوں بھی محسوس ہوتا ہے جیسے وہ میرے دل کے چور کو جانتی ہے، جان کر انجان بنتی ہے مگر جتاتی بھی ہے کہ جیسے وہ جان گئی ہے مگر مانے گی نہیں یا شاید مان بھی لے گی مگر کوئی منوائے تو.... اس کی بڑی بڑی سلگتی ہوئی آنکھیں جن کی اس کی ظاہر اشوخی کے ساتھ ذرا بھی مطابقت نہیں، اپنی الگ زبان میں کچھ ایسی ہی گول مول باتیں کہتی رہتی ہیں۔ بہر حال آج تو کچھ کرنا ہی پڑے گا۔

میں سب کو اپنے کمرے پر لے گیا۔ دو کمروں اور ایک کچن کا چھوٹا سا سوئٹ۔ ناہید نے اس طرح ان سب کا خیر مقدم کیا جس طرح کوئی بڑی عمر کی گھر والی اپنے میاں کے چھوٹے بہن بھائیوں کا کرتی ہے۔ بڑے سلیقے، رکھ رکھاؤ سے سب سے ملی۔ ہر ایک سے اس کی مصروفیات کے بارے میں پوچھا۔ وہ سمجھ رہی تھی۔ میں سب کو اس سے مانوس کرانے لایا ہوں

اور میں اس کو دیکھ رہا تھا جو چھوٹے چھوٹے پُرمذاق فقرے کہنے کی کوشش کر رہی تھی۔ مگر وہ فقرے کچھ اوپری اوپری لگ رہے تھے اور اس کی سلگتی ہوئی آنکھیں کسی سوچ میں ڈوبی ہوئی تھیں۔ جب ناہید ان سب کے لئے کافی بنانے کچن میں چلی گئی تو میں نے اس سے کہا "سیما میرے بیڈروم سے فیض کی تازہ کتاب تو اُٹھا لاؤ۔ شاید میرے بستر پر پڑی ہوگی" وہ اُٹھ کر اندر چلی گئی۔

باتیں ہوتی رہیں۔ کسی نے اُٹھ کر ریکارڈ پلیئر آن کر دیا۔ دو ایک لڑکیاں ناہید کا ہاتھ بٹانے لگیں۔ صرف میں نے ہی محسوس کیا کہ سیما بہت دیر تک باہر نہیں آئی۔ میں چپکے سے اُٹھ کر اندر گیا۔ وہ میرے بستر پر بیٹھی تھی "دستِ تہہ سنگ" سامنے کھلی پڑی تھی مگر وہ اُسے پڑھ نہیں رہی تھی بلکہ سامنے والے بستر کو ٹکٹکی باندھے دیکھ رہی تھی جو آج سے پہلے کبھی اسے نظر نہیں آیا تھا۔ پٹی سے پٹی ملے ہوئے ان پلنگوں پر غور کرتے ہوئے شاید وہ سوچ رہی تھی کہ یہ اضافہ بہت تازہ ہے ایک پلنگ پر سرخ پلنگ پوش تھا دوسرے پر سیاہ اور یہ ان میل بے جوڑ پلنگ پوش بذاتِ خود ایک داستان تھے۔

میں نے آہستہ سے اس کے کندھے پر ہاتھ رکھا۔ اس نے پلٹ کر دیکھا اس کی سلگتی ہوئی آنکھوں میں شعلے سے ناچ کر بجھ گئے۔ میں نے اس سے کہا "سیما شاید تمہیں معلوم ہو ایک زمانے میں میں نے ناہید کو پرپوز کیا تھا..... وہ اسی سلسلے میں یہاں آئی ہے مگر.... اب میں چاہتا ہوں کہ وہ واپس چلی جائے..... بھیج دوں؟"

اس نے نظریں جھکائے جھکائے کہا "یہ ان کے ساتھ زیادتی ہوگی۔"

"نہیں، وہ جس زندگی کی عادی ہے اسے بدلنا اب اس کے لئے مشکل ہے۔ وہ صرف میری خاطر یہ قربانی کر رہی ہے مگر اب شاید میں اس کا اہل نہیں۔ میں آج اسے یہ بات بتا دوں گا۔"

سیما کے چہرے پر جو بشاشت آئی وہ واضح تھی۔ میں نے اس کے سر پر ہلکی سی دھول

جما کر کہا، مگر اس کا خیال رکھنا کہ میں تمہارے ہچلے کے برابر ہوں،'' وہ ہنس دی مگر اس نے نظریں نہیں اُٹھائیں۔ کاش میں دیکھ سکتا کہ اس کی سلگتی ہوئی آنکھوں میں اس وقت بھی پھول کھلے یا نہیں۔

اس سب ہنگامے کے ٹل جانے کے بعد میں نے ناہید کو بتایا کہ ہوٹل میں کمرہ بک کرانے کے بجائے میں، ہوائی جہاز میں اس کی سیٹ بک کرا آیا ہوں۔ اسے ذرا بھی شاک نہ ہُوا۔

''یہ فیصلہ تم پہلے کر چکے تھے۔'' اس نے پوچھا۔

''نہیں کل رات.....'' اور میں نے اسے ساری بات سچ سچ بتادی۔

وہ نہ روئی نہ جھینکی۔ اچھے دوستوں کی طرح ہم نے ہاتھ ملایا اور وہ جہاز میں بیٹھ کر چلی گئی۔

سیما کی عادتیں ویسی ہی ہیں۔ چست ہنسانے والے فقرے اسی ادا سے کہے جاتی ہے مگر آنکھیں آج بھی سلگتی ہیں۔ کبھی کبھی وہ ایک بستر پر بیٹھے ہوتے دوسرے بستر کے پلنگ پوش کو ٹکٹکی باندھے دیکھتی رہتی ہے۔ حالانکہ اب ان دونوں پلنگوں کے پلنگ پوش ایک سے ہوتے ہیں۔ میں جانتا ہوں وہ کیا سوچتی ہے۔ وہ سرخ پلنگ پوش کی رات، اس کے دل میں کانٹے کی طرح کھٹکتی ہے جسے وہ ناہید کی رات سمجھتی ہے حالانکہ وہ سراسر اس کی اور میری ملن کی رات تھی۔ آج تک اس نے اس کی بابت کچھ نہیں پوچھا، شاید پوچھے گی بھی نہیں۔ میں نے بھی اُسے کبھی نہیں بتایا..... بتاؤں گا بھی نہیں..... اگر میں نے اسے بتایا اور اس نے یقین نہ کیا تو چُپ کا بھرم بھی گیا۔

اُڑان

قبرستان کی دیوار کے نزدیک ایک خاموش سایہ سا کھڑا تھا۔ نزدیک سے گزر ہوا تو اس نے مجھے سلام کیا۔

"میں نے کبھی اس سے پہلے آپ کو نہیں دیکھا۔"

"میری قبر یہاں سے خاصی دور ہے، میں نے سوچا کوچ کرنے سے پہلے ایک مرتبہ سارے قبرستان کا چکر لگایا جائے۔"

"کوچ! کہاں؟"

"کہیں بھی، سفر ہے شرط مسافر نواز بہتیرے"، جواب میں پُراسراریت سی تھی۔

"آپ کو سیر کا شوق رہا ہے؟"

"جنوں کی حد تک"

"کون کون سی جگہیں دیکھی ہیں آپ نے" میں نے مشتاقانہ پوچھا۔

"پہلے آسمان سے لے کر پہلی پاتال تک کی ساری جگہیں۔ اس سے آگے جانے کا اتفاق نہیں ہوا۔"

"آپ خوش مذاق ہیں"، میں نے ہنس کر کہا۔

"آپ کو یقین نہیں آرہا، آبھی کیسے سکتا ہے..... بات صرف اتنی ہے کہ مجھ میں بچپن ہی میں اڑنے کی پُراسرار قوت پیدا ہو گئی تھی۔"

"معاف کیجیے، تجسس میری کمزوری ہے، اگر آپ بُرا نہ مانیں تو پوچھوں کہ یہ قوت کب اور کیسے پیدا ہوئی؟"

"لمبی کہانی ہے ۔ ۔ ۔ آیئے کسی درخت کی چھاؤں میں بیٹھتے ہیں، ایک تو اس قبرستان میں درخت اتنے کم ہیں، چلئے وہاں سہی،" دور ایک بل کھاتا، نازک سا درخت تھا ہم اس کی چھدری چھدری چھاؤں میں دو تودوں پر جا بیٹھے۔

"ہوا یہ کہ بچپن میں ایک مرتبہ ایک اونچے زینے پر سے لڑھک جانے کے سبب میرے سر کی ساری ہڈیاں چٹخ گئیں۔ اس وقت میری عمر بہت کم تھی۔ ڈاکٹروں کا خیال تھا کہ کم عمری کی وجہ سے وقت کے ساتھ ہڈیاں خود بخود جڑ جائیں گی، ان پر پلاسٹر چڑھانے کی ضرورت نہیں مگر انہوں نے مجھے ہسپتال میں زیر نگرانی رکھا۔ خدا کے فضل سے ہڈیاں ٹھیک ٹھاک جڑ گئیں مگر ہسپتال کے قیام کے ابتدائی دنوں ہی میں شدتِ تنہائی اور اڑنے کی بے پناہ خواہش کی وجہ سے مجھ میں یہ قوت پیدا ہو گئی۔ پرندوں کی طرح اُڑ کر میں نے جی بھر کر سیر کیں۔"

"خوب،" میں نے اُس کی بات سے مسحور ہو کر کہا۔

"آپ نے کبھی ہوا جہاز کا سفر کیا ہے؟"

"کئی مرتبہ۔" میں نے کہا۔

"کیسا لگتا ہے آپ کو؟"

"اچھا، بہت اچھا مجھے یاد ہے ایک مرتبہ بنگلہ دیش جاتے ہوئے ہمارا جہاز گیا شہر پر سے گزرا وہی گیا جہاں گوتم بدھ کو گیان حاصل ہوا تھا۔ اس وقت کھڑکی سے ایورسٹ کی چوٹی بالکل سامنے نظر آ رہی تھی۔ ہو بہو تصویر کی طرح یہ منظر میلوں ہمارے سامنے رہا، اور مجھے اتنا لطف آیا کہ بیان سے باہر۔"

"بالکل ٹھیک! آپ کو تو تجربہ ہے کیسی ساری زمین آنکھوں کے سامنے پھیل سی جاتی ہے۔ ہر چیز آپ بیک وقت دیکھ رہے ہیں۔ پہاڑ بھی، دریا کے چوڑے چوڑے پاٹ بھی، میدان بھی، سڑکیں بھی اور آتے جاتے شہر بھی، اس سے بھی بلندی پر ہوں تو ساری دنیا یوں نظر آتی

ہے کہ یہ امریکہ ہے، یہ یورپ، یہ بحر اوقیانوس ہے اور یہ بحر الکاہل اور یہ ننھا سا نقطہ انگلستان، اور یہ پاکستان"

"مگر اتنی بلندی سے یہ سب دیکھنے کے لئے تو بہت تیز نگاہوں کی ضرورت ہوگی؟"

"ہم ہر چیز آنکھوں ہی سے تو نہیں دیکھتے، بہت کچھ اپنے جانے بوجھے علم اور تجربے سے بھی تو دیکھتے ہیں۔ دیکھنے اور پہچاننے میں تو فرق ہوتا ہے۔"

"آپ نے درست کہا۔" میں نے جواب دیا۔

"آپ کو اندازہ نہیں ہو سکتا کہ یہ قوتِ پرواز بذاتِ خود کتنی خوبصورت چیز ہے۔ میری تو خواہش ہے کہ ہر انسان کو یہ طاقت مل جائے۔"

"ایک بات تو بتلایئے کہ جب آپ نے اپنی اس پُر اسرار صلاحیت کا ذکر دوسروں سے کیا تو انہوں نے کیا کہا؟"

"شروع میں تو میں نے اس بات کا ذکر کسی سے نہیں کیا۔ باوجود کم عمری کے مجھ میں یہ عقل تھی کہ دوسرے لوگوں کے لئے اس بات کو سمجھنا آسان نہیں ہوگا۔ ایسا نہ ہو کہ ڈاکٹر مجھے گھر جانے کی اجازت ہی نہ دیں۔ آخر ڈاکٹر مطمئن ہو گئے اور مجھے گھر بھیج دیا گیا۔ مگر جب میں نے اپنی پروازیں شروع کیں تو امی کو کچھ شبہ ہو گیا۔ وہ مجھ سے اکثر کہا کرتیں "ضرور تمہارے دل میں کوئی بات ہے، مجھ سے نہ چھپاؤ، میں تمہاری ماں ہوں۔" میں نے انہیں سالوں ٹالا مگر ایک دن ان کے اصرار پہ میں نے ساری بات انہیں بتا دی۔ ہوا وہی جس کا ڈر تھا۔ وہ رونے لگیں اور بلک بلک کر کہنے لگیں۔

"مجھے پہلے ہی شک تھا کہ کچھ گڑبڑ ضرور ہے۔ مگر ڈاکٹر مانتا ہی نہ تھا۔ ہائے اب کیا ہوگا۔"

میرے احتجاج کے باوجود وہ مجھے ڈاکٹر کے پاس لے گئیں۔ اس نے مجھے دوبارہ ہسپتال میں داخل کیا، سینکڑوں ٹسٹ ہوئے اور نہ جانے کتنی دوائیں دی گئیں۔ ڈاکٹر سے

میری مستقل بحث ہوتی کہ اڑنے کی قوت بیماری نہیں ہوسکتی مگر وہ بالکل ٹس سے مس نہ ہوئیں۔ تھا مجھے تو وہ ذہنی بیمار لگتا تھا، اس کے لئے ان باتوں کو سمجھنا واقعی مشکل تھا۔ وہ تو وہ امی جب بھی میری سیر کے قصے سنتیں فوراً رونا شروع کردیتیں۔ آخر میں نے بہانہ سازی شروع کی۔ گویا مجھے علاج سے فائدہ ہو رہا ہے۔ ہسپتال کے کمرے میں تنہا رہتے ہوئے مجھے یوں تو پرواز میں آسانی ہوگئی تھی۔ بعض اوقات رات رات بھر میری سیریں جاری رہتیں مگر اب تو ان کے بارے میں کسی کو کچھ نہ بتانا میری عادت ہوگئی۔ امی کو پتہ چلا کہ میری پرواز کی قوت یا دوسرے الفاظ میں میرا وہم ختم ہوگیا ہے تو انہوں نے سُکھ کا سانس لیا۔ ان کا خیال تھا کہ انسان وہی ہے جو دو ٹانگوں پر چلے، اڑنے والا انسان نہیں ہوسکتا۔

ڈاکٹر بھی جلد مطمئن ہوگیا اور اس نے مجھے دوبارہ ہسپتال سے جانے کی اجازت دے دی۔ اب امی نے میرے لئے ایک ساتھی کی تلاش شروع کردی۔ بندھن میں باندھے جانے سے پہلے انہوں نے مجھے سمجھایا کہ دیکھو اپنے اڑنے وڑنے کی بات کسی سے نہ کرنا میری بات یاد رکھنا ورنہ پچھتاؤ گے ساری عمر تمہارا پیچھا کریں گے اور بگڑی بات پھر نہ بن سکے گی۔ میں نے امی کے کہنے پر عمل کیا، اُڑنے کی بات چھُپانے کی تو یوں بھی مجھے عادت ہوگئی تھی۔ میں نے پہلے کی بہ نسبت اپنی پروازیں بھی بہت کم کردیں، پھر بھی امی کی طرح ساتھی کو بھی کرید لگ گئی کہ مجھ میں کوئی کمی یا زیادتی ضرور ہے۔ ایک رات اس نے اپنے بندھن کے واسطے دے کر کہا۔

"دیکھو ساتھیوں میں کوئی بھید بھاؤ نہیں ہونا چاہیئے، ساتھی وہ ہوتا ہے جو اچھے کا بھی ساتھی ہو اور بُرے کا بھی۔ تم مجھ سے کوئی بات قطعی نہ چھپاؤ۔"

میں نے اسے ساری بات بتا دی۔ اس نے سب کچھ بڑے صبر و تحمل سے سنا اور کچھ نہ کہا... مگر رفتہ رفتہ مجھے اس کے رویئے میں فرق محسوس ہونے لگا جیسے پانی کا جہاز چلنا شروع ہو تو احساس نہیں ہوتا مگر کنارہ دیکھ کر پتہ چلتا ہے کہ وہ کتنی دور نکل آیا ہے، اسی طرح غیر

محسوس طور پر ہمارے درمیان فاصلہ بڑھتا رہا۔ دن گنے رتے رہے یکسانیت سے اُکتا کر میں نے اس سے کئی دفعہ کہا۔

" کچھ تم بھی تو اپنے قصے سناؤ۔ کوئی آپ یا جگ بیتی ، پرانے سوز سازکی ، گئی رُتوں کی باتیں۔ ہم ایک دوسرے کے ساتھی ہیں ۔ تمہارا تو ایمان ہے کہ ساتھیوں میں کوئی بھید بھاؤ نہیں ہونا چاہئیے"

اس نے جواب میں لاپرواہی سے کہا "میری زندگی میں کوئی ایسی بات نہیں جو بتائی جائے' وہ تو پنسل کی سیدھی سپاٹ لکیر کی طرح ہے جس میں نہ کوئی دلکشی ہے نہ رنگ۔"

چند دن بعد ہی کی بات ہے' میری نیند ہمیشہ بہت گہری ہوتی تھی۔ خدا جانے اس رات کیسے میری آنکھ کھل گئی۔ میں نے دیکھا کہ سونے سے پہلے ساتھی نے اپنے چہرے سے ایک ماسک اتار کر الگ رکھ دیا۔ اس کے چہرے پر مندمل زخموں کے بے شمار نشانات تھے جو اتنے عرصے اس نے ماسک کے نیچے چھپائے رکھے تھے۔ اس کی زندگی سیدھی سپاٹ لکیر نہیں ہوسکتی' اس میں ضرور کوئی راز ہے جو اس نے اب تک چھپا رکھا ہے' کیوں؟ یہ کیوں' مجھے گھلانے لگی۔

اس واقعہ کے بعد اس خول چڑھے چہرے کی میٹھی میٹھی باتیں مجھے زہر لگنے لگیں۔ جی چاہتا فوراً وہ نقاب اس کے چہرے سے نوچ کر پھینک دوں مگر میں نے ضبط کیا...... یہ کام آسان نہیں ہے۔ ضبط آدمی کو دو نیم کر دیتا ہے۔ کیا کبھی آپ نے غور کیا ہے کہ ضبط کرنے سے نفرت کرنا آسان ہے!!! نفرت ایک منفی جذبہ ہے لیکن یہ ایک سیفٹی والو (VALVE) ہے۔ نفرت کا والو کھول دینے سے ضبط کے لاوے کی کھولن کم ہو جاتی ہے' ورنہ شاید آپ زندہ بھی نہ رہ سکیں۔ میں نے بھی یہی کیا۔ جب ضبط کی کھولن ناقابلِ برداشت ہونے لگی تو میں نے نفرت کا والو کھول دیا مگر نفرت میرے مزاج کے موافق نہ تھی۔

بہت جلد میں نے فیصلہ کیا کہ کسی سے نفرت کرنے سے تو مر جانا بہتر ہے۔ آخر نفرتوں کے ساتھ جیتے جانے کا کیا جواز ہے!! سقراط نے سچائی کی خاطر زہر پیا تو کیوں نہ میں محبت اور رفاقت کی خاطر زہر پی لوں۔ یہ سوچ کر میں نے خود اپنے لئے زہر کا پیالہ بنایا۔ آپ نے

سقراط کے آخری لمحات کے بارے میں ضرور پڑھا ہوگا۔ سقراط کو زہر دینے والے شخص نے کہا تھا "جب زہر دل تک پہنچے گا۔ تو کام تمام ہوجائے گا۔" اور سقراط نے کہا تھا "زہر پینے میں وہ لوگ دیر کرتے ہیں جنہیں اس سے کوئی فائدہ ہو مگر میرے دیر کرنے سے کوئی فائدہ نہیں۔ اس کو مرجانے کی جلدی تھی، تبھی اس نے فوراً زہر کا پیالہ ہونٹوں سے لگا لیا اور ایک ہی سانس میں سارا زہر چڑھا لیا۔ جس وقت سقراط نے زہر پیا اس کے پاس اس کے دوست اور غمگسار تھے جو اس کی موت سے سخت دل گرفتہ تھے اور پھوٹ پھوٹ کر رو رہے تھے مگر میرے پاس کوئی بھی نہ تھا۔ سقراط کو اپنی دوسری زندگی کا کیسا یقین تھا۔۔۔ وہ وہاں بھی ایسے ہی پھٹے پرانے کپڑے پہنے، ننگے پاؤں، سچائی کی تلاش میں لوگوں سے سوال کرتا پھرے گا تب اسے مرنے کا کیا غم!!! مگر میں نے اپنے لئے جو زہر تیار کیا تھا وہ سقراط والا زہر نہیں تھا۔ یہ وہ زہر نہیں تھا جس سے پٹ سے آدمی مرجائے۔۔۔۔ جب زہر دل تک پہنچے تو اس کا خاتمہ ہوجائے۔ یہ وہ زہر تھا۔ جو مجھے پینا تھا اور پھر۔ ۔ تمام عمر اس کے اثر سے زندہ رہنا تھا۔ یہ جھوٹ، مصلحت آمیزی اور زمانہ سازی کا زہر تھا۔ یہ وہ زہر تھا جو دن میں مجھے ہزار بار مارتا، میری پور پور رگ رگ میں سما جاتا تب بھی مجھے موت نہ آتی۔"

"تو کیا آپ نے وہ زہر پی لیا" ؟

"جی ہاں، میں نے وہ زہر گھونٹ گھونٹ کر کے پیا۔ یقین کیجئے اس کا ایک ایک قطرہ نشتر بن کر لگ رہا تھا۔"

" پھر۔۔۔ پھر کیا ہوا ؟ " میں نے بے تاب ہو کر پوچھا۔

" نفرت کا جو زہر میرے اندر موجود تھا وہ اس قدر تیز تھا کہ یہ زہر جو میں نے پیا کارگر نہ ہوا۔" اس نے ٹھنڈا سانس لیا۔

" پھر۔۔۔؟ " مجھ سے پوچھے بغیر نہ رہا گیا۔

" پھر میرے ذہن میں ایک خیال آیا کہ اگر ابھی میری قوتِ پرواز باقی ہے تو کیوں نہ میں ایک

آخری کوشش کروں اور اس کے بل پر دور، بہت دور.... زمین کی کشش سے باہر نکل جاؤں اور پھر کبھی لوٹ کر نہ آؤں۔ ایسی ہی رات تھی جب کسی کو کچھ بتلائے بغیر میں نے گھر کی چھت پر سے اپنی پرواز شروع کی لیکن زہر کے اثرات سے میری قوتِ پرواز میں ضرور کوئی خلل واقع ہو گیا ہوگا اور میرا جسم راہ ہی میں بھاری پتھر کی طرح دھم سے گر گیا ہوگا کیونکہ جب میری آنکھ کھلی تو میں نے خود کو قبر کے اندھیرے میں پایا۔"

"تو اب آپ کا کیا ارادہ ہے؟" میں نے پوچھا۔

"میری طبیعت اس ماحول سے اکتا گئی ہے، میرا ارادہ ہے کہ اب یہاں سے بھی کوچ کیا جائے۔"

"کہاں؟"

"کہیں بھی، مجھے یقین ہے کہ اب میری قوتِ پرواز بحال ہو گئی ہے۔"

یہ کہتے کہتے اچانک اس نے اپنے دونوں بازو پھیلائے اور ہوا میں اڑنا شروع کر دیا۔ میں نے حیران ہو کر چاروں طرف دیکھا۔ گہرے کاسنی آسمان پر نارنجی چاند ترازو کا پلڑا بنا ہوا بس جھول رہا تھا۔ دور آسمان پر ایک نقطہ اب بھی اڑا چلا جا رہا تھا۔ اس طرف سے نگاہ ہٹا کر جب میں نے پیچھے دیکھا تو ایک سایہ قبرستان کی دیوار کے پاس اب بھی موجود تھا۔ اور قبرستان کا ماحول بے حد بوجھل بوجھل تھا۔

جب پھوپی کھو گئیں

کچھ واقعات بین الاقوامی تاریخ کا حصہ ہوتے ہیں جیسے عالمگیر جنگیں، کچھ ملکی تاریخ کا جیسے چھوٹے موٹے سیاسی انقلابات۔ کچھ واقعات خاندانی تاریخ کا جزو ہوتے ہیں جن کو گاہے بگاہے اسی طرح یاد کیا جاتا ہے جیسے دوسرے واقعات کو مثلاً یہ اس وقت کی بات ہے۔ جب پھوپی کھو گئی تھیں۔ یہ ہمارے خاندان کا ایک تاریخی حادثہ ہے اور اس وقت کی بات ہے جب کراچی کا جغرافیہ بہت مختصر سا تھا۔ کراچی کے شاخسانے مختلف سوسائٹیوں کی شکل میں ابھی نہ نکلے تھے۔ کاریں انگلیوں پر گنی جا سکتی تھیں۔ بسوں میں نہ اتنا ہجوم ہوتا تھا نہ ان میں بیٹھنا کسرِ شان سمجھا جاتا تھا۔

سردیوں کے دن تھے اور شام کا وقت۔ ہم سب اپنے روزمرہ کے کاموں میں لگے ہوئے تھے کہ نقی بھائی گھبرائے ہوئے گھر میں داخل ہوئے۔

"پھوپی آئی ہیں؟" انہوں نے پھولی ہوئی سانسوں کے درمیان پوچھا۔

"کیسی پھوپی؟ کون سی پھوپی؟" اُلٹا سب ان ہی سے پوچھنے لگے۔ ہماری دو ہی تو پھوپیاں تھیں اور دونوں قطعی اس بات کی نااہل تھیں کہ کراچی جیسی جگہ میں تنہا سفر کر سکتیں۔ نقی بھائی کا زرد پڑا ہوا رنگ بالکل ہی اُڑ گیا۔ پیشانی پر آئے ہوئے پسینے کے قطرے دریا بن کر بہنے لگے۔

"بات کیا ہے پوری بات تو بتاؤ؟" منجھلی تائی نے پوچھا۔

اور نقی بھائی جیسے تیسے پھوپی کے کھوئے جانے کی داستان سنانے لگے۔ بڑے تایا کا کنبہ ان دنوں ڈرگ روڈ میں رہتا تھا اور کبھی بس سے اور کبھی ٹرین سے کراچی آیا جایا

کرتا تھا۔ آج بڑے تایا کو چھوڑ کر باقی سب لوگ بس سے آرہے تھے۔ صدر پر اترتے ہی کچھ دیر بعد پتہ چلا کہ پھوپی نہیں ہیں بس جا چکی تھی۔ سارے گھر والے ڈر کے مارے واپس ڈرگ روڈ لوٹ گئے صرف تقی بھائی کو ریلوے اسٹیشن دوڑایا کہ بس کا آخری سٹاپ وہی تھا۔ وہاں بھی کوئی تسلی بخش جواب نہ دے سکا۔ کسی آدمی نے کہا کہ اس نے ایک برقعہ پوش چھوٹی سی لڑکی کو تنہا اسٹیشن پر دیکھا تھا جو کسی ٹرین میں بیٹھ گئی تھی۔ وہاں سے تقی بھائی سیدھے یہاں آئے کہ شاید کسی طرح پھوپی یہاں پہنچ گئی ہوں مگر جب اُلٹا انہیں آڑے ہاتھوں لیا جانے لگا تو ان کے ہاتھوں کے طوطے اُڑ گئے۔ ادھر سارے گھر والے ایک دم پریشان ہو اُٹھے۔ منجھلے تایا غصے کے تیز تھے۔ انہوں نے جوتے پہنتے ہوئے بیوی کو للکارا ''لاؤ پیسے دو، میں اسے ڈھونڈنے جاؤں''، اور جب بیوی نے ڈرتے ڈرتے دس بیس روپے بڑھائے تو وہ پھنکارے۔ ''یہ کیا دے رہی ہو ہو سکتا ہے مجھے پشاور تک جانا پڑے۔ نہ جانے کون سی گاڑی میں بیٹھ گئی ہو وہ ڈرگ روڈ میں رکتی بھی ہو گی یا نہیں اور رُکے بھی تو اس میں اتنی عقل ہے کہ وہاں اُتر جائے۔''

چھوٹی پھوپی بڑے اور منجھلے تایا دونوں سے چھوٹی اور ہمارے ابا سے بڑی تھیں ان کا صحیح قد کیا تھا۔ یہ تو مجھے یاد نہیں البتہ یوں سمجھ لیجئے کہ ہر معمولی سی پڑا ہوا ہر بچہ وقتاً فوقتاً اپنا قد پھوپی سے ناپا کرتا تھا اور گیارہ بارہ سال کی عمر تک پہنچتے پہنچتے ان سے اونچا نکل جاتا تھا۔ ایک بات یہ یاد ہے کہ گھر کے کسی پلنگ یا کرسی پر بیٹھ جائیں تو ان کے پیر زمین سے اوپر ہی اوپر جھولتے رہتے تھے۔ بہن بھائیوں میں وہ واحد ہستی تھیں۔ جنہوں نے کچھ نہیں پڑھا تھا اور وہ خود ہی کہا کرتی تھیں کہ ''اللہ میاں نے اتنا دماغ ہی نہیں دیا کہ کچھ پڑھتی لکھتی۔'' مگر ہم بچوں کو یہ شبہ تھا کہ وہ کچھ نہ کچھ ضرور پڑھ سکتی ہیں۔ ہم نے اکثر ان کے ہاتھ میں اخبار، کتاب یا گھر میں آنے والے خطوط دیکھے تھے چونکہ وہ ان پڑھ مشہور تھیں۔ اس لئے اس بات کو جھٹلانا نہیں چاہتی تھیں۔ خصوصاً جب کہ ہم بچے ''پھوپی پڑھ سکتی ہیں''

کو باقاعدہ سلوگن کے طور پر ان کے خلاف استعمال کرتے تھے۔ شادی ان کی اسی عمر میں ہوئی تھی جس عمر میں پہلے وقتوں میں ہوا کرتی تھیں۔ یعنی چودہ پندرہ کا سن ہوگا مگر پھوپی چند ماہ سے زیادہ سسرال میں نہیں رہیں۔ ایک مرتبہ جو اپنے سسرالی شہر سے واپس آکر بیٹھیں تو پھر کبھی واپس نہیں گئیں اور جلد ہی پھوپا نے دوسری شادی کر لی۔ یہ تو ہماری یاد کا واقعہ تھا کہ جب پھوپا کا انتقال ہوا اور پھوپی کی چوڑیاں توڑنے کا سوال اٹھا تو دادی نے کہا "اسے جلنے بھی دو، اس بے چاری کا کیا سہاگ اور کیا بیوگی۔"

یوں پھوپھی کی ساری عمر بھائیوں میں گزری جہاں بھتیجے بھتیجوں کی ایک سے ایک شیطان نسل پیدا ہوتی تھی اور پھوپھی کے نتھنوں میں تیر پہناتی رہتی تھی۔ ایمان کی بات یہ ہے کہ ہم میں کسی نے بھی چھوٹی پھوپھی کو وہ عزت نہ دی جو پھوپھیوں کا حق ہے۔ بات یہ ہے کہ آنکھ کھولی تو ہم نے اپنے سے بڑے بہن بھائیوں کو ان پر ہنستے پایا۔ اب اس میں کچھ ان کا اپنا بھی قصور تھا بقول ہماری امی کے خواہ مخواہ بچوں سے اُلجھتی تھیں کہ آ بیل مجھے مار۔ ہماری نسل نے بھی ان سے وہی سب مذاق روا رکھے جو ہم سے بڑے کرتے آئے تھے۔ ان کے وقت بے وقت کھانے پینے پر، ان کے روپیہ جوڑنے پر، ان کے شوہر اور سوتیلے بچوں پہ مذاق نسل در نسل چلتا رہا۔ اب مثلاً ہر پود انہیں اس بات پر چھیڑتی تھی کہ یہ جو وہ ہر وقت نمازیں پڑھا کرتی ہیں تو نماز کی کوئی سورت انہیں پوری اور صحیح یاد نہیں ہے۔ بعض بچے قسمیں کھا کر کہتے تھے کہ انہوں نے پھوپھی کو تین سجدے کرتے دیکھا ہے۔ اب ایسی باتوں پر وہ مارنے کو نہ دوڑتیں تو کیا ہم پر پھول برساتیں۔

دادی اماں مرحومہ کو جب کبھی ان کے بیٹے پیسے دیتے ہوں گے ان ہی میں سے کچھ وہ بیٹی کو دے دیتی ہوں گی۔ وہی زنگ کھائے، گھنیاتے ہوئے میلے زنگ پیسے اب تک ان کے ٹرنک کے کسی کونے میں رکھے تھے جس کی کنجی وہ سنبھال سنبھال کر رکھتی تھیں مگر بندہ بشر آخر غلطی کا پتلا ہے۔ کبھی نہ کبھی وہ کنجی کسی کے ہاتھ لگ جاتی اور ہم سب یہ اعلان کر دیتے

کہ ہم نے پھوپھی کا سارا خزانہ نکال لیا ہے اور پھر وہ تو تکار مچتی کہ سارا محلہ سنتا۔ پھوپھی اپنا ٹرنک دیکھے بغیر ہم سب کو کوس کاٹ کر ڈھیر کر دیتیں یہ سب اس وقت ہوتا جب کوئی مرد گھر میں نہ ہوتا۔ امی کبھی ہمیں ڈانٹیں کبھی نند کے لتے لیتیں کہ تم بھی بچوں کے ساتھ بچی بن جاؤ ہو۔ آخر گھنٹہ بھر کی چخ پخ کے بعد کوئی بڑا بہن بھائی دخل دیتا تو کنجی پھوپھی کو واپس ملتی اور وہ کچھ ہنستی کچھ روتی جاکر ٹرنک کھول کر اپنا اطمینان کرتیں۔ ان کے نماز کے اوقات پر بھی ان سے چھیڑ رہتی۔ وہ اول وقت نماز پڑھنے کی اس حد تک قائل تھیں کہ اکثر ایسا ہوا کہ عصر کی اذان ہوئی تو معلوم ہوا کہ پھوپھی مغرب کی نماز بھی نمٹائے بیٹھی ہیں۔ اب کوئی انہیں سنجیدگی سے بھی سمجھاتا تو وہ ہرگز ماننے کو تیار نہ ہوتیں۔ ایک دن غصے میں جل کر کہہ اٹھیں "واہ واہ یہ خوب رہی۔ اگر کسی دن سورج نہیں ڈوبے گا تو کیا مغرب کی نماز ہی نہیں ہوگی۔"

یہ تھیں ہماری چھوٹی پھوپھی کہ جب برقعہ اوڑھ کر ہمارے ساتھ ساتھ چلتیں تو سب سے چھوٹی بہن دکھائی دیتیں۔ منجھلے تایا کے جانے کے بعد منے بھائی ریلوے ٹائم ٹیبل لے کر بیٹھ گئے یہ دیکھنے کہ پھوپھی کون کون سی گاڑیوں میں بیٹھ سکتی ہیں۔ ہمارے ابا اس وقت اپنے کمرے میں اوپر تھے وہ خبر سن کر گم سم مراقبے میں چلے گئے کہ ایسی پریشانی کے وقت وہ کسی کام دھام کے نہیں رہتے تھے۔ ان کی اپنی حالت غیر ہو جاتی تھی اور امی اصل مسئلہ بھول کر ان کی دیکھ ریکھ میں لگ جاتی تھیں۔ پھر منے بھائی اچانک اٹھے اور جوتے پہن کر وہ بھی پھوپھی کی تلاش میں نکل گئے اور ہم سب بچوں پر جو اس وقت تک بغیر کھائے پیئے بستروں میں دبک گئے تھے بڑا ہنسی کا دورہ یہ سوچ سوچ کر کہ پھوپھی نے کیسے کیسے ڈرامے کئے ہوں گے وہ بغیر ٹکٹ پشاور یا کوئٹہ جانے والی گاڑی میں بیٹھ گئی ہوں گی اور جب ٹکٹ چیکر نے ٹکٹ مانگا ہوگا تو انہوں نے کیا جواب دیا ہوگا۔ پھوپھی کو ہمارے بڑے تایا نے جو ان معاملات کو بڑی اہمیت دیتے تھے۔ سینکڑوں ہی مرتبہ اپنے اور نزدیکی عزیزوں کے گھروں کے پتے یاد کروائے ہوں گے مگر وہ ان کے ذہن سے یوں پھسل جاتے تھے جیسے چکنے پتے پر

سے پانی کی بوند۔اب کسی بھلے مانس تے ان سے ان کے گھر کا پتہ یا بھائیوں کے نام پتے پوچھے ہوں گے تو انہوں نے کیا کہا ہوگا۔ہمیں یقین تھا کہ پھوپھی کو اپنے بھائیوں کے نام بھی بڑے بھائی منجھلے بھائی اور بکّی میاں سے آگے یاد نہ تھے۔اس سلسلے میں جتنی مضحکہ خیز صورت حالات ممکن تھیں۔ہم باری باری ان سب کا تصور پیش کرتے اور ہنستے اور کوئی ایسی ویسی ہنسی، اس قدر والہانہ اور بے قابو کہ سانس پیٹ میں نہ سماتا۔آخر منجھلی تائی جانماز پر سے اُٹھ کر آئیں اور ہمیں ڈانٹا۔

"شیطانو! یہ وقت ہنسنے کا ہے یا رو رو کر دعائیں مانگنے کا، کہ ہماری پھوپھی کو ساتھ خیریت کے گھر پہنچائے۔" وہ تو یہ کہہ کر دوبارہ مصلے پر جا بیٹھیں۔مگر یہاں تو شیطان سوار تھا جو اتنی آسانی سے اترنے والا نہ تھا۔ناصر نے لمحہ بھر میں سر پر کپڑا باندھ جانے کہاں سے تسبیح نکال لی اور ورد کرنے لگا۔"یا اللہ ہماری پھوپھی کو خیریت سے گھر پہنچا"، اس کا لہجہ کم بخت ایسا تھا۔ کہ ہنسی روکتے روکتے پیٹ میں درد ہونے لگا۔ادھر گڈو وہیں پلنگ پر سجدہ ریز ہوگیا اور پھر ہاتھ پھیلا کر دعائیں مانگنے لگا۔"یا مولیٰ ہماری پھوپھی کو ہمارے گھر کا نمبر یاد دلا دے اور محلے کا نام بھی اور ملک کا نام بھی ایسا نہ ہو کہ کوئی منحوس انہیں انگلستان پہنچا دے۔" سلمہ نے فوراً انگوٹھی رگڑ کر جن کو بلایا اور حکم دیا۔"ہماری چھوٹی پھوپھی کو دنیا کے جس کونے میں بھی ہوں فوراً حاضر کرو، ورنہ اسے جن تمہاری گردن ماردی جائے گی۔" ان بے تکی باتوں پر کہ جن کا سر تھا نہ پیر ہنسی تھی کہ سانس نہ لینے دیتی تھی۔اب یہ سوچ کر حیرت ہوتی ہے کہ بچپن میں کیسی کیسی سنجیدہ باتوں پر ہنسی آتی ہے اور کبھی گھر گھر کر آتی ہے کہ ڈانٹ پھٹکار سے بجائے کم ہونے کے بڑھتی ہی جاتی ہے۔کہتے ہیں جب میدان جنگ میں کسی سپاہی کے گولی لگتی ہے تو پاس کھڑا ہوا سپاہی آپ ہی آپ مسکرا اٹھتا ہے یہ جان کر کہ یہ میں نہیں تھا۔ جس کے گولی لگی۔شاید ہماری ہنسی بھی اسی قسم کی ہنسی تھی جس میں یہ طرب انگیز جملہ چھپا ہوا تھا۔"خدا کا شکر ہے یہ ہم نہیں تھے جو کھوتے گئے۔"

مجھے یاد ہے ایک مرتبہ پہلے بھی ہم اسی طرح بے لگام ہنستے چلے گئے۔ یہ وہ دن تھا جب ریڈیو پر اعلان ہوا تھا کہ کراچی کے نزدیک سمندر میں طوفان آنے والا ہے اور کراچی کو زبردست خطرہ لاحق ہے سنا ہے کچھ اہلِ دل اس رات ہوائی جہاز میں بیٹھ کر کراچی کو خیر باد کہہ گئے تھے۔ اس دن بھی ہمارے بڑوں نے جا نمازیں اور تسبیحیں سنبھال لی تھیں اور ہم بچوں نے تخیل کی لگامیں ڈھیلی چھوڑ دی تھیں اور ہنستے ہنستے بے حال ہو گئے تھے۔ شاید اس رات ہم ہنس ہنس کر اُس خوف کو دور بھگانے کی کوشش کر رہے تھے جو اندر سے ہماری روحوں کو منجمد کر رہا تھا۔

جب رات گہری ہونے لگی تو سب سے پہلے منے بھائی اپنی تلاش سے بے نیل و مرام لوٹے۔ ابا لشتم پشتم کوٹھے پر سے اتر کر پلنگ پر تکیئے سے پیٹھ لگا کر بیٹھ گئے۔ وہ شکل سے پرانے بیمار نظر آ رہے تھے۔ منجھلی نانی اور امی اپنے اپنے بستروں پر صورت تصویر پڑ گئیں۔ تب ہم بھی ایک دوسرے میں گھس کر چپ چاپ پڑ گئے کہ اب ہنسنا خطرے سے خالی نہیں تھا۔ اسی طرح پڑے پڑے جانے کب سو گئے کہ ذرا ہنگامے سے آنکھ کھلی۔ گھر میں اچھی خاصی چہل پہل تھی۔ بڑے تایا چھوٹی پھوپھی کے ساتھ ابھی ابھی گھر میں داخل ہوئے تھے۔ ہمیں اندازہ ہوا کہ پھوپھی کسی نہ کسی طرح ڈرگ روڈ میں اپنے گھر پہنچ گئی تھیں۔ ان دنوں کی طرح گھر گھر ٹیلیفون نہیں تھا، تایا یہ سوچ کر کہ رات بھر سب پریشان رہیں گے خود ہی پھوپھی کو لے کر یہاں آ گئے تھے۔ امی تایا اور پھوپھی کے لئے کھانا نکالنے چلیں تو چلتے چلتے ہم سے بھی کہا "بچو! اٹھو کھانا کھا لو، پھوپھی آ گئی ہیں۔"

تھوڑی دیر بعد منجھلے تایا لوٹے۔ اپنی روئیداد تو انہوں نے نہ سنائی ہاں یہ کہ پھوپھی کے پیچھے پڑ گئے کہ وہ کیسے گھر تک پہنچیں۔ پھوپھی نے اُس غبی طالب علم کی طرح جو غلط جواب دینے کے ڈر سے چپ رہ کر سارا دن پٹنے کو ترجیح دیتا ہے چپ سادھ لی۔ ادھر منجھلے تایا رہ رہ کر ایسے دھاڑتے کہ ہم سب لحافوں میں دُبکے قل پڑھنا شروع کر دیتے۔ ادھر

پھوپھی رو رو کر دوپٹے سے منہ اور ناک پونچھے جاتیں مگر ہرگز منہ سے کچھ نہ بولتیں۔ بڑے تایا اور ابا خاموش بیٹھے تھے کہ منجھلے تایا کے غصے کے آگے کسی کی پیش نہ جاتی تھی۔ وہ تو تائی سر پر کفن باندھ آگے بڑھیں اور بولیں "قصہ بعد میں سن لیجئے گا ان کو کھانا تو کھا لینے دیجئے اور آپ بھی کھانا کھا لیجئے منہ ہاتھ دھو کر۔"

منجھلے تایا غصے میں پیر پٹختے غسل خانے میں چلے گئے۔ تائی نے چھوٹی پھوپھی کو دودھ کا ایک پیالہ پلا کر جھٹ بستر میں لٹا دیا کہ کہیں پھر سے عدالت نہ بیٹھ جائے۔ بڑے تایا کو اور ابا کے ساتھ سلا دیا گیا کہ اب کہاں رات کو جاتے پھریں گے اور ہم سب بغیر کھانا کھائے بیسے بڑھے یا بچے جہاں پڑے تھے وہیں سو گئے۔

صبح اٹھے تو حالات نارمل تھے۔ بڑے تایا ابا کو لے کر اپنے گھر چلے گئے تھے منجھلے تایا شیروانی پہن کر بنک کے کسی کام سے جا چکے تھے منے بھائی اپنے دفتر سدھار چکے تھے۔ ہم نے پھوپھی سے اپنے گم ہو جانے کی داستان سنانے کو کہا تو خلافِ توقع انہوں نے سارا قصہ سنا دیا "جب اسٹیشن کے بس اسٹینڈ پر سارے مسافر اتر گئے اور بس کنڈکٹر نے پوچھا اے منی تجھے کدھر جانا ہے تو میں گھبرا گئی اور گھبرا کر وہیں اتر گئی۔ میں نے سوچا کہ بس سے جاؤں تو پتہ ملے نہ ملے اس سے اگر میں گاڑی میں بیٹھ جاؤں تو ڈرگ روڈ پہ اتر کر گھر جا سکتی ہوں تو بھیا میں گاڑی میں بیٹھ گئی۔"

"مگر تمہیں کیسے پتہ تھا کہ یہ گاڑی ڈرگ روڈ پر ٹھہرے گی؟"

"ہاں مجھے پتہ تھا" پھوپھی نے فخر سے کہا "یہ وہی تو گاڑی تھی جس کے پہنچنے پر میں روز مغرب کی نماز پڑھا کرتی ہوں۔"

"اچھا پھر ڈرگ روڈ پر بغیر ٹکٹ نکلیں کیسے؟"

"بغیر ٹکٹ کیوں! میرے پاس ٹکٹ تھا۔"

"اچھا! وہ کس نے دلوایا؟"

"میں نے خود لیا۔ . . . میرے پاس پیسے تھے اماں کہا کرتے تھیں کہ باہر جاتے وقت تھوڑے سے پیسے پلّو میں باندھ لیا کرو۔"

"اچھا! پھر کیا ہوا؟"

"بس اسٹیشن سے باہر نکلی تو ایک رکشہ کھڑی تھی میں نے وہ لی اور اپنے گھر پہنچ گئی۔"

"مگر گھر کا پتہ کیسے بتایا آپ نے؟"

"وہ تو خیر مجھے نمبر بھی یاد تھا مگر میں نے پی۔اے۔ایف اسکول کا کہہ دیا، اس کے پاس ہی تو ہے گھر وہیں پہنچ کر میں نے رکشہ والے سے کہا کہ "بھیا! میرے پاس پیسے نہیں ہیں۔اندر سے بھجوائے دیتی ہوں وہ بولا کوئی بات نہیں اماں۔"

"اماں کہا یا بیٹی؟ آپ کو برقعے میں دیکھ کر آج تک تو کسی نے اماں کہا نہیں۔"

پھوپھی مسکرائیں "میں نے کراچی اسٹیشن پر ہی نقاب الٹ دی تھی کہ لوگ میرے سفید بال دیکھ لیں اور مجھے بچی نہ سمجھیں اور میں نے چپکے سے اپنی چوڑیاں اتار کر دوپٹے کے پلو میں باندھ بغل میں داب لی تھیں۔اماں کہا کرتے تھیں چور اچکوں کو سونے کا بڑا لالچ ہوتا ہے"اس وقت ان کے چہرے پر فتح کی وہ سرخی تھی جو کسی جرنل کے چہرے پر کوئی بڑی جنگ جیتنے کے بعد ہوتی ہوگی۔

"ہرّا۔چھوٹی پھوپھی! ہپ ہپ ہرّا۔" ہم لوگوں کے نعروں نے ہمیشہ کی طرح گھر سر پر اٹھا لیا اور ہمیشہ کی طرح خوب ڈانٹ کھائی۔

اور پھر اس دن ہمیں پتہ چلا کہ پھوپھی اتنی بے وقوف تھیں نہ اتنی ڈرپوک۔جتنا ہم نے انہیں سمجھ رکھا تھا ساری عمر وہ اس جوکر کا پارٹ ادا کرتی رہیں جسے منہ پر جبروت ملے، جبروں سے کپڑے پہنے۔بڑا سا جوتا پھٹپھٹاتے نہ دیکھیں تو مزا نہیں آتا۔وہ پتے اس لئے بھول جاتی تھیں کہ سب نے طے کر رکھا تھا وہ پتے یاد ہی نہیں رکھ سکتیں۔وہ ایک جگہ سے دوسری جگہ اس لئے نہیں جا سکتی تھیں کہ ہم نے خواب میں بھی نہیں سوچا تھا کہ وہ تنہا کہیں آ جا سکتی ہیں۔

ہم نے بغیر آزملتے انہیں ایک چھوٹا سا بچہ سمجھ لیا تھا اور وہ بخوبی اپنا کردار نبھارہی تھیں۔ وہ وہی کرتی تھیں جس کی توقع ان سے کی جاتی تھی اور ان ہی پر کیا موقوف ہے۔ ہماری اکثر بڑی بوڑھیوں کے ساتھ بھی رویہ رکھا جاتا تھا یہ طے شدہ امر تھا کہ وہ بھائی یا شوہر کے بغیر آ جا نہیں سکتیں، کوئی صحیح فیصلہ نہیں کر سکتیں۔ وہ ساری زندگی ہماری چھوٹی پھوپھی کی طرح کھوئی رہتی تھیں اور خوش رہتی تھیں کہ انہیں جو پارٹ دیا گیا ہے وہ اسے بخوبی انجام دے رہی ہیں۔

آج عورت نے اپنے آپ کو اس طرح دریافت کر لیا ہے۔ جس طرح پھوپھی نے خود کو اس گم ہو جانے والے دن پا لیا تھا مگر اس کے بعد بھی زندگی کے باقی دن پھوپھی نے پہلے ہی کی طرح گزارے جس طرح آج بہت سی عورتیں اپنے آپ کو دریافت کر لینے کے بعد بھی زندگی کے دن مردوں کے تحفظ کے سائے میں عافیت و آشتی سے گزارنا چاہتی ہیں۔ اور ظاہر نہیں کرتیں کہ انہیں اپنے گھر کا پتہ خوب یاد ہے انہیں خوب معلوم ہے کہ کون سی گاڑی کس وقت چلتی ہے اور کہاں پہنچاتی ہے۔

رنگ، کینوس اور نقاد

اس کا جی چاہتا تھا کہ وہ اپنے دونوں ہاتھ قلم کر دے۔

آنکھیں بند کرتا تو لمحہ بھر میں مکمل تصویر، ساری لکیروں اور پورے رنگ و آہنگ کے ساتھ اس کی آنکھوں کے چوکھٹے میں آ کر فٹ ہو جاتی۔ چوکھٹا جو بالکل صحیح ناپ کا گولڈن مستطیل ہوتا۔ اس میں کوئی اچھوتا موضوع رنگ اور لکیروں میں ڈھل کر یوں سامنے آتا کہ وہ پھڑک اُٹھتا، یہ پینٹنگ اگر جوں کی توں بن جائے تو! کبھی آنکھیں بند کرتا تو اس صحیح ناپ کے سنہری مستطیل پر ایسے خوش رنگ لہریئے لہراتے کہ وہ جھوم اُٹھتا اور انہیں رنگ بہ رنگ حافظے میں محفوظ کر لیتا۔ پھر آنکھیں کھول کر چاہتا کہ انہیں جوں کا توں پینٹ کرے۔ مگر جیسے ہی وہ آنکھیں کھولتا۔ سب کچھ فنا ہو جاتا۔ حافظے کی مدد سے وہ پینٹ کرتا مگر بات نہ بنتی پینٹنگ کی روح غائب ہو جاتی صرف رنگ رہ جاتے۔ خدا معلوم اس کے ہاتھ دھوکا دے رہے تھے یا ذہن دھوکا دے رہا تھا۔ اسے غصہ ہاتھوں ہی پر آتا تھا۔ یہی غدار ہیں ورنہ کوئی وجہ نہیں کہ جو تصویر اس کی آنکھوں کے پردے پر اُبھرتی ہے جوں کی توں منتقل نہ ہو سکے۔

اور ابھی بند آنکھوں اور کھلی آنکھوں کی یہ جنگ جاری تھی کہ اس کی نظر بہت تیزی سے زائل ہونے اور رنگوں کی پہچان کھونے لگی۔ اس کی پریشانی کی حد نہ رہی۔ اس نے تو زندگی میں اور کچھ نہ کیا تھا۔ سوائے رنگوں سے کھیلنے کے۔ اس کا کام بھی یہی تھا۔ اس کی تفریح بھی یہی تھی۔ اگر رنگ اسے دغا دے گئے تو وہ کیا کرے گا۔ وہ دن رات پینٹنگ بنانے لگا۔ وہ وقت سے، خود سے اور خدا سے لڑ رہا تھا۔ وہ چاہتا تھا۔ بینائی ختم ہونے سے پہلے وہ زیادہ سے زیادہ پینٹنگز بنا لے اور آنکھوں کو وہ جس قدر اندھا دھند استعمال کر رہا تھا، ان کی روشنی

اسی تیزی سے اس کا ساتھ چھوڑ رہی تھی۔ ڈاکٹروں نے اسے مشورہ دیا تھا کہ وہ اپنی آنکھوں کو مکمل آرام دے اور ان پر بالکل زور نہ ڈالے لیکن جس طرح بلانوش شراب کے آخری گلاس کا آخری قطرہ تک پی جانا چاہتا ہے، وہ اپنی بینائی کی آخری شعاع تک اپنی پینٹنگ میں جذب کر دینا چاہتا تھا۔ اب اس کے پاس یہ سوچنے کا وقت نہیں تھا کہ وہ جو کچھ بنانا چاہتا ہے۔ وہ بن بھی رہا ہے یا نہیں۔ اس نے اپنے آپ سے سمجھوتہ کر لیا تھا۔ کمال کس کو حاصل ہوا ہے۔ اگر اسے کسی حد تک کامیابی ہو جاتی ہے تو یہی بہت ہے۔ اگر لوگ اس کے اسی کام کو سراہتے ہیں تو وہ کیوں بتائے کہ اس کی نظر میں اس کی ہر تصویر ادھوری اور ناکام ہے۔

اور پھر اس نے اپنی آخری نمائش کرنے کا فیصلہ کر لیا۔ جس میں اس کی تیس نئی پینٹنگز ہوں گی۔ اس نے تیس کینوس تیار کر کے اپنے اسٹوڈیو میں چاروں طرف رکھ دیئے اور پرانا سارا کاٹھ کباڑ نکال دیا۔ اب وہ دل جمعی سے کام کرے گا۔ اس کا موضوع آنکھیں ہوں گی۔ بصارت اور بصیرت۔ وہ ملٹن کو پینٹ کرے گا۔ آنکھیں جانے سے پہلے اور آنکھیں جانے کے بعد۔ بینائی کھونے سے پہلے بے چین اور مضطرب اور بینائی کھونے کے بعد مطمئن اور پرسکون۔ مگر کیا یہ ممکن ہے۔ نہیں۔ جوں جوں اس کی بصارت۔ زائل ہو رہی تھی، اس پر اضطراب اور خوف کا ایک عجیب عالم طاری ہو رہا تھا۔ اس کی بھوک، پیاس اور راتوں کی نیند اڑ گئی تھی۔ کسی صورت چین نہ آتا تھا۔ یوں لگتا تھا جیسے کوئی آسیب اس کی تاک میں ہو۔ وہ رو رو کر دعائیں مانگتا تھا۔ "یا الہیٰ رحم کر۔ میری جان لے لے مگر میری آنکھیں نہ لے۔"

اور اس ساری پریشانی خوف اور آسیبی حملوں سے بچنے کی دوسری صورت یہ تھی کہ وہ پینٹنگ بناتے جاتے۔ رونا اور پینٹنگ کرنا دونوں ہی ایسے کام تھے جو اس کی بصارت زائل کرنے میں آسیبوں کی مدد کر رہے تھے۔ وہ آسیب اسے یوں لگتا جیسے فضا میں منڈلا رہے ہوں۔ ان گدھوں کی طرح جو تاک میں رہتے ہیں کہ جیسے ہی زخمی کا دم نکلے اس پر جھپٹ پڑیں۔

جسمانی تھکن، ذہنی کرب اور خوف نے اسے بیمار ڈال دیا۔ اس کے اعصاب جواب دے گئے اور وہ ذہنی مریضوں کے ہسپتال میں داخل کر دیا گیا جہاں پڑا پڑا وہ چیختا رہتا کہ اسے گھر جانے دیا جائے، وقت کم ہے اور اسے بہت کام نمٹانا ہے۔ یہ ہسپتال والے جاہل اور بے حس لوگ ذرا نہیں جانتے کہ اس کا قیمتی وقت برباد ہو رہا ہے۔ وہ جان بوجھ کر کتنا قیمتی سرمایہ مٹی میں ملا رہے ہیں۔ ہسپتال والے خود کو جاہل اور بے حس سن کر مسکراتے اور ہنس کر ٹال جاتے کہ باؤلے مریض اس سے بھی زیادہ سخت سست کہا کرتے ہیں۔ ڈاکٹروں اور نرسوں کو ہی زہر کے انجکشن لگانے اور کھانے میں زہر ملانے کا الزام ملتا ہے سو ایسے مریضوں کی کیا پروا۔

نتیجہ یہ ہوا کہ ہسپتال میں پڑا پڑا ہی وہ بصارت سے محروم ہو گیا۔ چھ دن تو اس نے آسمان سر پر اٹھائے رکھا۔ پھر آہستہ آہستہ عادی ہونے لگا کہ انسان بڑا سخت جان ہے۔ وہ اس چیز کی کمی کا بھی عادی ہو جاتا ہے جس کے بغیر ایک پل اسے جینا گوارا نہیں ہوتا۔ کچھ اور پر سکون ہوا تو ڈاکٹروں نے اسے گھر جانے کی اجازت دے دی۔

گھر آتے ہی وہ سب سے پہلے اپنے اسٹوڈیو میں گیا۔ سارے کینوس اسی طرح رکھے تھے۔ جیسے وہ چھوڑ کر گیا تھا۔ اس کا ایزل اسی طرح موجود تھا جس پر ایک نامکمل پینٹنگ رکھی تھی۔ اس کے رنگ اور برش سب اپنی جگہ موجود تھے۔ جیسے اتنے عرصے سے اس کے منتظر ہوں۔ مگر اب وہ کیا کرے۔ اس نے جھک کر ہاتھ سے رنگوں کی ٹیوب کو چھوا..... سب ٹیوب ایک سی تھیں۔ وہ کیسے اندازہ لگاتے کہ سبز کونسی ہے۔ سرخ کونسی، سیاہ کونسی ہے اور سفید کونسی.... کاش اتنے سال اس نے رنگوں سے مغز مارنے کے بجائے موسیقی میں جان کھپائی ہوتی۔ تو وہ آج بھی اپنی آواز کا جادو جگانے کے قابل ہوتا۔ اگر ان رنگوں کی جگہ ستار کے تار ہوتے تو وہ اس کی انگلیوں کی زبان سمجھتے۔ ہر تار چھوتے ہی بول پڑتا "میں یہ ہوں"، اور وہ آنکھیں نہ رکھتے ہوئے بھی انگلیوں کے بل پہ ستار بجا سکتا.... مگر اب

وہ ان اندھی بھری ٹیوبوں اور ان بے حس بے آواز برشوں کا کیا کرے ؟ اسے لگا جیسے وہ اندھا نہیں ہوا ہے۔ اس کا پیلیٹ اندھا ہو گیا ہے۔ اسے بے حد غصہ آیا۔ ساری عمر وہ جس پیلیٹ پر اپنے رنگوں کی بارش کرتا رہا۔ جن برشوں کو رنگوں کی زبان سکھاتا رہا۔ انہوں نے اتنی مدت میں کچھ نہ سیکھا۔ اس کی ساری عمر کی محنت رائیگاں گئی۔ آخر اس نے اپنے ہاتھوں اور انگلیوں کو اپنے ذہن کے خوابوں کا کچھ حصہ تو دیا تھا یا نہیں۔ کیا یہ اس کی کوئی مدد نہیں کر سکتے۔ یقیناً نہیں۔ جب وہ خود ہی نہیں دیکھ سکتا تو وہ کیا کر سکتے ہیں ؟ اس نے دوبارہ ٹیوبوں کو چھوا..... کوئی طریقہ تو ہوگا رنگوں کے علم کا نہیں۔ ساری ٹیوبیں واقعی ایک سی ہیں۔ رنگ اس کے ہاتھوں میں بے بس پرندوں کی طرح چپ چاپ اور سہمے ہوئے تھے۔ غصے میں اس نے اندھا دھند ٹیوبیں کھول کھول پیلیٹ پر رنگوں کے انبار لگا دیئے اور پھر برش کا بنڈل اٹھا کر ایزل کے پاس پہنچا اور رنگ کینوس پر پھیلانے شروع کر دیئے، پھینکنے شروع کر دیئے۔ کبھی غصے میں انہیں رگڑ ڈالا۔ کبھی پیار سے انہیں اچھال دیا۔ کبھی ہمدردی سے انہیں سہلا دیا۔ ایک کے بعد ایک اس نے سارے کینوس رنگ ڈالے۔ جب پیلیٹ پر رنگ ختم ہو جاتے وہ ٹیوبوں سے پیلیٹ پر رنگ انڈیل دیتا اور برش پھر اپنا کام شروع کر دیتے اور جب اسے معلوم ہوتا کہ کینوس بھر گیا ہے تو وہ دوسرے کینوس کی راہ لیتا۔ دن رات وہ اسی کام میں لگا رہا۔ نہ اسے کھانے کا ہوش تھا نہ پینے کا..... اور جب تیسوں کینوس پورے ہو گئے تو دنیا انہیں دیکھ کر انگشت بہ دنداں رہ گئی، کسی کو یقین نہ آتا تھا کہ یہ تصویریں کسی اندھے آرٹسٹ نے بنائی ہیں۔ ان میں رنگوں کی جو بصیرت تھی، ہنر مندی کا جو کمال تھا۔ لکیروں میں جو آہنگ تھا اور مکمل پینٹنگ میں جو موسیقی تھی۔ وہ آج تک کسی آنکھوں والے کے کام میں نہیں دیکھی گئی تھی۔ وہ تمام رنگ جو اس نے بند آنکھوں سے دیکھے تھے اور آنکھیں کھول کر کینوس پر منتقل نہ کر سکا تھا، وہ تمام امنگیں جو اس کے دل میں ڈیرہ ڈالے تھیں، وہ ساری حسرتیں جو پوری نہ ہوئی تھیں اور کچھ کرنے کا عزم جواب کچھ نہ کر سکنے کی اتھاہ مایوسی

میں ڈوب رہا تھا۔ سبھی کچھ تو اس کے کینوس پر منتقل ہو گیا تھا۔

اس کی نمائش میں لوگ امنڈتے چلے آئے تھے۔ نوجوان مصور اس کی انگلیوں کی پوروں کو اپنی آنکھوں سے لگا رہے تھے۔ شائقین اس کی بے نور آنکھوں کو عقیدت سے دیکھ رہے تھے۔ انٹرویو لینے والے مائک اس کے آگے دھرے بیٹھے تھے اور وہ دھیرے دھیرے کہہ رہا تھا۔ میں آرٹسٹ نہیں ہوں۔ میں ایک کینوس ہوں میں نے چالیس برس رنگ پیا ہے اب رنگ خود بخود میرے اندر سے پھوٹ رہے ہیں۔ میں کسی پینٹنگ کی تخلیق نہیں کرتا، وہ تو میری ذات، میری شخصیت اور خود میرے وجود کا حصہ بن گئی ہیں۔ بس میں خوش ہوں کہ میرے پیلیٹ نے، میرے برش نے اور میری انگلیوں نے میرے ساتھ غداری نہیں کی۔۔۔ مجھے آج معلوم ہوا کہ یہ سب میری آنکھوں کے تابع نہیں تھے، میرے تابع تھے۔ میری روح کے۔ یہ آنکھوں کے شاگرد نہیں تھے۔ روح کے شاگرد تھے۔ سچے شاگرد تھے۔"

اور آرٹ کے نقاد نے لکھا "۔۔۔ وہ ذہنی طور پر پوری طرح صحت یاب نہیں ہوئے ہیں وہ بہکی بہکی باتیں کر رہے تھے۔ مثلاً انہوں نے کہا۔ وہ آرٹسٹ نہیں بلکہ ایک کینوس ہیں۔۔۔"

جنم جلی

روزمرہ تو خیر جیسا تھا مگر جس دن ساس کی طبیعت ذرا خراب ہوتی قیامت آ جاتی۔ بالکل بچوں کی طرح وہ واویلا مچاتیں اور اس دن سب سے زیادہ نزلہ بہو پر گرتا اس بات پر کہ اس نے بیٹے کو برج کھیلنے سے کیوں نہ روکا۔ ماں مر رہی ہے اور بیٹا رات بھر جوا کھیل رہا ہے مگر قصور کس کا ہے، بہو کا!— اور بہو غریب خاموش رہتی۔ دھیرے سے کہتی — "انہیں معلوم تھا کہ آپ کی طبیعت خراب ہے۔"

"پھر وہ کیوں گیا —" ساس اُبل پڑتیں جیسے اس نے زبردستی بھیجا ہو "تم لوگوں کی بلا سے ماں مرے یا جیئے —" اور وہ صاف الفاظ میں یہ کبھی نہ کہتی کہ بھلا اس میں میری کیا خطا بس دل ہی دل میں ہنستی۔ کہیں ایسا بھی سنا ہے کہ ساس اپنی بہو کو اس بات پہ ڈانٹے کہ وہ اپنے میاں سے لڑتی کیوں نہیں۔ وہ جب بھی طعنے دیتیں اسی بات کا۔

"عجب لڑکی ہے، رات بھر میاں غائب رہے گا صبح آئے گا تو ہمیشہ ہنس کر دروازہ کھولے گی، کیا مجال جو کبھی پوچھ لے اتنی دیر کہاں رہے۔ اسی لئے تو وہ اتنا سر پھرا ہو گیا ہے۔ سمجھدار بیویاں شوہروں کو انگوٹھے تلے رکھتی ہیں ہاں نہیں تو —" اب اگر وہ پوچھ لیتی کہ ماں جی آپ نے جو اپنے سرتاج کو انگوٹھے تلے رکھنے کی کوشش کی تو وہ کون سے دب ہی گئے سوائے اس کے کہ عمر بھر چائیں چائیں ہوتی رہی، سارے زمانے نے تماشہ دیکھا— آپ دونوں کی زندگی تلخ ہوئی سو الگ، اور آپ کے بیٹے کو تب ہی سے گھر سے باہر رہنے کا چسکہ پڑا۔ اب اگر میں ان سے لڑوں تو کیا حاصل ہو گا سوائے اس کے کہ ایک دن وہ گھر چھوڑ کر ایسا بھاگے گا کہ مُڑ کر بھی نہ دیکھے گا۔ آپ کے شوہر میں اتنا دم تھا کہ ہر وقت کی جھک جھک کے سامنے

بھی سینہ تان کر گھر آجاتے تھے مگر آپ کا بیٹا اس تماشے سے پہلے ہی اکتا چکا ہے اس نے شادی سے پہلے ہی یہ بات صاف کر دی تھی کہ وہ سب کچھ برداشت کر سکتا ہے مگر اپنی ماں کی طرح —— ہر وقت بیوی کی ہائے ہائے نہیں سن سکتا۔ اب وہ یہ سب اپنی ساس کو کس طرح بتائے جو اسے خاموشی سے زیادتی سہہ لینے کے طعنے دیتی تھیں ——

"ہائے —— اگر کسی کو میری فکر ہوتی تو —— نوکر بھیج کر اسے بلوا ہی لیا جاتا ——" ساس تکلیف سے زیادہ اپنی طرف سے گھر والوں کی لاپروائی پر تڑپ کر کہتیں۔

"ماں جی —— بلوا تو لیتے —— مگر معلوم ہی نہیں نا کہ وہ ہوں گے کہاں۔"

"کیوں کلب میں ہوگا اور کہاں ہوگا ——" ساس تڑاخ سے کہتیں۔

"کبھی کلب میں کھیلتے ہیں کبھی کسی کے گھر —— آج شاید کسی کے گھر گئے ہیں ——"

"تو کیا وہ یہ بھی بتا کر نہیں جاتا کہ کہاں جا رہا ہے؟ ——"

"بتایا تو تھا مگر میں نے غور سے نہیں سنا۔"

"ہاں —— تم کیوں غور سے سنتیں، بیٹا کہیں ماں کی میت پر چلا ہی نہ آئے۔"

اب سسر کے صبر کا پیمانہ لبریز ہو جاتا وہ کمرے میں جھانک کر کہتے "کہہ دو کہ تم صبح تک مرتی نہیں کہ بیٹے کا منہ نہ دیکھ سکو۔ اور اگر مر ہی گئیں تو کیا ہے —— بیٹا تمہارا منہ دیکھ لے گا ——"

ہزار شکر کہ بڑی بی اونچا سنتی تھیں۔ پھر بھی بھنک پڑ ہی جاتی —— "یہ کیا بڑ بڑ کر رہے ہیں؟"

"کچھ نہیں، کہہ رہے ہیں صبح تک آپ اچھی ہو جائیں گی۔"

"اور نہ ہوتی تو ان باپ بیٹے کو کیا فرق پڑے گا۔ یہ تو خدا سے چاہ رہے ہیں کہ پاپ کٹے میں ہی بے شرم ہوں ——"

اس مرحلے پر سسر تیزی سے آتے اور اپنا تکیہ اور کمبل اٹھا کر اسی تیزی سے باہر نکل جاتے گویا اعلان کر دیتے کہ وہ رات کو ڈرائنگ روم میں یا مہمان کمرے میں سوئیں گے۔

بیمار بیوی کو چھوڑ کر میاں دوسرے کمرے میں پاؤں پھیلا کر سوتے یہ وہ حادثہ تھا کہ اس صدمے سے وہ جاں بحق ہو جاتیں تو بے جا نہ ہوتا مگر طویل ازدواجی زندگی میں یہ حادثہ اتنی بار گزر رہا تھا کہ اب صدمہ قطعی قابل برداشت ہو گیا تھا، بس اتنا ہوتا کہ رات کا بیشتر حصہ وہ اپنی ساری عمر کی کس مپرسی یاد کر کے تڑپتیں، آہیں بھرتیں اور روتیں — میاں مہمان خانے میں سنا کر سوتے، بیٹا رات بھر برج کھیلتا جو کچھ گزرتی بے چاری بہو پر ——

اور بہو جانے کس کمبخت مٹی کی بنی ہوئی تھی کہ پورے دنوں سے تھی مگر مجال ہے۔ جو کسی بات پہ نخرے کرے بیٹے کے کہنے پر مٹکا سا پیٹ اٹھائے پکچر بھی چلی جاتی، بازار بھی اور جہاں جہاں وہ گھسیٹے لئے پھرتا۔ ساس اعتراض کرتیں تو ہنس کر ٹال جاتی کہ کیا کروں وہ نہیں مانتے ورنہ بتایئے ماں جی اس حلیے میں کسی کا جی چاہتا ہے کہیں جانے کو یعنی الٹا ساس سے ہمدردی وصول کرنے کی فکر کرتی — اب اس بدبخت سے کوئی پوچھے کہ وہ کونسا تیرا بے دام کا غلام ہے جو تجھ پر اس کی ہر بات ماننا فرض ہے مگر پتھر میں بھلا کبھی جونک لگی ہے ——

یہاں تک کہ جس رات ہسپتال جانے کی ضرورت پڑی تب بھی میاں غائب تھا۔ اس نے ساس سے آکر کہا۔ ضرورت کی چیزیں چند دن پہلے سوٹ کیس میں رکھ لی تھیں وہ تو سسر کو بھی اُٹھانے کو منع کر رہی تھی۔ مگر ساس نے غصے سے کہا ”باؤلی ہوئی ہو، کوئی اندر سے دروازہ بھی بند کرے گا یا نہیں“ بس ڈرائیور کو ساتھ لیا اور دونوں ساس بہو چلنے لگیں تو ساس نے کہا
”جاوید کو تو خبر کر دیتیں —“

”ہمیں پہنچا کر ڈرائیور جا کر اطلاع کر دے گا —“ بہو نے اطمینان سے کہا۔

ہسپتال میں اترتے وقت ساس نے بطور خاص ڈرائیور کو سمجھایا کہ صاحب کو فوراً کلب سے جا کر ہسپتال لے آؤ — بہو نے دور کھڑے دھیرج سے کہا۔

”تم اطلاع دے دینا ڈرائیور — وہ آنا چاہیں گے تو آ جائیں گے —“

اور وہی ہوا — بہو کو اپنے کمرے میں درد سے تڑپتے دو گھنٹے ہو گئے تھے مگر بیٹے کا

کہیں پتہ نہ تھا۔ اور جس وقت نرس بہو کا ہاتھ پکڑ کر لیبر روم میں لے جانے لگی کہ وقت قریب تھا۔ تب بہو کے صبر واستقلال اور بیٹے کی لاپروائی پر ان کے آنسو نکل آئے اور آج پہلی دفعہ انہیں بہو پر سچ مچ پیار آیا ورنہ وہ سدا اس سے جلتی ہی رہیں جیسے وہ اپنے صبر کا مظاہرہ کر کے ان پر طنز کرتی ہو اور جب کبھی بڑے میاں کہہ دیتے کہ بہو ہی سے سبق لو تو ان کے تن بدن میں آگ لگ جاتی اور بہو سے سوکن کا سا جلاپا محسوس ہونے لگتا۔ بہت سوچتیں مگر کوئی بات اس کے خلاف نہ ملتی۔ اگر اس نے دو بیٹے نہ جنے ہوتے تو بیٹوں ہی کا طعنہ دے کر کلیجہ ٹھنڈا کر لیتیں۔ اب لے دے کے یہی شکایت تھی کہ وہ میاں سے کسی بات کی بازپرس کیوں نہیں کرتی اور وہ بہو سے یہ سب اس لئے کہتی تھیں کہ بیٹے سے کچھ کہنے کی ہمت نہیں پڑتی تھی۔ وہ ایسے تابڑ توڑ جواب دیتا تھا کہ منہ دیکھتی رہ جاتی تھیں۔ وہ تو ان کا ایسا بیری تھا کہ جب ان کی میاں سے لڑائی ہوتی اور وہ پھوٹ پھوٹ کر روتیں تو وہ دو لفظ تسلی کے کہنے کے بجائے یہ کہہ کر کہ سارا قصور آپ کا ہے فوراً گھر چھوڑ کر چلا جاتا۔ آج انہوں نے دوپٹہ پھیلا کر صدقِ دل سے دعا کی۔ اے خدا میری بہو کو خیریت سے فارغ کر ـــــ ایسی صبر والی بچی ہے کہ کسی سے کچھ نہیں کہتی۔ شاید تجھی سے کچھ کہتی ہو تو کہتی ہو ـــــ

وہ لیبر روم کے باہر کرسی پر سُن بیٹھی دعا مانگ رہی تھیں کہ دفعتاً بیٹا گھبرایا ہوا اندر آیا۔

"خیریت؟" اس نے اندر آکر ماں سے کہا۔

"خدا کرے خیریت ہی ہو، ہمیں تو اندر جانے کی اجازت نہیں اور تم بھی اب آئے ہو۔ تمہیں کسی کی بھی جان کی پرواہ ہے ـــــ" وہ طنز سے نہ چوکیں۔

"میں کلب میں نہیں تھا۔ ڈرائیور کو شیخ صاحب کا گھر ڈھونڈنے میں دیر لگی جیسے ہی مجھے پتہ چلا فوراً آیا ہوں"۔

اسی وقت نرس اُدھر سے گزری تو ساس نے اس سے کہا "اندر جاکر بتا دینا کہ صاحب آگئے ہیں۔" انہوں نے سوچا اس قیامت کے وقت میں کچھ تو بہو کو تسلی ہوگی کہ اس کا

لاپرواہ شوہر بھی آہی گیاہے۔ یہ دوران پہ بادشن بخیر زندگی میں ایک ہی بار گزرا تھا۔ مگر ایک ہی دفعہ بس انہوں نے کیا کیا طوفان نہ اٹھائے تھے۔ پورے نومہینے سارے گھر کو نگنی کا ناچ نچایا تھا اور آخری دن تو واقعی سب پر قیامت بن کر گزرا تھا۔

نرس گئی اور الٹے قدموں واپس آئی۔

"آپ اندر آجایئے ــــ" اس نے جاوید سے کہا۔

جاوید حیران حیران سا نرس کے ساتھ اندر چلا گیا۔ کوئی پانچ منٹ بعد باہر نکلا تو اس کا منہ سوجا ہوا اور سرخ تھا جیسے بھڑوں نے کاٹ لیا ہو۔ کان تک لال انگارہ ہوئے تھے۔ بغیر کچھ کہے سنے وہ کھڑکی میں جا کر کھڑا ہو گیا اور گم سم وہیں کھڑا رہا۔

نرس نے آکر تیسرے بیٹے کی پیدائش کی اطلاع ساس کو دی۔ انہوں نے بیٹے سے بات کرنی چاہی مگر اس کی حالت دیکھ کر ہمت نہیں ہوئی۔

جس وقت بہو کا اسٹریچر کمرے میں آیا تب بھی جاوید وہیں کھڑکی میں اسی پہلو اسی انداز سے کھڑا تھا جیسے پتھر کا بت ہو۔ بہو نے پلنگ پر لیٹنے کے بعد پہلی نظر اپنے میاں پر ڈالی اور رسان سے بولی "یہ کیا بات ہے یہ وہاں کیسے کھڑے ہیں؟"

ساس نے سمجھا شاید بہو کو شک ہو رہا ہے کہ میں نے کچھ کہا ہے وہ جلدی سے صفائی میں بولیں "یہ قسم لے لو جو میری اس کی کوئی بات بھی ہوئی ہو۔ جب سے تمہارے پاس سے آیا ہے وہیں چپ چاپ کھڑا ہے۔ منہ سرخ ہے، نہ کوئی بات کرتا ہے نہ وہاں سے ہٹتا ہے۔"

"جاوید ــــ" بہو کی نرم و نازک آواز ابھری تو جاوید نے پلٹ کر دیکھا اور آہستہ آہستہ قدم اٹھاتا اس کے پاس آیا اور اس کے سفید ستے ہوئے چہرے کو یوں دیکھنے لگا جیسے آج پہلی دفعہ دیکھ رہا ہو۔

"تم آرام کرو بہو ــــ" ماں نے بہو کے اس لاڈ کو قطعی غیر ضروری سمجھا ــــ خود ابھی مر کر آئی ہے اور فکر یہ ہے کہ میاں کیوں منہ پھلائے ہے۔"

"جاوید!۔۔۔ سچ کہتی ہوں میں نے ڈاکٹر کو منع کیا تھا کہ تمہیں نہ بلائے مگر نہ معلوم اسے کیا سوجھی کہنے لگی کوئی حرج نہیں دو منٹ کے لئے آ جائیں تو۔۔۔۔ اور اتفاق سے اسی وقت۔۔"

دفعتاً جاوید نے پلنگ کی پٹی پر سر رکھ دیا اور سسکتے ہوئے بولا "بہت اچھا ہوا کہ اس نے مجھے اندر بلا لیا۔۔۔ کاش مجھے معلوم ہوتا۔۔۔ کاش۔۔۔۔ اب میں ساری عمر تمہارا وہ کربناک چہرہ نہیں بھول سکتا۔ سچ کہتا ہوں میرے فرشتوں کو بھی خبر نہیں تھی کہ اتنی تکلیف۔۔۔۔۔۔ اتنا کرب۔۔۔۔۔" جاوید کی آواز میں اتنا دکھ اتنا درد تھا کہ لگ نہیں رہا تھا کہ یہ وہی بے پرواہ اور بے حس آدمی ہے۔۔۔

یکایک ساس آگے بڑھیں۔ محبت کا وہ سوتا جو کچھ دیر پہلے بہو کے لئے دل میں پھوٹا تھا۔ لمحہ بھر میں سوکھ گیا۔ غصے میں وہ پھنکاریں "اب تو تجھے پتہ چل گیا۔ اب بھی بیوی کے قدموں میں سر رکھ کر رو رہا ہے۔ اس جنم جلی ماں کی گود میں سر رکھ کر نہ رویا جس نے تجھے جنا تھا۔"

پردہ

"یہ کون ہے؟"، میں نے اسے پہلے کبھی نہیں دیکھا۔ یہ اس سے بھی نہیں ملتا۔ جو روز مجھے دودھ دیتی ہے، جو مجھے پیار کرتی ہے، جو مجھے اپنے ساتھ لپٹا کر سلاتی ہے اور ممّا ممّا کہتی ہے۔ یہ اس شخص سے بھی نہیں ملتا جو روز ایک خاص وقت آتا ہے مجھے ہوا میں اُچھالتا ہے اور میرے پیٹ میں گدگدیاں کرتا ہے پھر ایک موٹا سا پیار کر کے واپس لٹا دیتا ہے یہ اس سے بھی نہیں ملتا جو روز مجھے گاڑی میں ڈال کر باہر لے جاتا ہے۔ مجھے باغ میں ایک جگہ لے جا کر کھڑا کر دیتا ہے اور خود اپنے جیسے دوسرے لوگوں کے ساتھ گھاس پر دراز ہو جاتا ہے یا قلابازیاں کھانے لگتا ہے۔ ہاں وہاں دوسری گاڑیوں میں جو لوگ بیٹھے ہوتے ہیں وہ کچھ اسی قسم کے ہوتے ہیں۔ چھوٹے چھوٹے گول مول سے وہ مجھے اشارے کرتے ہیں، کبھی ہنستے ہیں، کبھی روتے ہیں۔۔ یہ جو سامنے بیٹھا ہے۔ شاید ان ہی میں سے کوئی ہے مگر وہ اتنی دور کیوں بیٹھا ہے۔ میں اسے پاس بلاؤں تو شاید وہ آجائے۔ میں اسے بلاتا ہوں۔ میں اپنا ہاتھ اُٹھا کر انگلیاں چلاؤں گا تو وہ سمجھ لے گا کہ میں اسے بلا رہا ہوں۔

ہیں یہ کیا ـــ وہ خود مجھے بلا رہا ہے ـــ یہ خوب رہی میں کہتا ہوں تم آؤ تو وہ کہتا ہے، تم آؤ ـــ خیر میں تو ابھی چل ہی نہیں سکتا پتہ نہیں لوگ چل کیسے لیتے ہیں، مگر دوستی تو دور سے بھی ہو سکتی ہے۔ میں مسکرا کر اسے اپنی دوستی کا یقین دلاتا ہوں۔ اب وہ بھی مسکرا رہا ہے۔

ارے اس کے بھی دو چار ہی دانت ہیں۔ میری طرح۔ مگر کیا میرے دو چار دانت ہیں؟ مجھے کیسے معلوم جب میں انگلی منہ میں ڈالتا ہوں تو کوئی چیز میری انگلی پر لگتی ہے۔ اسی کو تو یہ

بڑے لوگ دانت کہتے ہیں۔ پہلے ایک تھا۔ اب کئی دوسرے بھی نکل آئے۔ جو لوگ چل سکتے ہیں۔ ان کے تو بہت سے دانت ہوتے ہیں مگر، ہم جیسے جو کسی چیز پر چڑھ کر باہر نکلتے ہیں۔ ان کے کم کم دانت ہوتے ہیں جیسے اس کے جو سامنے بیٹھا ہے یا جیسے میرے۔ مگر یہ میں کون ہوں؟ میں کوئی ہوں تو! جسے ایک ہستی دن میں کئی بار دودھ پلاتی ہے، پیار کرتی ہے، اپنے ساتھ سلاتی ہے اور منا منا کہتی ہے۔ جسے ایک شخص خاص وقت میں آن کر ہوا میں اچھالتا ہے۔ پیٹ میں گدگدیاں کر کے ہنساتا ہے اور پھر ایک موٹا سا پیار کر کے لٹا دیتا ہے تو میں کون ہوں! کیسا ہوں!

میرے سر میں کچھ ہو رہا ہے۔ شاید مجھے ایسی باتیں نہیں سوچنی چاہئیں۔ مگر مجھے پتہ تو چلنا چاہیئے کہ میں کون ہوں۔ جو سامنے بیٹھا ہے اس سے پوچھوں۔ کیسے پوچھوں کیا کہوں؟ لوگ اپنی بات دوسروں سے کیسے کہتے ہیں ہنس کر یا رو کر دو ہی تو طریقے ہیں۔ اچھا تو میں اس سے رو کر پوچھتا ہوں۔ مجھے بتاؤ میں کون ہوں کیسا ہوں؟

لو یہ کیا میں رویا تو وہ بھی رونے لگا۔ شاید وہ مجھ سے پوچھ رہا ہے کہ وہ کون ہے۔ کہیں ایسا تو نہیں کہ وہ ہی میں ہوں۔ مگر یہ کیسے ہو سکتا ہے۔ میں تو یہ ہوں، وہ تو وہ ہے ___ وہ تو دور ہے۔ میں تو اپنے پاس ہوں۔ مگر میں اپنے پاس کیسے ہو سکتا ہوں۔ جب کہ میں اپنے آپ کو جانتا تک نہیں۔ لیکن میں اپنے ہاتھ پیروں کو تو جانتا ہوں۔ یہ میرے ہاتھ ہیں۔ وہ جو سامنے بیٹھا ہوا ہے وہ بھی اپنے ہاتھ اٹھا کر بتا رہا ہے کہ اس کے بھی ہاتھ ہیں۔ یہ میرے پیر ہیں۔ وہ بھی اپنا پیر اٹھا رہا ہے۔ جو کچھ میں کرتا ہوں۔ وہ بھی وہی کرتا ہے۔ کیا وہ کوئی اور حرکت نہیں کر سکتا؟ یہ کیا بھید ہے؟ یہ کیا طلسم ہے؟ ضرور کوئی گڑبڑ ہے۔ مجھے رو کر کسی کو مدد کے لئے بلانا چاہیئے۔ میں روؤں گا۔ زور سے خوب زور سے وہ کمبخت بھی رو رہا ہے۔ زور سے خوب زور سے،

وہ لو وہ آگئی جو مجھے دودھ پلاتی ہے اور مجھے پیار کرتی ہے۔ اس نے مجھے اُٹھا لیا میں اسے اشارے سے بتاتا ہوں کہ وہاں کوئی بیٹھا ہے۔ مگر یہ کیا۔ اس کو بھی کسی نے اٹھا لیا ہے

ارے وہ بھی بالکل ایسی ہی ہے وہ بھی اشارے سے اس کو بتا رہا ہے کہ ادھر کوئی بیٹھا ہے وہ کھلکھلا کر ہنستی ہے۔ میری والی بھی ہنستی ہے۔ وہ مجھے لے جا کر بالکل اس کے پاس کھڑی ہو جاتی ہے۔ میں اسے غور سے دیکھتا ہوں۔ وہ مجھے بالکل اچھا نہیں لگ رہا ہے۔ پلپلا سا، بال بالکل کم ہیں۔ اس کے سر پر، ناک موٹی سی ہے۔ جو کچھ میں کرتا ہوں وہ وہی کرتا ہے اور پھر اس کے پاس بھی بالکل ویسی ہی ہستی ہے جو شاید اسے دودھ پلاتی ہو گی، اپنے پاس سلاتی ہو گی اور پیار کرتی ہو گی۔ یہ بات مجھے بالکل اچھی نہیں لگ رہی ہے۔ وہ بھی مجھے بڑا خبیث سا نظر آتا ہے مجھے گھور گھور کر دیکھ رہا ہے جیسے مجھ سے ناراض ہو۔ شاید میں اسے پسند نہیں آیا۔ نہ سہی تو میں کونسا اسے پسند کر رہا ہوں۔ میرا جی چاہتا ہے۔ اس کے بال پکڑ کر خوب زور سے کھینچوں۔ روئے گا تو بڑا مزا آئے گا۔ مگر یہ اس کے بال ہاتھ کیوں نہیں آتے۔ ہاتھ کسی چیز سے ٹکرا کر رک جاتا ہے مجھے شروع ہی سے لگ رہا تھا کہ یہ بڑا عجیب سا آدمی ہے۔ پتہ نہیں کون ہے ابھی وہ شخص اندر آیا۔ جو مجھے ہوا میں اچھالتا اور پیٹ میں گدگدیاں کرتا ہے مجھے دودھ پلانے والی ہستی اس سے کہتی ہے۔

"اطہر منا اپنے آپ کو آئینے میں دیکھ کر حیران ہو رہا ہے۔" تو کیا یہ میں ہوں!!

اگر یہ منا ہے تو اس کا مطلب ہے یہ میں ہوں کیونکہ دودھ پلانے والی مجھے منا کہتی ہے اس کا مطلب ہوا میں اور منا ایک ہی چیز ہیں۔ میں منا ہوں اور منا میں ہے۔ ذرا دیکھوں۔ اب میں اسے دیکھ کر خوشی سے ہنس دیتا ہوں۔ وہ بھی ہنس رہا ہے۔ وہ مجھے اچھا لگنے لگا ہے اس کے بال اتنے کم بھی نہیں ہیں اس کی ناک اب اتنی موٹی بھی نہیں ہے اور وہ اچھا خاصا خوش مزاج ہے۔ کتنے پیار سے میری طرف دیکھ رہا ہے۔

"مُنا——" میں کہتا ہوں اور وہ جو مجھے دودھ پلاتی ہے اور وہ جو مجھے ہوا میں اچھالتا ہے۔ دونوں ہنس پڑتے ہیں "منا اپنا نام لے رہا ہے۔ اس نے خود کو پہچان لیا ہے۔"

اب میں خود کو مُنا کہتا ہوں "مُنا دودھ" "مُنا پانی" "مُنا بھوک۔" مُنا اب بہت اہم ہوتا

جارہا ہے۔ اس عورت سے بھی جو مجھے دودھ پلاتی ہے اور اس مرد سے بھی جو مجھے ہوا میں اچھالتا ہے۔ اب میں اس عورت کو اماں اور اس مرد کو ابا کہتا ہوں۔"

اور جب میں پاؤں پاؤں چلنے لگا تو سب سے پہلے مُنّے سے ملنے بھاگا۔ وہ مجھے دیکھ کر بہت خوش ہوا۔ ہم دونوں نے مل کر خوب مزے کئے ڈریسنگ ٹیبل پر رکھی ہوئی ساری چیزیں ہوا میں اچھالیں۔ ایک دوسرے کو ماریں کتنے مزے کی بات تھی کہ وہ مجھے مارتا تھا۔ تو میرے چوٹ نہیں لگتی اور میں اسے مارتا تھا تو اس کے نہیں لگتی تھی۔ مگر پھر یکایک ایک بھاری چیز اس کے لگ گئی۔ وہ ٹوٹ گیا، وہ بکھر گیا۔ میں رونے لگا۔ اماں دوڑی آئیں۔

"نہیں کچھ نہیں ہوا، مُنّے کو کچھ نہیں ہوا۔ صرف آئینہ ٹوٹا ہے۔"

میں حیران ہوا۔ میرے سامنے مُنّا ٹوٹ کر بکھر گیا۔ اس کے چہرے کے ٹکڑے میں نے مختلف ریزوں میں دیکھے اور اماں کہتی ہے۔ اسے کچھ نہیں ہوا۔ شاید اماں مجھ سے مُنّے کے ٹوٹنے کو چھپا رہی ہے۔ اسی لئے اس نے وہ ڈریسنگ ٹیبل ہی وہاں سے اٹھوا دی اور تب سے اب تک میں مُنّے کو ڈھونڈ رہا ہوں۔ میں اپنے ہاتھ پیروں کو دیکھتا ہوں اور کہتا ہوں تو یہ مُنّا ہے مگر یہ بات میرے جی کو نہیں لگتی۔ میں پورے مُنّے کو دیکھنا چاہتا ہوں۔ ہنستے ہوتے اور روتے ہوئے۔ پورا مُنّا نظر نہیں آتا اور میں سوچتا ہوں جب مُنّا نہیں ہے تو میں بھی ہوں یا نہیں ہوں۔ اگر ہوں تو کہاں ہوں۔ میں خود کو دیکھ کیوں نہیں سکتا۔ زیادہ سے زیادہ اپنے ہاتھ پیر دیکھ لیتا ہوں۔ بہت کوشش کرتا ہوں تو پیٹھ کا کچھ حصہ نظر آجاتا ہے۔ مگر میں پورے میں کو کیوں نہیں دیکھ سکتا۔ یہ کیا بات ہے جب میں دوسروں کو دیکھ سکتا ہوں تو خود کو کیوں نہیں دیکھ سکتا؟

"تم خود کو آئینے میں دیکھ سکتے ہو۔" لوگ کہتے ہیں۔

"مگر مجھے تو آئینے میں کچھ نظر نہیں آتا۔ آئینہ تو پہلے ہی کرچی کرچی ہو چکا ہے اور جب دنیا میں آئینے نہیں تھے تو؟"

"تو لوگ پانی میں اپنے آپ کو دیکھتے تھے۔"

" اور کیا وہ خود کو پہچان لیتے تھے؟ پانی اور آئینے یہ تو سب وسیلے ہیں، ان کا کیا بھروسہ؟ لوگ ہر بات کا یقین دلانے کے لئے کہتے ہیں۔میں نے اپنی آنکھوں سے دیکھا ہے، مگر جب انہوں نے خود کو آنکھوں سے نہیں دیکھا تو اپنی ہستی کا اعتبار کیسے ہوا؟"

میں تو اس بات پر سخت متعجب ہوتا ہوں کہ میں نے آج تک اپنے آپ کو اپنی آنکھوں سے نہیں دیکھا نہ کبھی دیکھ سکوں گا اور جب میں یہ بات سوچتا ہوں تو مجھے سخت اُلجھن ہوتی ہے۔ خدا ہی جانے میں کیسا ہوں؟ اندر جھانکتا ہوں تو بالکل اندھیرا ہے جیسے کنواں ہو کنویں کے اندر پانی ہو تب بھی اپنی جھلک نظر آتی ہے۔مگر یہ تو اندھا کنواں ہے۔ پانی ختم ہو چکا ہے شاید سارے کنویں اندھے ہو گئے ہیں، اور تمام آئینوں کی آب اتر چکی ہے۔اب کوئی اپنے آپ کو نہیں دیکھ سکتا۔سب دوسروں کو دیکھنے پر مجبور ہیں اور ان سے پوچھتے ہیں۔ "ہم کیسے ہیں؟"

" میرے چہرے پر آئینے کی کرچیوں سے پڑے ہوئے داغ تو نہیں ہیں؟" میں پوچھتا ہوں۔

لوگ کہتے ہیں" نہیں بالکل نہیں، تمہارا چہرہ تو صاف ہے۔" مگر مجھے ان لوگوں کا اعتبار نہیں ہے۔لوگ چہروں اور شخصیتوں کا تصور اپنے رشتوں اور اپنی ضرورتوں سے کرتے ہیں۔جن لوگوں کو میری ضرورت ہے۔وہ کہتے ہیں" آپ ابھی تک بہت ہینڈسم ہیں۔آپ ابھی تک جوان ہیں۔آپ کا جسم نہایت عمدہ ہے۔" لیکن جو کسی وجہ سے مجھ سے جلتے ہیں۔ وہ کہتے ہیں" کیا بات ہے تم کچھ بجھے بجھے سے ہو، رنگ میلا پڑ گیا ہے۔ تم کچھ کمزور لگتے ہو، وہ پہلی سی بات نہیں رہی۔" ایسے میں، کس کا یقین کروں۔سب ہی جھوٹ بولتے ہیں۔جب آئینے سچ نہ بول سکیں تو انسان کیسے بول سکتے ہیں۔اگر میں خود کو اپنی آنکھوں سے دیکھ سکتا تو شاید مجھے پتہ چل جاتا کہ میں کیسا ہوں کیا یہ بات حیران کن نہیں ہے کہ آج تک

کسی نے اپنے آپ کو اپنی آنکھوں سے نہیں دیکھا۔ لوگ کہتے ہیں۔

" انسان خود کو نہیں سمجھ سکتا تو دوسروں کو کیسے سمجھ سکتا ہے "، مگر میرے خیال میں دوسروں کو سمجھنا زیادہ آسان ہے۔ کیونکہ انسان دوسروں کو پورے کا پورا دیکھ سکتا ہے۔ اس کی آنکھوں میں جھانک کر اور اس کے چہرے کے تاثرات پڑھ کر اس کے اندرون کو بھانپ سکتا ہے۔ مگر وہ خود اپنی آنکھوں میں نہیں جھانک سکتا اور اپنے چہرے کے تاثرات نہیں پڑھ سکتا۔ اس طرح خود سے تو وہ سرتا سر چھپا ہوا ہے۔ کیا میں اور میں کے درمیان اس پردے میں کوئی رمز نہیں ہے ؟؟؟

انسان ڈھونڈے تو خدا کو پا سکتا ہے اور جب خدا سامنے ہو گا۔ تو وہ اسے شاید دیکھ بھی لے گا۔ مگر وہ خود کو تو کبھی بھی نہیں دیکھ سکتا اس لئے کہ وہ اپنی آنکھوں کے سامنے کبھی بھی نہیں آسکتا۔ وہ ہمیشہ اپنی آنکھوں کے پیچھے ہی رہے گا۔ ایک ایسے عہد میں جب صرف حواسوں کا اعتبار رہے انسان اپنے آپ کو نہ دیکھ سکے تو آخر اپنے ہونے کا اعتبار کیسے کرے۔

" میں سوچتا ہوں، اس لئے میں ہوں۔ "، عظیم مفکر نے کہا۔ مگر یہ تو کوئی بات نہ ہوئی۔ یوں بھی تو کہہ سکتے ہیں۔

" اگر میں ہوتا تو خود کو نظر آتا، میں خود کو دکھائی نہیں دیتا اس لئے میں نہیں ہوں۔ "

اور بہت ممکن ہے کہ میں واقعی نہ ہوں اور جب میں ہی نہیں ہوں تو مُنّا کیسے ہو سکتا ہے۔ شاید یہ میرا واہمہ تھا کہ مُنّا کرچی کرچی ہو کر بکھر گیا ہے اور غائب ہو گیا ہے۔ میں نے اسے بھی تو اپنی آنکھوں سے نہیں صرف آئینے کے وسیلے سے دیکھا تھا۔ میں بھی کتنا بیوقوف ہوں کہ ایک عمر سے اسے ڈھونڈے جا رہا ہوں۔ اگر مُنّا بھی میری تلاش میں اسی طرح سرگرداں ہے تو وہ بھی کم احمق نہیں ہے۔

دفینہ

رحمان کا گھر کیا تھا جیسے بے پٹ کی کھڑکی .... نہ کوئی اوٹ نہ آڑ، نہ حفاظت نہ کچھ۔ جھگی کی حقیقت ہی کیا اور وہ بھی اتنی بوسیدہ۔ دروازہ تو اس کا بس رحمان یا پارو کے دل کے زور سے اٹکا ہوا تھا اور پھر اس کے گھر میں ایسا تھا کیا کہ حفاظت کی ضرورت ہوتی۔ ایک معمولی کباڑی کے گھر میں کیا ہو سکتا ہے سوائے صحیح معنوں میں کاٹھ کباڑ کے جسے وہ چھ دن اپنے گھر میں جمع کرتا اور ساتویں دن کرائے کی گدھا گاڑی میں بھر کر لوٹل بانار میں بیچ آتا۔ کوئی آج سے وہ اس جھگی میں تھوڑا ہی رہ رہے تھے، مدتیں گزر گئی تھیں جیسے وہ جسمانی اور ذہنی طور پر بوڑھے ہو رہے تھے گھر بھی اپنی عمر طبعی کو پہنچ رہا تھا۔

رحمان اور اس کی بیوی پارو کی عمروں اور مزاجوں میں کچھ عجب مضحکہ خیز تفاوت تھا۔ بارہ سال کا فرق ستر اسی کی عمر میں کچھ نہ ہو مگر پندرہ سترہ سال کی عمر میں بہت ہوتا ہے۔ پارو کی شادی ہوئی تو وہ چلبلی اور ہر جگہ آنے جانے کی شوقین۔ ذرا یہ دیکھ لیتے، ذرا وہ کر لیتے اور رحمان ادھر، وہاں کیا رکھا ہے۔ یہ کیا بچوں کی سی حرکت ہے کا قائل، پارو نے کہیں برسوں میں جا کر دل مارنا سیکھا۔ کچھ گھر کے کاموں اور بچوں نے سکھایا کچھ رحمان کی رُکھائی نے۔ ایک طویل مدت بعد جب رحمان کا کباڑی کا بزنس کچھ چل نکلا تو اس کے دل میں ارمان رینگنے شروع ہوئے باغوں کی سیر اور پکچر دیکھنے کے مگر اب پارو کا دل مردہ ہو چکا تھا۔ چنانچہ وہ ذہنی اتصال، جو میاں بیوی کی زندگی کے کسی نہ کسی دور میں ہوتا ہے۔ ان کی ازدواجی زندگی میں کبھی نہ ہوا۔ ظاہر ہے کہ انہوں نے اس بات کو کبھی اس طرح نہ سوچا۔ ہاں بس یہ نظر آتا تھا کہ ایک کی رائے پر دوسرے نے کبھی دل سے صاد نہ کیا۔

ہر معاملے میں ان کی رائے مختلف ہی رہی۔ کبھی رحمان کا داؤ چل گیا کبھی پارو کا، کبھی جھگڑا بڑھا تو مار پیٹ اور میکے جانے کی دھمکی تک نوبت پہنچی وہ میکہ جو اصل میں کہیں بھی نہیں تھا ...... وہی سب باتیں جو ہر گھر میں کبھی نہ کبھی ہوتی ہیں یہاں تقریباً روز یا دوسرے تیسرے ہوتیں۔ محلے والے بھی عادی ہو گئے تھے اور میاں بھی۔

میاں کی بے رخی کا بدل عورتیں مختلف صورتوں میں ڈھونڈتی ہیں پارو کے لئے اس کم نگھی کا بدل تھا گھر سے بے اعتنائی اور محلے کی عورتوں سے دوستی رحمان کا کام ایسا تھا کہ صبح کا گیا گیا رات پڑے گھر گھستا۔ پارو سارا دن عورتوں سے گپ ٹھونکتی اور شام کو رحمان کے آنے سے پہلے جلدی جلدی کچھ پکا ریندھ لیتی۔ یہ سلسلہ بھی مدت سے چل رہا تھا کہ یکایک رحمان نے شام کو پوچھنا شروع کیا آج کہاں گئی تھی، کس سے ملی، کتنی دیر رہی۔ پارو سچ سچ بتا دیتی مگر رحمان جھلا اٹھتا۔

"سارا دن غائب رہتی ہے نواب کی بچی، گھر میں دل ہی نہیں لگتا۔ پاؤں ہی نہیں ٹکتے.. عورتیں گھر میں بیٹھ کر ہزار کام کرتی ہیں، یہاں ایک زبان ہے کہ چلی جاتی ہے۔ صبح سے شام تک۔ میاں گھر گھر ٹوٹے ٹھیکرے اور ردی اخبار جمع کرتا پھرے اور بیگم صاحبہ ہیں۔ کہ گھر بیٹھے بٹھلائے کھانے کو۔"

اس پر بات بڑھ جاتی، گالی گلوچ، مار پیٹ، رونا پیٹنا، میکہ ... مگر ہمیشہ بال بکھرائے گیلی آنکھیں پونچھتی پارو چولہے کے پاس وہیں کی وہیں موجود۔

اور پھر ایک انوکھی بات ہوئی۔ ہمیشہ یوں ہوتا تھا کہ جب وہ دونوں بچوں سمیت کہیں باہر جانے لگتے تھے تو پارو اپنے خیال میں قیمتی چیزیں اٹھا کر اندر کوٹھری میں رکھنے لگتی اور رحمان چلاتا۔ "اسے کیا کر رہی ہے نکل بھی چک۔"

"ذرا چیزیں اندر رکھ رہی ہوں کہیں کوئی اٹھا لے۔"

"بڑی ہزار دو ہزار کی چیزیں ہیں تیری... چل نکل باہر۔"

" انہیں رہنے دو.... مرغی کو تو نکلنے کا گھاؤ ہی بہت ہے۔ کوئی تو اچھا ہی ہے سارا تو دوسرا آنا دو بھر ہو جائے گا۔" اسی تو تو میں میں وہ لوٹا، توا، چمٹا، دیگچی، بھگونا الم غلم کوٹھری میں پھینک کر زنگ آلود نالا کنڈی میں پھنسا دیتی اور اب وہ اسے چیزیں اندر رکھتے چپ چاپ دیکھتا رہتا اور جب وہ باہر نکل آتی تو خود اندر جاتا اور اپنے بکس کا تالا کھول کر کوٹھری میں لگاتا۔ کبھی اس سے پہلے ہی اندر کچھ سٹر پٹر کرتا۔

" کیا کر رہے ہو۔؟"

" ذرا چادر بدل رہا ہوں اور کیا کر رہا ہوں۔" وہ جھنجلا کر جواب دیتا۔

پارو کی یاد میں یہ پہلا موقع تھا کہ اس نے اندر سے کنڈی بند کر کے کپڑے بدلنے شروع کئے تھے اور کبھی کبھی تو اسے چادر بدلنے میں اتنی دیر ہو جاتی کہ پارہ جھنجلا اٹھتی لیکن کچھ کہتی تو کٹ حجتی شروع ہو جاتی۔

" اچھا پھر نہیں بدلے ساری عمر بند کر کے کپڑے تو اب بدلوں گا تو کیا کرے گی..... تو میری ہر بات کی داروغہ ہے یا یہ تیرا اس میں برائی کیا ہے خواہ مخواہ کا اعتراض ہاں نہیں تو۔"

عورت ذات اب شبے کا اظہار کرے بھی تو کس قسم کا۔ مگر یہ بات ضرور ہے کہ رحمان میں کچھ تبدیلی آ رہی تھی۔ یہاں تک کہ ایک دن اس نے سختی سے کہہ دیا کہ وہ صبح کو بالکل باہر نہیں جائے گی۔

" کیوں آخر کیوں؟" ساری عمر کی عادت، بے لذت زندگی کا واحد بدل ارمانوں کے جلتے بھڑکتے شعلوں کا نہ سہی دھوپ کا ایک ہی نکاس وہ بھی بند۔

" بس میری مرضی۔"

" کوئی وجہ بھی؟؟؟؟ میں بدچلن ہوں، آوارہ ہو گئی ہوں، سوتی ہوں کسی کے ساتھ جا کے۔؟"

" بند کر بکواس نہیں تو دوں گا ایک۔"

پارو بڑبڑاتی رہی جس کے نتیجے میں رحمان اُٹھا اور اپنی گھٹی ہوئی جوتی اس کے سر پر تڑاتڑ برسا دی۔ رونا پیٹنا، گالی گلوچ، میکے جانے کی دھمکی۔ رحمان نے خالی بوری سنبھالی اور باہر نکل گیا۔

دن کا نکلنا بند ہوا کوڑ ماغ نے سوچنا شروع کیا۔ رحمان بدل رہا ہے کسی اور کے ساتھ آنکھ لڑ گئی ہے.... مجھے پریشان کر رہا ہے کہ تنگ آ کر بھاگ جاؤں تو اسے فوراً گھر میں ڈال لے... یا سٹھیا گیا ہے کچھ.... ہاں نہیں تو۔ کہیں باہر جانے لگو تو جاتے جاتے تین دفعہ تالے کو کھینچ کر دیکھے گا اور پڑوسی سے کہے گا "بھائی ذرا خیال رکھنا ہم ذرا باہر جا رہے ہیں۔ شام تک آئیں گے" اگر جلدی واپس آنا ہو تو دیر میں تبلائے گا اگر دیر میں آنا ہو تو جلدی تبلائے گا.... نہ معلوم اس میں کیا بھید ہے جو باتیں کبھی نہ ہوتی تھیں وہ ہو رہی تھیں۔ آخر ایک دن اس کا دھیان دوسری طرف گیا۔ شاید یہی بات ہو دیکھنا چاہیئے اس دن اس نے بچوں کو کسی بہانے سے باہر نکال اندر سے کنڈی لگا کر کوٹھری کا کونہ کونہ چھان مارا اور آخر.... لحاف گدوں کے بڑے ٹرنک کے نیچے کچی زمین کھدی ہوئی تھی۔ گڑھے کا ڈھکن اُٹھایا تو کپڑے کی ایک تھیلی جس میں نوٹ ہی نوٹ....

ایک دفعہ کو تو اس کا دل دھک سے ہوگیا۔ سارا خون جمع ہو کر چہرے اور سر میں سما گیا اور یوں محسوس ہوا جیسے کسی نے کندھوں سے پکڑ کر چکر پھیری دے دی ہو۔ پہلے پہل اسے اُٹھاتے ہوئے یوں ڈری جیسے کپڑے کی تھیلی نہیں سانپ ہو۔ اٹھالی تو کھولنے کی ہمت نہ ہو۔ کہیں کوئی دیکھ نہ لے۔ جب سے اس نے باہر نکلنا کم کیا تھا۔ ہمسائیاں اس کے ہاں آ جاتی تھیں۔ کھولی تو نوٹ دیکھ کر ایسی چکرائی کہ ہوش و حواس گم ہوگئے۔ لاکھ چاہا کہ گن لے مگر ہاتھ پاؤں کانپ رہے تھے گنے بنا بھی اسے یہ اندازہ ضرور ہوگیا کہ کچھ نہیں تو چار پانچ سو روپیہ ہے۔ اتنے بہت سے روپوں کو اس نے کبھی یکجا نہ دیکھا تھا کچھ عجیب سی ہیجانی کیفیت اس پر طاری تھی۔ ہاتھ کپکپا رہے تھے، چہرے کی جلد کی سنسناہٹ اور کانوں میں سائیں سائیں۔ کہیں رحمان نے کوئی اور کام تو شروع نہیں کر دیا جو اتنا روپیہ جمع کر لیا۔ نہیں تو اس سے چھپایا کیوں۔ لاکھ دونوں میں بے رُخی ہو مگر کسی قسم کا کوئی پردہ نہ تھا۔ یہ پہلی دفعہ اس سے بات چھپنے کا دھچکا بھی۔ ایک

دفعہ تو سوچا تھیلی نکال لے مگر پھر ڈر ی، رحمان کا غصہ خراب ہے۔ قتل ہی کر ڈالے گا۔ اسے دیر ہو رہی تھی۔ اگر ایسے میں کوئی ہمسائی آواز دے تو اس سے جواب بھی نہ دیا جائے گا جل کی توں اس نے تھیلی اسی جگہ رکھی اور سب کچھ اسی طرح جما دیا۔

سارا دن اس کے دل میں گدگدی ہوتی رہی۔ کبھی دل ڈوبے کبھی اچھلے سلاکھ چاہا کہ رحمان سے نہ کہے مگر اتنی بڑی بات کیسے ہضم کرتی۔ ڈر بھی رہی تھی نہ معلوم رحمان کیا کرے۔ غل غپاڑہ مچا کر آسمان سر پر اٹھالے، جھلائے چلائے کیا کرے مگر خیر وہ بھی نمٹ لے گی۔ آخر قصور اس کا بھی ہے۔ گھر والوں کو پیسے پیسے کو ترسایا اور چرا چھپا کر جوڑتا رہا۔ اس کی اوڑھنی کے لئے اس کے پاس پیسہ نہیں۔ اس کی جوتی کے لئے اس کے پاس دھیلا نہیں۔ بچوں کے عید کے کپڑے بنانے کو کہا تو کھانے کو دوڑا۔ وہ بھی ایسی سنائے گی کہ یاد کرے گا۔ بلا سے سارا محلہ سنے ذرا انہیں بھی تو پتہ چلے کیا گن بھرے ہیں اس میں جسے وہ سمجھتے ہیں بڑا شریف، بڑا نیک پیسہ پیسہ بیوی کے حوالے کرنے والا میاں ہے۔ ہاں نہیں تو۔

رات کو جب اس نے ڈرتے ڈرتے ذکر کیا تو رحمان کو الٹا سانپ سونگھ گیا پہلے تو چپ جیسے مٹی کا بت.... پھر بڑی دھیرج سے ایسی آواز میں جیسے شاید کبھی پہلی رات کو بولا ہو اسے سمجھانے لگا۔ "دیکھ نا گھر کی کیا حالت ہے۔ جگی بالکل خستہ ہو گئی ہے۔ ایک چھوٹا سا گھر بنانے کی سوچ رہا ہوں۔ تھوڑا تھوڑا جمع کیا ہے.... تجھے بتا دیتا تو دیکھ نا تیرا ہاتھ کھلا ہوا ہے پھر سو ضرورتیں ہوتی ہیں۔ میں تو مرد ذات ہوں دل پر جبر کر لیتا ہوں.... دیکھ کسی سے ذکر نہ کرنا.... تیرے ہی بھلے کے لئے کرتا ہوں ورنہ بتا کیا مجھے قبر میں لے جانا ہے۔"

میٹھی باتوں کا سرور ہر چیز سے زیادہ تھا جیسے بہت دنوں بعد خوب میٹھا پلیٹ بھر خوشبودار زردہ کھانے کو مل رہا ہو۔ دوسرے دن بغیر کہے رحمان نے اسے اوڑھنی لا دی۔ کچھ دن بعد چپل بھی لے آیا۔ ایک دن بغیر کہے سنے بچوں کے کپڑوں کے لئے پیسے بھی نکال کر دے دیئے۔ اب رحمان کو یہ کہنے کی ضرورت نہ تھی کہ صبح کو باہر نہ جانا۔ پاروکا دل خود گھر میں پڑا رہتا تھا۔

ایک شام سب گھر والوں کو کہیں باہر جانا پڑا تو پارو نے نئے تالے خرید کر کوٹھڑی میں الگ اور چھوٹے دروازہ میں الگ لگوایا۔ ایک عجیب بات یہ ہوئی کہ اب رحمان پارو کی باتوں کے بعض ایسے کڑوے گھونٹ چپ چاپ پی لیتا جن پر پہلے حشر برپا کر دیتا تھا۔ کبھی وہ کہہ دیتی میں تھکی ہوئی ہوں کھانا نہیں پکایا تو جوتی سنبھالنے کے بجائے چپکے سے بیٹے ملّو کو پیسے نکال دے دیتا کہ جا بازار سے روٹی لے آ۔ رحمان نہ صرف خلافِ توقع اس کی بات سہہ لیتا بلکہ کبھی کبھی تو یوں محسوس ہوتا جیسے وہ اس کی خوشامد کر رہا ہو۔ بلا ضرورت ہی مٹھائی کی تھیلی اور چوڑی کے ہار شام کو لئے چلا آرہا ہے اور وہ کچھ کہتی تو جواب دیتا "تو کیا ہوا۔ اتنے سے پیسوں میں کمی نہیں آتی۔" بہت سوچنے پر پارو کی سمجھ میں یہ بات آئی کہ وہ اس کی زبان سے ڈرتا ہے۔ ایک دفعہ غصہ آجائے تو پھر وہ آگے پیچھے کی کچھ نہیں سوچتی۔ ان روپوں کی بابت بھی کچھ نہ کچھ جھک مار ہی دے گی۔ اگر چلو کہہ بھی دے تو آخر اس کا اپنا پیسہ ہے چوری چکاری کا تو نہیں مگر ہاں یہ بھی تو ہے کہ کسی چور اچکے کے کان میں بھنک پڑ گئی تو ..... اب وہ اتنی پاگل بھی نہیں...

دن گزرتے رہے۔ پارو کو محسوس ہوا جیسے وہ ذہنی یکجہتی جو ساری عمر نصیب نہیں ہوئی اب بلا کوشش انہیں حاصل ہو گئی ہے۔ کچھ عجیب بات تھی کہ اب اسے بھی رحمان کی باتیں اتنی بری نہیں لگتی تھیں۔ ہمسایوں کے ہاں جانا تو اس نے چھوڑ ہی دیا تھا۔ اب ان کا اپنے ہاں آنا بھی کھلنے لگا تھا جیسے وہ کچھ لوٹ لینے آتی ہوں۔ کوٹھڑی میں ان کا جانا تو اسے زہر ہی لگتا تھا اور وہ یوں ہی اوپری اوپری باتیں کر کے ان کو چلتا کر دیتی تھی۔ واقعی عورت گھر بیٹھے تو گھر کی شکل ہی کچھ اور نکل آتی ہے اور کچھ نہیں تو آنگن ہی لیپ پوت لیا۔ کمر بند ہی بُن لئے۔ پرانے کپڑوں کی کانٹ چھانٹ کر لی۔ خواہ مخواہ وہ اتنے دن وقت ضائع کرتی پھری۔ زبانی جمع خرچ میں رکھا ہی کیا ہے۔

ایک دن خلافِ معمول رحمان زیادہ دیر سے گھر آیا۔ پارو انتظار کر رہی تھی۔ آج مدتوں بعد اس نے آلو بھرے پراٹھے پکائے تھے۔ سوچ رہی تھی۔ ٹھنڈے ہو گئے تو مٹی برابر ہو

جائیں گے۔ رحمان کے اندر آتے ہی اس نے شکایتاً کہا۔ "اے لو آج اِتی دیر کر دی۔ مجھے تو کب سے بھوک لگی ہے۔"

"تو پھر کیا ہوا۔" رحمان بھنایا۔ "میں کوئی دفتر تو نہیں جاتا کہ ٹائم ختم ہو تو اُٹھ کر چلا آؤں اور نہ تم لاٹ صاحب کی بیوی ہو کہ کھانے کا وقت ایک منٹ اِدھر سے اُدھر نہ ہو۔ ایسا ہی تھا۔ تو نکل لیتیں میرے بغیر"

"میں تو اس لئے کہہ رہی تھی کہ....."

"بس بس رہنے دو۔ میں تمہارا نوکر نہیں ہوں، بہت دنوں سے یہ اکڑ دیکھ رہا ہوں۔ ایک ذرا آدھ گھنٹے کی دیر ہو جائے تو جواب طلبی ہوتی ہے.... بڑی جیسے یہ میری کوتوال....."

"ارے وہ آج تو تمہیں خواہ مخواہ غصہ...."

"کیا کہا؟ مجھے خواہ مخواہ کا غصہ... یعنی جیسے تو نے تو کچھ کہا ہی نہیں... میں پاگل ہوں... جنونی ہوں.... خواہ مخواہ مجھے غصہ آتا ہے.... یہ تو جیسے کچھ کہتی ہی نہیں ہے..... اتنے دن سے مجھے عاجز کر رکھا ہے.... زندگی حرام ہو گئی ہے...." اور رحمان نے پیر سے جوتی نکال کر کھٹا کھٹ اس کے سر پر بجا دی اور پھر جوتی پہن بھناتا ہوا گھر سے باہر نکل گیا۔

جب رونا پیٹنا ختم ہوا اور میکے کا خیال دل سے نکلا تو بچے سو چکے تھے اور رحمان پھر بھی گھر نہ آیا تھا۔ کچھ سوچ کر پاروا اٹھی، کوٹھری بند کر کے ٹرنک اٹھایا تو دیکھا روپوں والی تھیلی غائب ہے۔

ریت کے ٹاپو

"کہو میرے بچے..... اے مولیٰ! غرور کرنے والے کا سر نیچا کر۔"

ننھے سے بچے نے اپنے ننھے منے سے ہاتھ اوپر اٹھائے، جس میں ڈوبتے سورج کی نارنجی شعاعوں کی روشنی بھر گئی اور توتلی زبان میں بولا۔"مولیٰ! غرور کرنے والے کا سر نیچا کر....."

"اور.....اور....."

"بس اور کچھ نہ کہو رشو۔ ہم خود بے حد دکھی ہیں۔ دنیا میں اتنی پریشانیاں ہیں، لوگوں کے لئے مزید دکھ مانگنے سے فائدہ!"

"فائدے اور نقصان کی بات کرتی ہو باجی، یہ سب کچھ جو میں کہتی ہوں وہ تمہارے اور بچوں کے لحاظ کی وجہ سے ورنہ میرے جی سے جو دعائیں نکلتی ہیں وہ یہ ہیں کہ یا الٰہی اس شخص کا منہ کالا کر جس نے ہمارے ساتھ زیادتی کی ——— اس کے بیوی بچے بھی اسی طرح تڑپیں اور وہ جیل کی سلاخوں کے پیچھے ہو اور اتنے بے گناہوں کو مارنے کی سزا میں وہ پھانسی چڑھے، تب میرے دل کی آگ ٹھنڈی ہو۔ ورنہ مجھے تو یوں لگتا ہے کہ میں کسی دن سوکھے جھاڑ کی طرح بھڑ بھڑ کر کے جلنے لگوں گی اور جلتی ہی چلی جاؤں گی۔"

"جاؤ منے، ٹیپو اور صائمہ کے ساتھ کھیلو۔" منا سا بچہ جو گھٹنوں کے بل بیٹھا ہوا تھا اور جس نے دعا کے لئے اب تک ہاتھ اٹھا رکھے تھے چپ چاپ اٹھا اور دوسری طرف چلا گیا۔

"منے کے سامنے ایسی باتیں نہ کیا کرو رشو۔"

"پھر کیسی باتیں کیا کروں باجی۔ میں تو سوچتی ہوں ہمیں اپنے بچوں کو بتانا چاہیئے کہ ہمارا دشمن کون ہے اور انہیں بڑے ہو کر اُن سے انتقام لینا ہے۔ ہم سے تو ہماری دادیاں

نانیاں بہتر تھیں جو بچوں کو دشمنوں سے بدلہ لینے کے لئے تیار کرتی تھیں۔ میں اپنے بچوں کی تربیت اسی انداز میں کروں گی۔"

"انتقام سے کچھ حاصل نہیں ہوتا راشدہ جان، کوئی صورت ایسی ہونی چاہیے جو اس ملک سے ظلم، ہٹ دھرمی اور جھوٹ کا خاتمہ کر دے۔ انتقام سے ان چیزوں میں اضافہ ہوتا ہے۔"

"جب تک ظالموں سے حساب نہیں لیا جائے گا اور انہیں دیواروں میں نہیں چنوایا جائے گا یہ سلسلہ چلتا ہی رہے گا یا میرے مولا، میں تجھ سے پوچھتی ہوں کیا یہ دعا مانگنا کہ ظالم مارا جائے گناہ ہے؟ کیا یہ دعا مانگنا کہ مغرور کا سر نیچا ہو گناہ ہے؟

"آیئے آپا، آیئے باجی کھانا تیار ہے۔" تیسری بہن نے دور سے پکار کر کہا۔

"آؤ چلو رشو کھانا کھائیں،" ملیحہ نے کہا۔

ملیحہ آگے چلی، راشدہ پیچھے۔ ملیحہ اندر چلی گئی مگر راشدہ سامنے کی گول ریلنگ سے لگ کر کھڑی ہو گئی۔ کوئی پچاس فٹ نیچے دریا بہتا چلا جا رہا تھا۔ درمیان میں جگہ جگہ ریت کے ٹاپو اُبھرے ہوئے تھے اور بھرتے پانی میں سے سیاہ چٹانیں جھانک رہی تھیں۔ آسمان سرمئی ہو گیا تھا۔ رات ہو چلی تھی۔ ایک اور سیاہ ڈراؤنی رات کا آغاز تھا۔ صبح پھر وہ اپنے شوہروں سے ملنے جائیں گی۔ وہ چھوٹ جائیں گے یا انہیں سزا ہو جائے گی اگر انہیں سزا ہو گئی تو ان ننھے ننھے بچوں کا کیا ہوگا جو ابھی سزا اور جزا کے معنی بھی نہیں جانتے۔ چودہ سال اگر بچے بغیر باپ کے رہ لیں تو کیا پھر انہیں باپ کی کوئی ضرورت رہ جاتی ہے؟ کیا کوئی عورت چودہ سال بغیر شوہر کے رہ سکتی ہے؟ چودہ سال بغیر سرمد کے، نہیں یہ نہیں ہو سکتا۔ اگر اس کے شوہر کو سزا ہوئی تو وہ منّے کو گود میں لے کر دریا میں کود جائے گی۔ اس خیال سے اسے سکون سا محسوس ہوا۔ اس کے آگے اس نے قطعی نہ سوچا کہ پھر اس بہن اور اس کے بچوں کا کیا ہوگا۔ جس کے شوہر اور اس کے ماں باپ کو بھی سزا ہوگی اور ان چار عدد بوڑھوں کا کیا ہوگا۔ جن کے بیٹے اور داماد جیل میں ہوں گے۔ جن کی بیٹیاں اور بہوئیں، نواسے اور نواسیاں، پوتے

اور پوتیاں ہوا میں جلنے والے چراغوں کی طرح سامنے دھرے ہوں گے۔ اس میں سے ایک بہو اور بیٹی جب اپنے منے کو گود میں لے کر دریا میں کود جائے گی تو ان کے دل پر کیا گزرے گی۔ یہ سب کچھ اس نے اس لئے نہ سوچا کہ جس خیال سے اسے سکون ملا تھا اس کے آگے سوچتی تو سکون تہہ و بالا ہو جاتا۔ بہن نھے منے سکون وہ خیالات محض ریت کے ٹاپو ہیں جو ایک دن دریا میں اُبھرتے ہیں اور دوسرے دن کے تیز دھارے میں بہہ کر غائب ہو جاتے ہیں۔

جب بوڑھا خان گل اس سے کھانے کے لئے کہنے آیا تو راشدہ نے پوچھا "ملنگ بابا کو کھانا بھجوا دیا۔؟"

"بابا تو چلا گیا۔ وہ تو اندھیرا ہوتے ہی چلا جاتا ہے۔"

"تو پھر اندھیرا ہونے سے پہلے کیوں نہیں بھجوایا۔ کتنی مرتبہ کہا ہے اسے کھانا جلدی بھیج دیا کرو، مگر کوئی سنتا ہی نہیں ــــ بس میں بھی نہیں کھاؤں گی کھانا۔"

خان گل کو معلوم تھا یہ غصہ، یہ احتجاج کسی ایک پر نہیں تھا۔ نہ بابا پر جو جلدی چلا گیا، نہ اس پر تھا۔ بس یہ غصہ تو اس بات پہ تھا کہ اس کا شوہر قیدی کیوں تھا اور اس بات پر بھلا کس کا بس تھا، ملیحہ شام کے گہرے ہوتے اندھیرے میں پھر دبے پاؤں گول ستون کے پاس آکھڑی ہوئی "اچھا بی بی نہ کھاؤ ـــ میں بھی نہیں کھاؤں گی، افروز بھی نہیں کھائے گی، بچے اور بابا بھی نہیں کھائیں گے۔ آج فاقہ ہی سہی۔" تب راشدہ نے غصے میں جھنجلاتے ہوئے پلٹ کر بہن کو دیکھا مگر اندھیرے میں دونوں ایک دوسرے کے تاثرات نہ دیکھ سکیں۔ راشدہ پیر پٹختی اندر چلی۔

"اچھا بابا ـــ یہاں کوئی اپنی مرضی سے بھوکا بھی نہیں رہ سکتا۔

"یہاں کون مرضی سے کیا کرتا ہے رشو جان۔" ملیحہ کے بہتے ہوئے دکھ نے بکر صبر و تحمل کے ساتھ ــــ

کھانا زہر مار کرکے ملیحہ بچوں کو سلانے لے گئی۔ وہ سارے بچوں کو کہانیاں سناتی تھی۔

منا چھوٹا تھا۔ وہ سب سے پہلے سو جاتا تھا۔ راشدہ اس کی طرف سے ویسے بھی بے فکر تھی۔ وہ بلبحہ ہی کے بچوں کے ساتھ کھاتا، کھیلتا اور سوتا تھا۔ وہ پھر باہر نکل گئی۔ رات کچھ اور گہری ہو گئی تھی۔ دریا کچھ اور سیاہ ہو گیا تھا مگر آسمان پر ٹمٹماتے ہوئے تارے کہہ رہے تھے۔ ہماری طرف دیکھو جب تک ہم موجود ہیں۔ رات کی تاریکی قطعی اور آخری نہیں ہو سکتی۔ راشدہ پھر گول ریلنگ سے لگ کر کھڑی ہو گئی۔ اس جگہ وہ پہلے بھی دو تین مرتبہ آئی تھی۔ ایک مرتبہ شادی سے پہلے جب سرمد کا اور اس کا رومان چل رہا تھا تو وہ خاندان کے بہت سے افراد کے ساتھ یہاں آئے تھے اور جب دریا پر سے براہِ راست چٹانوں پر چڑھ کر اوپر پہنچنے کا مقابلہ ہوا تھا تو راشدہ سب سے آگے بھاگ لی تھی اور سرمد بے چارہ جو اس کے جوتے اٹھا کر پیچھے پیچھے آیا تھا۔ سب کے مذاق کا نشانہ بنا تھا۔

اور شادی کے بعد جب وہ کچھ دن رہنے کے لئے یہاں آئے تھے تو انہوں نے کتنی مرتبہ سورج کو ڈوبتے ابھرتے دیکھا تھا۔ دریا کے کتنے مختلف موڈ، چاندنی راتوں کے کیسے کیسے سہانے منظر، پہاڑوں کے کیسے پیارے روپ دیکھے تھے۔ ملکہ نور جہاں کی پرانی سرائے میں، اس خستہ حال کوٹھے میں جو سڑک کے بیچوں بیچ واقع تھا اور اس قلعہ میں جہاں آج سرمد قید تھا وہ کیسے حیران اور خوش باش بچوں کی طرح ہاتھ پکڑے پھرتے تھے۔ پہاڑیوں پر ہری جھاڑیوں کے درمیان طمانیت کے ساتھ گھاس چرتی بکریاں اور وہ دونوں اس سارے منظر کا ایک حصہ ہی تو لگتے تھے۔ قلعہ کے نیچے گہری کھائی، بل کھاتی سڑک اور زوں زوں کرتی گاڑیاں اور ٹرک اور بڑا سا پل اور چھوٹے بڑے پتھر اور دور سے چمکتے سفید سنگ میل اس وقت ان سب چیزوں کے کچھ اور ہی معنی تھے۔ زندگی سے بھرپور اور حسن سے بھرپور ــــــ اور اب یہی سب چیزیں کیسی بے روح اور بیزار کن لگتی تھیں۔ جھاڑیاں سوکھی، پتھر بے جان، کھائی ڈراؤنی اور ملکہ کی سرائے اندھیری ہو گئی تھی خستہ حال کوٹھے بس جیسے بھوت آن کر بس گئے تھے۔ جو راتوں کو تیز ہوا کے شور میں بین کیا کرتے

مجھے سنگ میل جیسے سرِراہ کوئی کسی کے انتظار میں سر نہوڑائے بیٹھا ہوا و رد ریا پتھروں سے سر ٹکیتے تھکتا ہی نہ تھا۔

راشدہ نے گول برآمدے کا پورا چکر کاٹا اور پھر پچھلی طرف آن کر نیچے جھانکا۔ تیز ڈھلان پر نیم دائرہ سا بناتی ہوئی پگڈنڈی جس جگہ جا کر سڑک سے ملتی تھی، وہاں ایک بوڑھا گاڑھے کا سفید کرتہ پہنے سنگِ میل کی طرح بیٹھا رہتا تھا۔ صبح پو پھٹتے وہ آتا تھا اور سورج غروب ہوتے ہی چلا جاتا تھا سانس پھلانے والی چڑھائی پر چڑھتے اور بھاگتی ہوئی ڈھلوان پر اترتے لوگوں نے اسے صرف ایک جملہ کہتے سنا تھا:

"جو اوپر ہیں وہ نیچے آئیں گے —— جو نیچے ہیں وہ اوپر جائیں گے۔" یہ جملہ راشدہ کو بڑا معنی خیز لگا تھا۔ پہلی مرتبہ سُن کر اس نے ملیحہ سے کہا تھا۔

"سنا باجی یہ بوڑھا بابا کیا کہہ رہا ہے۔"

ملیحہ نے کوئی اہمیت نہ دی تھی۔ "ظاہر ہے جو چڑھائی پر اوپر گیا ہے۔ وہ کبھی نہ کبھی نیچے بھی اُترے گا۔"

"تم نہیں سمجھیں باجی، اس کا مطلب ہے جو لوگ اس وقت اوپر ہیں، خدا بنے بیٹھے ہیں وہ جلد نیچے اتریں گے —— اتنے نیچے کہ پاتال سے بھی نیچے۔" ملیحہ ہنس دی تھی۔ ہر بات میں سے اپنے مطلب کی بات نکال لینا کچھ ایسا مشکل نہیں ہوتا۔ راشدہ نے بہت کوشش کی کہ بوڑھا اس جملے کی تفصیل میں کچھ کہے مگر وہ کبھی کچھ نہ کہتا۔ آدمیوں کے آر پار وہ یوں دیکھتا جیسے وہ شیشے کے بنے ہوئے ہوں اور جب کبھی اس کا اپنا جی چاہتا کہے چلا جاتا "اوپر والے نیچے آئیں گے، نیچے والے اوپر جائیں گے۔"

راشدہ اس جملے کی صداقت کی منتظر تھی کہ مقدمہ کا فیصلہ ہو گیا۔ سرمد کو اور اس کے بھائی کو کہ ملیحہ کا شوہر تھا۔ چودہ چودہ سال کی سزا ہو گئی۔ راشدہ کی خودکشی کا سارا منصوبہ دھرا رہ گیا۔ اس لئے کہ کورٹ میں وہ سزا سن کر گری تو کسی چیز کا کوئی تیز کونا اس

کے سر میں کھُب گیا اور جب اسے ہوش آیا تو وہ اپنی سسرال میں تھی جہاں اس کی بوڑھی ساس کسی ذمہ دار اور حساس نرس کی طرح اس کی خدمت کرتی تھی۔ سوتے جاگتے اسے پیار کرتی تھی اور اس پر سو جان سے فدا تھی۔ یوں معلوم ہوتا تھا جیسے اس نے اپنے چل جانے والے بیٹے کا سارا پیار دُلار بہو پر نچھاور کرنے کا فیصلہ کر لیا ہے اس دکھی کنبے نے اپنے دکھ اور اپنے پیار کچھ عجب طور بانٹ لئے تھے۔ ملیحہ ماں باپ کے ساتھ چلی گئی تھی اور راشدہ ننھے کے ساتھ سسرال میں تھی ـــــ تو کیا چودہ سال وہ اپنی بوڑھی ساس کی بوڑھی بانہوں کے سہارے گزارے گی!! یا اللہ کیا ہوگا! چودہ سال، ایک جُگ ہے، ایک صدی ہے کیا ہے! اب جو کچھ بھی ہو۔ وہ یہ گھر چھوڑ کر نہیں جا سکتی۔ دکھوں کے بندھن پیار کے بندھنوں کے ساتھ گتھے ہوئے تھے۔ کچھ ایسے الجھے پڑ گئے تھے، کچھ ایسی گرہیں لگ گئی تھیں جنہیں نہ وہ سلجھا سکتی تھی نہ توڑ سکتی تھی ـــــ بس جینا تھا، ہر حال میں جینا۔

اور جب کبھی اس کے دل کے سلگتے کونے لو دے اٹھتے یا وہ کوئی نئی جی جلانے والی خبر پڑھتی یا سنتی تو کہتی ,, مولا! غرور کرنے والے کا سر نیچا کر۔ ،، اور کبھی وہ ملنگ بابا کی طرح بُڑبُڑانے لگتی ,, اوپر والے کب نیچے آئیں گے، نیچے والے کب اوپر جائیں گے۔ ،، اور کبھی وہ کہتی ,, لوگوں کو کیوں اتنا شوق ہے اس چھتر کے سائے میں بیٹھنے کا حالانکہ انہیں خوب معلوم ہے کہ جو کوئی اس چھتر کے سائے میں بیٹھا ہے اس کے دن گنے گئے ہیں۔ ،،

گھر میں اس کی باتوں کا کوئی جواب نہیں دیتا تھا۔ گھر کے سنکی بوڑھوں کی طرح اس کی بے تکی باتیں برداشت کی جاتی تھیں۔ کبھی کبھی ایسے موقعوں پر اس کی بوڑھی ساس اُٹھ کر اسے گلے سے لگا کر اس کے بالوں پہ پیار کر لیتی تھی اور تب وہ شرم سے غصے سے اور دکھ سے بلک کر رو پڑتی تھی ـــــ اور پھر جب شام کا سورج

ڈوبتا تھا اور وہ اپنے منّے کے ساتھ باغ میں ٹہلتی تھی تو اس کے منّے منّے ہاتھ دعا کے لئے اٹھواتی تھی، جس میں ڈوبتے سورج کی نارنجی شعاعیں بھر جاتی تھیں اور کہتا تھا۔ "اللہ میاں، غرور کرنے والے کا سر نیچا کر۔" اور تب راشدہ کو دور افتادہ بستی کا وہ ملنگ بابا یاد آتا تھا جو کہا کرتا تھا "اوپر والے نیچے آئیں گے اور نیچے والے اوپر جائیں گے۔"

اور جس دن راشدہ نے خبر سنی کہ غرور کرنے والے کا سر نیچے ہوا تو اس نے اسی وقت دور افتادہ بستی میں جانے کی خواہش ظاہر کی۔ وہ کم ہی کسی چیز کی فرمائش کرتی تھی اور جب وہ کسی چیز کی خواہش کر بیٹھتی تھی تو خواہ وہ بھول جائے لیکن ساس سسر اسے پورا کرنا اپنے اوپر فرض سمجھتے تھے۔ چنانچہ وہ خود اسے لے کر وہاں گئے۔ پہاڑ کی چوٹی تک پہنچتے پہنچتے اندھیرا گہرا ہو گیا تھا۔ ملنگ بابا اس وقت نہیں تھا۔ راشدہ اوپر کھڑی دریا کو تکتی رہی۔ خنکی لمحہ لمحہ بڑھ رہی تھی۔ ساس نے چپکے سے آن کر اس کے کندھوں پر شال ڈالی اور واپس چلی گئیں۔ دریا کا پانی چڑھا ہوا تھا۔ ریت کے سارے ٹاپو اور سیاہ چٹانوں کے تیز کونے پانی میں چھپ گئے تھے۔ پانی جو کبھی کبھی بہت دور سے چمکا کرتا تھا۔ آج پہاڑی کے قدموں کو چھو رہا تھا۔ رات اندھیری تھی۔ پانی کے شور اور گہرے ہوتے ہوئے اندھیرے میں ایک خوف سا تھا۔ وہ جو اس سارے علاقے میں راتوں کو بے خوف و خطر گھوما کرتی تھی دل ہی دل میں کانپتی اندر چلی آئی۔

صبح پو پھٹے وہ اٹھی، باہر نکل کر پچھلے حصے کی طرف گئی۔ ملنگ بابا ابھی نہیں آیا تھا واپس آکر وہ منّے کے پاس لیٹ گئی۔ جب دن چڑھ آیا تو ناشتے کے بعد وہ منّے کو لے کر باہر نکلی۔ بابا اب بھی وہاں نہیں تھا۔ چوکیدار باہر کھڑا مرغیوں کو دانہ ڈال رہا تھا۔

"یہاں جو بابا بیٹھا رہتا تھا وہ کہاں گیا؟" اس نے چوکیدار سے پوچھا۔

"اسے پکڑ کر لے گئے۔"

"کیوں؟"

"بس جی ـــــ کچھ ایسی ہی بات تھی۔" وہ پراسراریت سے بولا۔

"کیا وہ کوئی غلط آدمی تھا؟" راشدہ کو اچانک یاد آیا کہ ایسا حلیہ عموماً جاسوسوں کے ساتھ وابستہ سمجھا جاتا ہے۔

"نہیں جی، وہ تو ملنگ آدمی ہیں" چوکیدار بولا۔ "ہم تو بچپن سے انہیں جانتے ہیں"

"تو پھر؟"

"جی وہ میں نے کہا نا کچھ ایسی ہی بات تھی۔"

"آخر ایسی کیا بات تھی؟" راشدہ کے لہجے میں تلخی دیکھ کر چوکیدار کسمسایا۔

"جی وہ دراصل ملنگ بابا پاجامہ نہیں پہنتے تھے ـــــ صرف ایک کرتہ پہنے رہتے تھے۔" چوکیدار نے منہ پھیر لیا۔ جیسے وہ کسی عورت کے سامنے یہ بات کہنا نہ چاہتا ہو۔ مگر مجبوراً کہہ رہا ہو۔

"امی وہ بابا ہر وقت کیا کہا کرتے تھے؟" منے نے پوچھا۔

"وہ کہا کرتے تھے ـــــ اوپر والے نیچے آئیں گے اور نیچے والے اوپر جائیں گے"

"اس کا کیا مطلب ہے امی؟"

"ایک بات کے بہت مطلب ہوتے ہیں بیٹے۔ میں تمہیں کیا سمجھاؤں ـــــ وقت الفاظ کے پرت کھولتا ہے۔ لوگوں کے پرت کھولتا ہے، تاریخ کے پرت کھولتا ہے، چھپی ہوئی چیزوں کے، زندگی اور موت کے اور جانے کس کس کے ـــــ"

"جب میں بڑا ہو جاؤں گا تو اس کا مطلب سمجھ جاؤں گا نا امی؟" منے نے پُرامید لہجے میں کہا۔

"تم بڑے ہو گے تو اس جملے کا مطلب کیا ہوگا، کون جانے بیٹے" راشدہ نے منے کی حیران آنکھیں چوم لیں۔

بڑی اماں

وہ بڑی اماں سے کب بڑاماں بنیں۔ کسی کو یاد نہیں۔ ان کی عمر کا بھی کسی کو اندازہ نہیں۔ جب سے ہم نے ہوش سنبھالا وہ لاٹھوں لاٹھ تو نہیں مگر ہاں صحت کی اچھی تھیں اور پھر برسوں ان میں ذراسی تبدیلی بھی نہ آئی۔ یوں معلوم ہوتا تھا کہ وہ جیسی ہیں سدا ایسی ہی رہیں گی۔ سالہا سال سے وہ کسی تاریخی عمارت کی طرح قائم و دائم تھیں جس کے نہ ہونے کا کبھی کوئی تصور بھی نہیں کرتا۔

آنکھوں دیکھی نہیں کانوں سنی ہے کہ جب اولاد نہ ہونے کے بہانے میاں نے دوسری شادی کی تو یہ ماتھے پر بل نہ لائیں۔ سوکن کی ساری اولاد کو یہ پیدائش کے بعد یوں سمیٹ لینیں جیسے قدرت نے یہ تقسیم کار کر رکھی ہو کہ وہ جنیں اور یہ پالیں۔ چھوٹی کے سارے بچے انہیں بڑاماں کہتے اور یوں چمٹے رہتے جیسے گڑ پر چیونٹیاں۔ ریڈیو پر فلمی گانوں کی فرمائش کی طرح ان کی فرمائشوں کا کوئی اختتام نہ تھا۔ ہاتھوں کا میل اتارنے کے انداز میں روٹیاں مل مل کر بڑاماں ملیدہ بناتیں اور خوب شکر گھی ڈال کر ان کو ٹھونساتیں۔ میدہ بھون کر اس میں آم اور میٹھی دہی ملا کر گڑ مبا پکتا۔ بچے بھاگ بھاگ کر کام کرتے۔ اسی ہبڑ دبڑ میں چھوٹی کو خبر ہو جاتی۔ وہ آن کر بڑبڑاتیں۔

”اے بڑی کیا ہو گیا ہے تمہیں مہینے کا گھی دو دن میں لنڈھا دو گی۔ اے واہ روز حلوے، روز پراٹھے۔“

بڑی جل کر کہتیں ”اے رہنے دو، تمہیں گھی بچوں سے پیارا ہوگا ہوا۔ کون سے حلوے پکے ہیں۔ ایک ذرا ملیدہ بنا کر دے دیا تو قیامت آگئی۔ جاؤ تمہارا کیا کام ہے۔ اپنے میاں کے کولہے سے لگ کر بیٹھو۔ میں جانوں میرے بچے۔۔“

یہ سب یوں ہوتا جیسے دو بہنوں میں لاگ لپٹ ہو رہی ہو۔ میاں آجاتے تو کہتے۔

"ہاں ہاں بچے ہیں۔ کھانے دو، بڑی ہمیں بھی چکھانا۔"

"اے خاک، یہ بِٹا حلوہ ہے، نہ خشک میوہ، نہ کیوڑہ نہ الائچی۔ یوں ہی بچوں کو بہلانے کو بنا دیا ہے۔ تمہارے حلق سے کہاں اُترے گا۔"

میاں ہنستے، چھوٹی بڑبڑاتی چلی جاتیں اور بڑتاں فخر سے بچوں کو بلا بلا کر دیتیں "لے چنو تو اور سے لے، اے ٹیکن تو بھی چکھ"۔ بچوں کے درد سر سے الگ رہ کر چھوٹی کو کتنا سکون تھا۔ اور چھوٹی سے بچوں کو چھین کر اپنا لینے میں بڑی کے جذبۂ رقابت کو کتنی تسکین ملی تھی، یہ تو وہ جانیں یا اُن کا خدا مگر یہ ضرور ہے کہ دونوں اپنی اپنی جگہ مطمئن تھیں۔ رات کو کبھی بڑتاں اُٹھتیں اور میاں کے شبستان کا دروازہ بند پاتیں تو دل پر گھونسہ سا پڑتا مگر جلد ہی وہ جی بہلانے کو بچوں میں گم ہو جاتیں۔ کبھی کبھی میاں جگنو سے ان کی اندھیری کوٹھری کو جگمگانے بھی آتے مگر اب انہیں خود ہی سیجیں سجانے کا شوق نہیں رہا تھا۔ دل کے نازک شیشے پر بال تو پڑ ہی چکا تھا، "اونہہ ہٹاؤ ــــــ یہ کیا بڑ ہمس ہے۔ دائیں بائیں بچے سو رہے ہیں۔" وہ عذر پیش کرتیں۔

خدا ایک در بند کرتا ہے تو ستر در کھول دیتا ہے۔ بڑتاں پر محبت کا ایک در بند ہوا تھا تو واقعی ستر در کھل گئے تھے۔ جس کو دیکھو مارے محبت اور مروت کے بچھا جا رہا ہے۔ خاندان میں کوئی شادی بڑتاں کے انتظام کے بغیر نہیں ہوتی تھی۔ کتنی ہی شادیاں بڑتاں کی بیماریوں کی وجہ سے ٹل ٹل گئی تھیں۔ "نہ بھیا، بڑتاں ہمارے خاندان کی بزرگ ہیں، ان کی شرکت کے بغیر یہ شادی نہ ہو گی۔ وہ چلنے پھرنے لگیں۔ تو تاریخ مقرر ہو۔" شادیوں میں وہ کئی کئی رول ادا کرتیں، شادی کا حساب کتاب، کھانے کا انتظام اور پل پل پر ضرورت پڑنے والی ہر چیز کا خیال "اے فلانے بازار جا رہے ہو تو دلہن کی نتھ کے لئے دو موتی اور ایک بچنی لیتے آنا۔" "یہ چیزیں دولہا کے گھر کی ہووے ہیں،" موقع پڑتا تو ناک بھوں بھی بنا لیتیں "اے تو دلی والوں کے ہاں یہ رواج ہو گا۔ ہمارے ہاں

یہ دستور نہیں"۔ غرضیکہ بڑماں کیا تھیں اچھی خاصی اکسیر تھیں کہ سر میں درد ہو تو ماتھے پر تھوپ لو۔ پیٹ میں درد ہو تو پانی میں ڈال کر پی لو۔ الٹیاں ہوں تو چینی میں دو قطرے ڈال کر چٹا دو۔

دیور کے ہاں جاپا ہونے لگتا تو وہ دہلیز کی مٹی سے ٹلتے۔ بھابی کے بجائے وہ بھی بڑماں ہی کہتے "ارے چلو بڑماں تمہاری دلہن تمہیں بہت یاد کر رہی ہے۔ کچھ دن تو وہ ٹالتیں۔ پھر آخر مارے مروت کے اپنی پوٹلی میں الم غلم باندھتیں۔ ادھر دو چار چھوٹی منجھلی لونڈیاں چھوٹی کی ناں ناں کرتے ان کے ساتھ ہولیتیں۔ "اے جلنے دو تم سے باقی ہی نہ سنبھلیں گے۔ وہ چھوٹی کے پھوہڑپن کا علی الاعلان تذکرہ کرتیں۔ بات بھی ٹھیک تھی۔ یہ تو وہاں جاکر نوزائیدہ کے پوتڑے کھولنے باندھنے اور اٹھوارے سٹھوارے میں لگ جاتیں یہاں باقی بچے چھوٹی اماں کو ناک چنے چبوا دیتے۔ بچے جن جن کر کچھ ایسی عادت پڑگئی تھی کہ یہ جان لیوا کام اب اُن کے بائیں ہاتھ کا کھیل ہو گیا تھا مگر بڑی کے جانے کے بعد اتنی جانوں کو سمیٹنا اور ان کی ہٹیں پوری کرنا ان کے بس کا نہیں تھا۔ ان کو گئے دو چار دن ہوتے کہ یہ ہاتھ پیر چھوڑ بیٹھتیں، مشکل سے کچھ دن اور صبر کرتیں۔ پھر ڈولی لے کر پہنچ جاتیں۔ "اے ہے تم تو آکر بیٹھ رہیں کچھ گھر کی بھی خبر ہے۔ بچوں نے میرا ناک میں دم کر دیا ہے۔"

"لو اور سنو، ابھی کچی کو چھوڑ کر کیسے آجاؤں۔ جمعہ جمعہ آٹھ دن ہوئے ہیں مجھے آئے۔"

"میں کیا جانوں، منجھلے کو کالی کھانسی ہو گئی ہے۔ کھانس کھانس کر دم دیئے دے رہے ہے۔"

"اے ہے یہ کیا ہوا۔ میں تو اچھا بھلا چھوڑ کے آئی تھی۔ شہتوت کے پتے اور شہد چٹایا؟"

"سب کچھ کر لیا۔"، چھوٹی یوں کہتیں جیسے اب دواؤں سے گزر کے دعا کی کسر رہ گئی ہو۔

"لو بوا سنبھالو اپنا ٹبلوہ، میں چلی۔ جانے میرے بچے کو کیا کر دیا اب لاکھ کوئی روکے وہ نہ رکیں گی۔ گھر آکر دم لیں گی اور منجھلے کی پٹی سے پٹی لگا کر رات رات بھر جاگیں گی۔ بھولی ہیں

الابلا بھون کر اسے دیں گی اور چھوٹی یوں الگ ہو جائیں گی جیسے کسی کو امانت لوٹا کر مطمئن ہو گئی ہوں۔

بھائیوں کے گھر کوئی بیمار ہو، بچہ ہونے والا ہو یا کسی بچے کی روزہ کشائی ہو، کوئی نہ کوئی بڑ ماں کو لینے آ پہنچتا۔ وہ تھوڑا بہت عذر کرتیں، پھر اصرار کے آگے ہتھیار ڈال دیتیں۔ بھائیوں کی ضرورت پر ان کا جانا بھی ضرور اور چھوٹی کا یہ کہنا بھی "اب جا کر بیٹھ نہ رہنا۔ جلدی آجانا۔ تمہارے پیچھے یہ بچے مجھے کھا جائیں گے۔ تمہارے لاڈ نے دو کوڑی کا کر دیا ہے انہیں۔"

"ہاں ہاں میں نے تو سب کو بگاڑا ہے چلو تم اچھی ہو کسی سے سیدھے منہ بات ہی نہیں کرتیں" اور یہ سچ تھا کہ کوئی بچہ بیمار ہو، چوٹ لگ جائے یا جل جائے، روتا چیختا سیدھا بڑ ماں کے پاس آتا۔ چھوٹی مارے ممتا کے درمیان میں کہتی رہ جاتیں "ارے کیا ہوا، ادھر آئیں دیکھوں،" بچہ پلٹ کے دیکھے بغیر سیدھا اس اندھیری کوٹھری میں پہنچتا۔ جو بڑ ماں کا ٹھکانہ تھا۔

گرمیوں کی دوپہروں میں سارا زمانہ سو جاتا۔ نہ سوتیں تو بڑ ماں، اور ان کے چیلے چانٹے۔ وہ بیٹھی چھوٹی چھوٹی ریشمی کترنوں سے بٹوے سیتی رہتیں اور بچے لڑتے رہتے "یہ میرا ہے۔"

"واہ تمہارا کہاں سے آگیا۔ اس دن بھی تم نے لیا تھا۔ یہ میرا ہے ہے نا بڑ ماں؟" وہ بڑ ماں کو مسکوٹ میں ملاتا۔

"اے ہے بننے تو دو۔ پہلے ہی ہائے ہائے ڈال دی۔ لے بٹو دھاگا پکڑ"، دھاگے بٹتے، بٹوے اور تلے دانیاں بنتیں اور ٹٹیں۔ قرآن شریف کے تکونے غلاف گوٹے لچکے لگ کر تیار ہوتے۔ اس سے دل اکتا تا یا بچے فرمائش کر بیٹھتے تو جلتی دوپہر یا میں چولہے کے پاس جا بیٹھتیں اور ہنڈ کلیاں شروع ہو جاتیں۔

ایک دیور جانے کہاں کالے کوسوں رہتے تھے۔ بیوی کے بچہ ہونے لگا تو انہوں نے بڑ ماں کو بلا بھیجا۔ چھوٹا سا قصبہ جہاں کوس بھر پر کوئی بڈھی ٹھڈی دائی رہتی تھی اس کا

سہارا تھا۔ ہونی شدنی عین وقت پر برابر کے گاؤں میں میت ہو گئی۔ وہ پرسے میں چلی گئی ایسے وقت میں خدا نے بڑماں کو ہمت دی کہ انہوں نے باورچی خانے کی کٹھل چھری سے نال کاٹا گرم پانی کر کے بچے کو نہلایا اور جیسے تیسے زچہ کو سنبھال لیا۔۔۔ دائی اپنا حق چھینے جانے پر دل ہی دل میں عرصے تک پیچ و تاب کھاتی رہی۔

انہیں کے ہاتھوں ایک اور بچی نے ریلوے ٹرین میں جنم لیا۔ یہ وہ زمانہ تھا۔ جب بچے خدا کی دین ہوا کرتے تھے۔ ہر سال نہیں تو دوسرے سال ہر گھر میں ایک نئی روح کا آنا گویا فرض تھا۔ اسی لئے ہر گھر میں بڑی کا پھیرا لگتا ہی رہتا۔ سینکڑوں بچے دائی اور نرس کے ہاتھ سے سیدھے بڑماں کے ہاتھوں میں آتے تھے۔ ان کے ہاتھ سے گھٹی پینے والے بچوں کی گنتی ہی نہ تھی اور تو اور خاندان کی دو ایک بوڑھی عورتوں کو قبر میں پہنچانے سے پہلے غسل دینے کا کام بھی کر چکی تھیں۔ غرض کوئی ایسا کام نہ تھا جسے کوئی عورت کر سکے اور بڑماں نہ کر سکیں۔ احسان ماننے والے جس طرح دامے درمے بن پڑتا ان کا احسان اتارنے کی کوشش بھی کرتے۔ چلتے وقت کسی نے نیا ریشمی جوڑا بنا دیا، کسی نے نئی رضائی دے دی۔ اس طرح ان کا پیرا اٹا ٹک ریشمی کپڑوں سے پڑا رہتا۔ پہنتی تو کم ہی تھیں، موج میں آتیں تو بھانجی بھتیجیوں کو بانٹ دیتیں۔

ایسے ہی کسی کام سے گھر سے کوسوں دور تھیں کہ میاں کی بیماری کا تار پہنچا۔ ہوائی جہاز ان دنوں تھے مگر صرف آسمان پر اڑتے نظر آتے تھے۔ ان میں سفر کرتے کسی کو نہ سنا تھا۔ لے دے کر ریل گاڑیاں تھیں جو کھڑ پڑ کرتیں دن رات چلتیں تو دو تین دن میں لمبے سفر بھی طے ہو ہی جاتے۔ بڑماں گھر پہنچیں تو میاں کو زمین کے نیچے سوئے بھی دیر ہو چکی تھی۔ باہر ٹوپی اوڑھے مرد چنے پڑھنے میں مصروف تھے۔ اندر دوپٹوں سے سر ڈھانکے عورتیں مل کر قرآن شریف پڑھ رہی تھیں۔ خود تو عرصے سے بیواؤں کی طرح رہتی تھیں مگر سوکن کا سفید دوپٹہ اور سر کنڈے سے ہاتھ دیکھ کر دل پر گھونسا سا پڑا اور وہیں دہلیز پر گر پڑیں۔ پھر جب ہوش

بس آئیں تو سارا گھر پہلے کی طرح سنبھال لیا۔ چھوٹی سے وہ پہلے بھی نہیں جلتی تھیں۔ اب تو وہ قابل رحم تھی۔ اس کے پاس ایک میاں تھا وہ بھی نہ رہا۔ ان کے بچے ماشاء اللہ سب حیات تھے، پھل پھول رہے تھے۔ جس طرح مالی اپنی پھولتی پھلتی کیاری کو دیکھ کر خوش ہوا کرتا ہے۔ اسی طرح بڑماں اپنے پوتوں اور نواسوں کی فوج کو دیکھ کر نہال ہوتیں سبھی بچے بھی سب بڑماں کو برابر یاد رکھتے۔ آخر ان کے گھروں میں بھی روز بیماریاں، تقریبیں اور بچے ہوتے تھے۔

بڑماں پر دوسرا بڑا صدمہ چھوٹی کی موت تھی جس نے ان کی کمر توڑ دی۔ ایک دو نہیں۔ تیس بتیس سال کا ساتھ۔ پھر اس نے خدمت بھی تو نہیں کروائی۔ اس کا بھی انہیں غم تھا۔ بس بیٹھے بٹھائے چل کھڑی ہوئی جیسے میاں کے پاس جانے کو ادھار کھائے بیٹھی تھی بڑماں کو یوں لگا جیسے کوئی برسوں کی تھامی ہوئی لاٹھی ہاتھ سے چھین کر بھاگ گیا ہو۔ اچانک دنیا کیسی خالی خالی لگنے لگی۔ اس زندگی میں کیا خاک رکھا ہے جس میں چھوٹی اور میاں نہ ہو۔ ان کے بچے حیات تھے۔ مگر اصل میں یہ تھے تو اسی بیل کے بیج جو آج اچانک سوکھ گئی تھی۔ چھوٹی کسی گھناؤنی سی بیماری میں مبتلا ہوتیں، بیماری طول کھینچتی، کچھ دل پر میل آتا تو اور بات ہوتی مگر ان کے یوں چل دینے میں تو سوائے احساسِ محرومی کے کچھ نہ تھا۔ بڑماں اس چھت کی طرح بیٹھ گئیں جس کے نیچے سے اچانک ستون کھینچ لیا گیا ہو۔ اس بڑی سی حویلی میں جہاں کبھی بند دروازے دل پر دھمو کے دیتے تھے، گھومنے پھرنے کا کچھ مزا نہ رہا، آج بھائیں بھائیں کرتے کھلے دروازے کھانے کو آتے تھے۔ حلوے بنانے میں کوئی سواد نہ تھا۔ جب گھی پر کوئی ٹوکنے والا نہ ہو۔ بچوں کے ساتھ چاؤ چونچلوں میں بھی جب ہی سکھ تھا کہ چھوٹی مقابلے پر تھی۔ اب تو وہ پالے کے اس مرغ کی طرح تھیں جس کے سارے مقابل مر کھپ گئے ہوں۔ ایسی جیت اور شاہی کس کام کی!!

پھر وہ دور آیا جو اب تک بہت سے دلوں میں ناسور بن کر پل رہا ہے جس نے تخت والوں کو تحت الثریٰ میں پہنچایا اور بوریا نشینوں کو بادشاہی دی۔ ۱۹۴۷ء میں

سارا کنبہ ریزہ ریزہ خون سے چھینٹم چھانٹ بے گھر، بے در اس سرزمین میں پہنچا جسے کہتے ہیں پاکستان اور پورے ملک میں جس کو جہاں سر چھپانے کی جگہ ملی بیٹھ گیا۔ اس افراتفری میں کیا کھویا کیا پایا یہ حساب کتاب کرنے کی بھی کسی کو فرصت نہ تھی۔ نفسا نفسی کا ایک دور تھا، آیا اور چلا گیا مگر وہ بات پھر پیدا نہ ہو سکی، اکھڑے دل پھر نہ جمے۔ جمنے کی کوشش میں لوگوں نے چاہا اپنی جڑیں مضبوط کر لیں۔ کھودنا ہی ہے تو کیوں نہ ذرا گہرائی تک کھود دیں۔ سب اسی کھودنے اور جمنے کی تگ و دو میں پڑ گئے اور کسی نے نہیں دیکھا کہ بڑماں اس بوڑھے درخت کی طرح جس کی ایک آدھ ہی جڑ جم پائی ہو، آہستہ آہستہ سوکھ رہی ہیں۔ اس حادثہ دار و گیر میں ان کا پرانا بد رنگ بڑا ٹرنک تو صحیح سلامت پہنچ گیا مگر وہ خود آدھی آ پائیں تھیں۔ ان کے دماغ پر کچھ اثر ہو گیا جس کا احساس ایک دم نہیں دھیرے دھیرے ہوا۔ کام کرنے کی وہ بے پناہ دھن اب نہیں رہی تھی کسی نے کہہ دیا تو کر لیا ورنہ بس ٹہلے جاتیں، جیسے پاؤں میں پہیے لگ گئے ہوں یا کسی نے چابی دے کر چھوڑ دیا ہو۔

بڑماں اب بس کرو تھک جاؤ گی۔ لو بیٹھ کر یہ سبزی بنا دو،، وہ سبزی بنا دیتیں اور پھر ٹہلنا شروع کر دیتیں۔ چلتے چلتے خود ہی بڑبڑاتی رہتیں۔ کوئی غور سے سنتا تو بڑبڑاہٹ کا موضوع کوئی ایسی بات ہوتی جو انہیں بری لگی ہو چاہے وہ آج ہوئی ہو یا مہینوں برسوں پہلے۔

"بڑماں کس سے باتیں کر رہی ہو؟،، کوئی پوچھتا تو وہ چڑ جاتیں۔

"اے واہ کس سے باتیں کر رہی ہوں۔ خواہ مخواہ مجھے تنگ نہ کیا کرو۔، اور ٹہلے جاتیں۔ ٹہلے جاتیں۔ اسی وجہ سے انہیں بھوک زیادہ لگتی ہر وقت وہ باورچی خانہ ٹٹولتیں۔ اب وہ اتنا کام بھی نہ کرتی تھیں کہ گھر کے بچوں سے بڑھ کے انہیں کھلایا جائے۔

"اے ہے بڑماں۔ تم نے تو بچوں کو مات کیا۔ ابھی تو تم سے بھی پہلے ناشتہ

کیا ہے۔"

"بھوک لگی ہے،، وہ لجاجت سے کہتیں۔ پھر جو کچی کچی روٹی۔ باسی سالن اور پڑا پڑا ایا دودھ نظر آتا پی ڈالتیں۔ کھا پی کر وہ پھر ٹہلنا اور بڑبڑانا شروع کر دیتیں۔

یہ چہل قدمی اتنی بڑھی کہ کمروں اور دالان کا چکر لگا لگا کر انہوں نے گھر والوں کو گھن چکر بنا دیا۔ ہر وقت کی بھوک نے گھر والوں کو کھا لیا اور بڑبڑاہٹ کا یہ عالم ہوا کہ وہ چلتی ہوا سے لڑنے لگیں۔ چڑیا بولتی تو جھنجلا جاتیں "اے واہ، جا اپنا کام کر، کیوں دماغ چاٹ رہی ہے۔ مار چوں چوں چوں کوئی اور کام نہیں ہے تجھے،، مرغی کڑکڑاتی تو چلاتیں "ہاں ہاں بیگم صاحبہ، سُن لیا، انڈا دیا ہے تم نے۔ بس اب زیادہ مت اتراؤ سارے زمانے کی مرغیاں انڈے دیتی ہیں، ایک تم ہی نرالی نہیں ہو۔،، بچے سُن لیتے تماشا بنا لیتے۔ وہ اور جھنجلاتیں۔ بچوں کو سُناتیں تو وہ اور چھیڑتے۔ غرض گھر میں یہ ہنگامہ چڑچڑی عورتوں کو اور بدمزہ کر دیتا۔ وہ بچوں کو مارنے کی دھمکی کے ساتھ بڑی ماں کو بھی باتیں سناتیں کہ خواہ مخواہ بچوں میں بچی بن رہی ہیں۔ فوراً شریر بچوں کی طرح انہیں کسی کام میں پھنسا دیا جاتا جسے وہ الٹا سیدھا کر کے پھر محاذ پر آ پہنچتیں۔ یوں معلوم ہوتا کہ اپنی جن دلی خواہشات کو ایک زمانے میں وہ کام کر کر کے بھولی تھیں۔ اب انہوں نے دوسری آسان راہیں ڈھونڈ لی تھیں۔ کام میں اب ان کا دل نہ لگتا تھا۔ معلوم ہوتا تھا۔ جیسے رسیاں تڑا رہی ہوں۔ آٹا، جسے وہ کسی زمانے میں بڑے پیار سے سہج سہج گھنٹوں بالیاں مار مار کر گوندھا کرتی تھیں۔ اب منٹوں میں گھول کر رکھ آتیں۔ روٹیاں پکاتیں تو کبھی جلی، کبھی کچی۔ ہانڈی بھونتیں تو جل کر اندھی ہو جاتی۔ برتن دھوتیں تو مار چکنے اور چپکنے کہ ایک ایک برتن دوبارہ دھونا پڑتا۔ گھر کی عورتیں بہتیرا جتا جتا اور سُنا سُنا کر کہتیں مگر ایک کان سے سُن کر دوسرے سے صفا اُڑا دیتیں۔

اب لوگوں کا معیارِ زندگی بھی اونچا ہو رہا تھا۔ چھوٹے سے گھر میں چاہے گھر والوں

کے بیٹھنے کی جگہ نہ ہو مگر مہمانوں کے لئے سستے سے صوفے ضرور ہوں۔ رات کو بچے ایک پلنگ پر چار چار سوئیں مگر نیلام سے خریدی ہوئی کھانے کی میز اور کرسیوں کو جگہ ضرور ملے۔ بچے بھی اب گھروں کے بجائے ہسپتال میں پیدا ہونے لگے تھے۔ شادیوں میں اب ایسے "ایٹ ہوم" ہونے لگے تھے جن میں بڑی اماؤں کی ضرورت ذرا کم ہی پڑتی ہے ایک تو چیز کی مانگ پہلے ہی کم ہو اور پھر اس کی کوالٹی خراب ہو جائے تو اس کو کون دھارے گا۔ بڑتاں بھی بقول ایک انگریزی داں پوتے کے "نیوسنس" ہو گئی تھیں۔ اچھے کھاتے پیتے گھرانوں میں تو ان کا قطعی ٹھکانہ نہ تھا۔ ہاں پرانے دھرانے گھروں میں ٹوٹی چارپائی کی طرح کونے میں پڑی رہتیں۔ مگر چند دن گزر نے تو کسی نہ کسی بہانے سے ان کی بیٹی دوسرے گھر روانہ کر دی جاتی۔ جہاں گھر میں کوئی بیمار ہوا یا مہمان آئے تو سب سے پہلا کام یہ کیا جاتا کہ بڑتاں کو رکشہ میں بٹھا کر کسی دوسرے نواسے یا پوتے کے ہاں چلتا کیا جاتا۔ وہاں دو ایک دن ان کی کچھ آؤ بھگت ہوتی۔ پھر ردی اخبار کی طرح ادھر ادھر رُلتی پھرتیں۔ ان کی بھوک اور بڑبڑاہٹیں جب زیادہ پریشان کرتیں تو کوئی بہانہ ڈھونڈ کر انہیں تیسرے گھر بھیج دیا جاتا۔ گھر کی لڑکیاں کسی نہ کسی طرح ان کے ٹرنک کے کپڑے اڑانے کی فکر میں رہتیں۔ ان کی بدقسمتی سے تنگ پاجامے کا فیشن لوٹ رہا تھا اور پرانے زمانے کی سی ساٹن اور مٹھی میں بند ہو جانے والے دوپٹے اب کہاں ملتے تھے۔ محبت کی بھوکی بڑتاں سے جب لڑکیاں مکھن لگاتیں تو وہ خوش ہو کر فوراً جوڑے کے جوڑے ان کی نذر کر دیتیں۔

اب بڑتاں پر جو کچھ خرچ ہوتا اس کا حساب ذہنوں میں محفوظ رکھا جاتا تاکہ موقع موقع پر دوسرے رشتے داروں کو سنایا جا سکے۔ ایک وہ بڑتاں تھیں جن کو ہر گھر میں ہاتھوں ہاتھ لیا جاتا تھا۔ اب ٹانگ برابر کی چھوکریاں کہتی تھیں "کام کی نہ کاج کی۔ سیر بھر اناج کی" جب دیکھو باورچی خانے میں کچھ نہ کچھ ٹٹول رہی ہیں۔ بچے بچے کو پتہ تھا کہ یہ ہماری سگی نانی دادی نہیں ہیں۔ بے اولاد ہیں بے چاری۔ ہم نہ رکھیں گے تو اور کون رکھے گا۔

"اسے ہے یہ رات کا قیمہ ہے چھپا دے نہیں تو وہ نگل ہیں گی ــ" ان کے بارے میں ایسی باتیں اب عام ہوگئی تھیں۔ بھوک کی شدت اور تسکین کی کمی نے جنون کو ایک اور راہ سجھائی۔ ٹہلتی ٹہلتی آتیں اور ناک ہوا میں دے کر کہتیں "اسے ہے سیب کی خوشبو آرہی ہے۔ ہے نا، کہاں ہیں منی، اسے ایک ٹکڑا ہمیں بھی دے نا ــ" منی جیسے خود سیب سونگھے ہوئے برسوں ہو گئے ہوتے، جل کر کہتی "سیب نہ کچھ اور ــ پاگل ہو گئی ہو بڑی اماں تم تو۔" مگر وہ اس وقت تک سیب سیب کی رٹ لگائے رکھتیں جب تک انہیں کسی دوسرے کمرے میں امرود یا کیلے کی خوشبو نہ آجاتی۔ کسی نئے گھر میں جا کر جب انہیں یہ خوشبو آتی گھر کا کوئی شریف بچہ یا نفسیات کا ادھ کچرا طالب علم انہیں یہ چیز بن لا دیتا کہ شاید اسی طرح ان کا دل بھر جائے مگر ان باتوں کا الٹا اثر ہوتا۔ پھر تو ان کی ناک راہ ہی دیکھ لیتی۔ کبھی قورمے کی خوشبو چلی آرہی ہے۔ کبھی تنجن، کبھی بریانی۔ اتنا حوصلہ کوئی کہاں سے لاتا۔ دوسرے ہی دن سے تو تو میں میں شروع ہو جاتی۔ خالی پیٹ کب تک ان مرغن کھانوں کا ذکر اور خوشبو برداشت کرتے۔ کام وام تو اب وہ نہیں کرتی تھیں۔ اول اس لئے کہ ان کو سجھائی کم دیتا تھا۔ دوسرے لوگوں کے کہنے کے مطابق باؤلوں میں جان ڈال لی تھی۔ ذرا سی دیر میں دال کا دلیہ کر دیتیں۔ کچھ دن بعد ان کے جنون نے ایک اور رنگ پکڑا۔ انہیں یہ خیال ہوگیا کہ لوگ انہیں چھوڑ کر بھاگ جائیں گے۔ سارا دن گھبرا گھبرا کر کہتیں "ارے کہاں جا رہے ہو، مجھے بھی ساتھ لے چلو۔"

ہر نئی بات کچھ دن تو مذاق رہتی پھر جی کا جلاپا بن جاتی۔ اچھا بھلا آدمی گھر میں بیٹھا ہے دوسرا اس کے سر ہو رہا ہے کہ بول تو کہاں جا رہا ہے، تو وہ آپ ہی مرکھنا بیل بن جائے گا۔ جوں جوں ان کی آنکھیں کمزور ہو رہی تھیں توں توں یہ وہم بڑھتا جا رہا تھا۔ ذرا گھر میں خاموشی ہوئی اور وہ "ہرائیں"۔ "ارے کہاں چلے گئے سب، مجھے چھوڑ گئے۔ ہائے میں اکیلی رہ گئی، کہاں چلے گئے سب۔"

"مر گئے۔" جل کر کوئی کہتا تو وہ کھل اُٹھتیں "بھوا ایسے میں سمجھی سب چلے گئے۔"

یہ مرض بڑھا تو وہ راتوں کو اُٹھ اُٹھ کر میاں بیویوں کے پلنگ ٹٹولنے لگیں سوتے سے چونک کر کوئی چلا اٹھتا "کون؟"، تو وہ بڑی معصومیت سے کہتیں "سو رہے ہو؟ میں سمجھی چلے گئے۔"

ایک دفعہ کسی شخص کو جھک جھک کر چپتے دیکھ کر کوئی بچہ ڈر کر چیخ اٹھا۔ سارے گھر میں چور چور کا شور مچ گیا محلے والے جاگ اُٹھے اور آخر میں نکلا کون؟ بڑماں۔۔۔۔ یہ باتیں برداشت سے باہر ہوئی جارہی تھیں۔ ہر آتے گئے کو سنائی جاتیں تاکہ ان کے سہارے موقع پلتے ہی انہیں کسی اور گھر روانہ کیا جائے کہاں تو وہ سالوں رہتی تھیں تو لوگ اور رہنے کا مطالبہ کرتے تھے اور اب مہینے میں چار گھر گھوم لیتیں۔ ریشمی کپڑے بٹ بٹا گئے تھے اور ان کی جگہ ملے ہوئے سوتی کپڑے پھٹ پھٹا کر ختم ہو چکے تھے۔ بستر بھی بوسیدہ اور خراب تھا۔ مگر اب ان کو کھلانا ہی دو بھر تھا کہ اس مہنگائی کے زمانے میں ان کے لئے جوڑے اور گھوڑے بھی ہوتے۔

گھر میں تقریب ہوتی تو بڑماں کو چھپا دیا جاتا یا دوسرے گھر بھیج دیا جاتا، ہاں نہیں تو بڑبڑاتی پھریں گی سارے میں۔ اصل ڈر اس بار کا تھا کہ کسی نے پوچھ لیا کون ہیں تو کچھ کہتے بن نہ پڑے گی۔ اپنا گھٹنا کھولو آپ ہی لاجوں مرو۔ اب ان کی حالت اس قابل نہ رہی تھی کہ انہیں کسی کے سامنے فخریہ پیش کیا جاسکے اور جان بوجھ کر رُسوائی کرانے کا فائدہ۔ البتہ یہاں گھرانے ہاتھ جوڑتے کہ ہمارے ہاں باہر کے لوگوں کا کھلا آنا جانا ہے۔ ہمارے ہاں انہیں نہ بھیجو البتہ کھانے پینے کا خرچ لے لو۔ مگر خرچ لینے کی بدنامی کون سہتا۔

دن گزرتے رہے گھر والوں کو پتہ بھی نہ پاتا۔ باہر والا کوئی بہت دن بعد دیکھتا تو کہتا کہ بڑماں بہت کمزور ہوگئی ہیں۔ ہڈی سے چمڑا لگ گیا ہے۔ گھر والے بتاتے کہ کوئی خاص بیماری نہیں ہے۔ بس بوکا ہوگیا ہے۔ اس لئے پیٹ سدا خراب رہتا ہے یا پیٹ میں

کیڑوں کا بسیرا ہے کہ ہر وقت کھانے کو مانگتے ہیں۔ آنکھیں بھی اس رفتار سے روشنی کھو رہی تھیں۔ کہ پاس رہنے والوں کو اندازہ نہیں تھا۔ یا پھر ان کی حرکتوں نے اس قابل ہی نہ رکھا تھا کہ کوئی ان کے بارے میں سنجیدگی سے سوچتا اور گھر کے ہزار رگڑے جھگڑے تھے کہ گھر میں پڑی ہوتی بڑی بی کے پیچھے لوگ خوار ہوتے پھرتے۔ اچھے بھلے آدمی کام کرتے کرتے تھکے جا رہے تھے۔ ایک صبح کے گھر سے نکلے ہوئے کہیں اندھیرے میں گھر لوٹنا نصیب ہوتا۔ کراچی کی زندگی تھی کہ سانس لینے کا موقع نہ دیتی تھی۔ مکان، دوکانیں، سڑکیں ہر چیز ٹھسا ٹھس تھی۔ جگہ اور وقت کی کمی کی بات کوئی کراچی والوں سے پوچھے۔ گھر کے سینکڑوں ضروری کام برسوں ٹلتے رہتے۔ کوئی بیمار ہوتا تو یہ سوچ کر جان نکلتی کہ کون گھنٹوں جا کر دوا کے لئے قطار میں کھڑا ہو۔ عطاروں اور نیم حکیموں کی چاندی ہو رہی تھی۔ بیماری کے اسپیشلسٹوں تک رسائی بادشاہوں کے درباروں کی رسائی ہو گئی تھی۔ ایسے میں کون انہیں سپتال سے جانے کی مہم کا ذمہ لیتا اور لیتا بھی تو کس سے، یہ مفت خواں سر ہوتا۔

دن یوں ہی گزر رہے اگر بات اور نہ بڑھتی، مگر کون چیز اس دنیا میں ہے جو ایک حالت میں ہے جسے تغیر نہیں۔ ہر آدمی، ہر شے بہتر یا بدتر صورت میں بدلتی رہتی ہے۔ بڑماں کی حالت کو بہتری کی کیا امید تھی۔ بس روز بروز بگڑ رہی تھی۔ جب تک وہ خود چل پھر لیتی تھیں۔ ان کی باتوں کو رو بھر کر برداشت کر لیا جاتا تھا مگر جب نوبت یہاں تک پہنچی کہ غسل خانے سے جانا ہو تو ہاتھ پکڑ کر لے جاؤ تو بڑی مشکل آ گئی۔ وہ چلاتی رہتیں اور ذرا بھی آئی ذرا تو صبر کرو تم تو بچوں سے بھی گئی گزری ہو گئیں" وغیرہ آوازیں ان کے کانوں میں پڑتی رہتیں۔ اگر وہ صبر کرتی رہتیں تو اس صبر کی کوئی میعاد نہ تھی۔ چنانچہ وہ ٹٹول کر اٹھ جاتیں اور جس جگہ کو غسل خانہ سمجھ لیتیں وہیں بیٹھ جاتیں۔ بعد میں بڑی ہائے ہو مچتی۔ کراچی کی بھنگنیں ہر وقت ہاتھ نہیں آتیں اور اب تو جب سے گھروں میں فلش عام ہو گئے تھے۔ انہیں گندے کام کرتے ہوئے اُبکائیاں آنے لگیں تھیں۔ ایسی حالت میں جب گھر والوں کو ان کی بے جا حرکتیں سمیٹنا پڑتیں تو ان پر

کوسنے کاٹنے نہیں تو کیا پھول برستے۔ اب وہ باتوں باتوں سے بالا ہو چکی تھیں یا سن کر انجان بننے میں مہارت ہو گئی تھی کہ ذرہ بھر پروانہ کرتیں۔ بس تکیے سے سر لگائے، گردن آگے جھکائے، آنکھیں بند کئے، ہونٹ بچوں کی طرح بسورے غنودگی کے جانے کون سے عالم میں کھوئی رہتیں۔ دن رات ان کے لئے ایک جیسے تھے جس وقت اس بے ہوشی سے چونکتیں، سب سے پہلے کھانا مانگتیں چاہے اس وقت رات کے دو بجے ہوں یا صبح کے چار لوگوں نے اب ان کا نوٹس لینا چھوڑ دیا تھا۔ کھانا اس وقت دیا جاتا جب کھانے کا وقت ہوتا۔ بس ان کی موجودگی کا احساس اس وقت ہوتا جب وہ ایسی ویسی حرکت کر بیٹھتیں۔ ان حرکتوں میں اضافہ ہوا تو انہیں گھر سے باہر ایک ایسے کمرے میں ڈال دیا گیا۔ جہاں وہ جی چاہے اور جہاں جی چاہے کرتی رہیں۔ دوسری صبح بھنگی ناک پر کپڑا باندھ کر کمرہ دھو جاتی۔ اس دھلائی اور خراب ہو جانے والے کپڑوں کے پیسے وہ الگ لیتی۔ بڑی ماں کے کمرے میں سے مرغیوں کے ڈربے جیسی گھراند آتی۔ ان کو کھانا دینے جانے والا بھی سانس روک کر بمشکل چند منٹ وہاں ٹھہرتا۔

زندگی کسی کے لئے رکتی تو نہیں۔ دن اور راتیں ریس کے گھوڑوں کی طرح بھاگے جاتے ہیں۔ دیکھتے دیکھتے لڑکیوں کے چہرے پر حیا اور لڑکوں کے گلوں پر بال پھوٹ آتے ہیں۔ شادی بیاہ کی باتیں ہونے لگتی ہیں۔ پھر ان کے بچے بڑے ہو جاتے ہیں اور وہ بھی اسی تیزی سے بڑھنے لگتے ہیں۔ بڑی ماں کے پوتے بھی آل اولاد والے ہو گئے۔ ایک پڑپوتے اور ایک پڑنواسی کی شادی ٹھہر گئی تھی۔ جیسا کہ کراچی کا دستور ہے بڑی محنت سے "بڑے" گھرانے ڈھونڈے گئے تھے۔ شادی کی تیاریاں زوروں پر تھیں۔ بڑے گھرانوں سے ٹکر لینے نے سارے گھر کا پلپلہ نکال دیا تھا۔ پھر بھی بات بنتی نظر نہ آتی تھی۔ ایسے ہی ایک دن جب گھر میں پیا جھپ جوڑے ٹانکے جارہے تھے۔ بڑی ماں چپکے سے چل بسیں۔ صبح کو کوئی ناشتہ لے کر گیا تو دیکھا ختم ہو چکی ہیں۔ ان میں تھا ہی کیا، ایک سانس چل رہا تھا۔ وہ کسی وقت نا معلوم سے نیند ہو گیا جیسے کسی نے سوئچ آف کر دیا ہو۔ فوراً انہیں اٹھا کر گھر میں لایا گیا۔

ہر طرف سناٹا سا دوڑ گیا۔ کسی طرف سے آہ و بکا کی آواز بلند نہ ہوئی۔ لڑکیوں نے چپکے چپکے دو چار آنسو بہا لیے۔ بڑی ماں کی موت پر نہیں بلکہ ان کے ساتھ اپنی زیادتیاں یا نالائقیاں یاد کر کے۔ خاندان والوں کو اطلاع دی گئی۔ بڑی ماں کا خاندان برگد کے درخت کی طرح پھیل کر کہیں کا کہیں جا پہنچا تھا۔ لوگ آتے جاتے تھے، چپ چاپ بیٹھتے جاتے تھے۔ ان کے سارے آخری کام بڑے سکون سے ہوئے اور وہ ایسی خاموشی سے وداع کر دی گئیں۔ جیسے کسی بیوہ عورت کی رخصتی ہو۔

اس کے بعد کا مرحلہ زیادہ دشوار کن تھا۔ ایک شادی میں چار اور دوسری میں پانچ دن تھے۔ دنیا والے کیا کہیں گے کہ قبر میں بڑی بی کا جسم بھی ٹھنڈا نہ ہوا ہوگا کہ بیٹے پوتے رنگ رلیاں منا رہے ہیں۔ لاکھ کچھ ہو دین سے دنیا رکھنی بھاری ہے۔ شادی کی تاریخیں ٹالنی پڑیں گی۔ مگر شادی کی تاریخیں بدلنا بھی مشکل تھا۔ کہاں کہاں سے لوگ آئے بیٹھے تھے۔ ایک بھائی انگلینڈ جانے کو پابہ رکاب بیٹھا تھا۔ دولہا چھٹی پر آیا ہوا تھا۔ پھر جانے کب چھٹی ملے اور لڑکیوں کی شادی میں آج کل دیر دار ذرا مناسب نہیں۔ کب دام میں آیا ہوا پنچھی پر پھڑ پھڑا کے اڑ جائے۔ ہاں نہیں تو جن کے گھر والوں میں شادیاں تھیں۔ وہ ہرگز انہیں ٹالنا نہ چاہتے تھے۔ صرف کنبے برادری کا ڈر تھا۔ سمجھ میں نہ آتا تھا کہ کیا کیا جائے۔ صبح سے شام تک بحث ہوتی مگر کسی نتیجہ پر نہ پہنچا جاتا۔ وقت اتنا کم تھا۔ کہ مزید بحث کی گنجائش بھی نہ رہی۔ تاریخ بڑھانی ہے تو فوراً بڑھاؤ کہ آنے والوں کو بروقت اطلاع تو دی جا سکے۔ مگر بڑی ماں کے ایک سمجھدار بیٹے نے آخر اس مشکل کا حل ڈھونڈھ لیا۔ "دیکھو یہ موقع اچھا ہے۔ شادی تو کرو مگر دھوم دھڑکا نہ کرو۔ کھانے کے بجائے معمولی سی چائے ہو جائے۔ مہمان بھی کم بلائے جائیں کہ بس شرعی رسم کر رہے ہیں۔ بہانہ ہمارے پاس ہے ہی کہ ہمارے ہاں کی ایک بزرگ خاتون کا انتقال ہو گیا ہے، ہم دھوم دھام نہیں کر سکتے ـــــ یاد رکھو یہ موقع پھر کبھی نہ آئے گا۔"

چنانچہ یہی ہوا۔ بڑماں مرتے مرتے بھی ایک کام کر گئیں۔ جن تعزیوں پر ہزاروں خرچ کرنے کے بعد بھی الاہنے کا دھڑکا تھا۔ انہیں سینکڑوں پر نمٹا گئیں اور کسی طرف سے کوئی اعتراض نہ ہوا۔ سچ ہے نیک آدمیوں کی موت بھی نیک ہوتی ہے۔

کام

"اندر آنے کی اجازت ہے؟" میں نے پوچھا۔
"آیئے۔" اندر سے آواز آئی ـــــ
"یا اللہ! یہ کیسا اُجالا ہے۔ ساری قبر جگ مگ جگ مگ کر رہی تھی۔"
"آپ کے ساتھ کیا خصوصیت ہے، آپ کی قبر میں یہ روشنی کیسی ہے؟" میں نے اچنبھے سے پوچھا۔
"قبر! کیا میں کسی قبر میں ہوں۔" اُن کی آواز میں مجھ سے بھی زیادہ حیرت تھی ـــ
"تو کیا آپ کو یہ خبر نہیں کہ آپ کہاں ہیں؟" میں نے اور بھی تعجب سے پوچھا۔
"قسم اللہ کی! مجھے بالکل خبر نہیں کہ یہ قبر ہے۔"
"تو آپ کے روز و شب کیسے گزرتے ہیں؟"
"مجھے نہیں معلوم کیا روز و شب اب بھی ہوتے ہیں۔ میرا خیال تھا کہ یہ تو بہت پرانی بات ہے صدیوں پرانی۔"
میری حیرت لمحہ بہ لمحہ بڑھتی جا رہی تھی۔ آپ کو یہ نہیں معلوم کہ آپ کہاں ہیں، آپ کو یہ نہیں معلوم کہ شب و روز اب بھی ہوتے ہیں تو اپنے خیال میں آپ کہاں ہیں اور آپ کے چاروں طرف کیا ہو رہا ہے ـــ؟"
"میں نے عرض کیا نا کہ مجھے نہیں معلوم۔"
"تو آپ نے معلوم کرنے کی کوشش بھی نہیں کی" ـــ؟
"نہیں.... مجھے فرصت ہی نہیں تھی" ـــ

"کس چیز سے ۔۔؟"

"اپنے کام سے ۔۔"

"آپ کا کام کیا ہے"۔۔؟

"آپ نے کہا تھا ناکہ آپ کی قبر میں روشنی کیسی ہے، بس یہی دیواروں کو چمکانا میرا کام ہے ۔۔" انھوں نے کہا۔ "مگر میں نے جب یہ کام شروع کیا تھا تو وہ قبر کی دیواریں نہیں تھیں ۔۔"

"وہ کس چیز کی دیواریں تھیں ۔۔؟"

"وہ ایک قید خانہ تھا، چھوٹا سا چوکور سا جس کی دیواریں بہت اونچی تھیں اور بہت اونچائی پر چھوٹا سا ایک روشن دان تھا۔ میرا دل بہت گھبراتا تھا۔ ہر وقت نظر روشن دان پر رہتی تھی جہاں سے نظر کچھ نہ آتا تھا صرف دن کی روشنی میں وہ ذرا سا اجلتا تھا اور رات کو بجھ جاتا تھا۔ بہت دن کی پریشانی کے بعد میں نے ایک کام ڈھونڈ لیا۔ قید خانے کے فرش میں ننھے ننھے پتھر کٹے ہوئے تھے، میں نے ان پتھروں کو گننا شروع کر دیا۔ صبح سے پتھروں کی گنتی شروع ہوتی اور رات جب تک نظر آتا رہتا گنتی جاری رہتی۔ اس کے بعد نیند آجاتی اور دوسرے دن پھر یہی کام شروع ہو جاتا۔ اس طرح وقت قدرے بہتر گزرنے لگا۔ کٹے ہوئے پتھر بہت زیادہ تھے اور ان کی گنتی میری عمر بھر کو کافی تھی۔ مگر چھوٹے کمرے میں دم اب بھی گھٹتا ہوا محسوس ہوتا تھا اور رات دن کی تکرار اب بھی رہتی تھی۔ ایک دن مجھے خیال آیا کہ کیوں نہ میں دیواروں کو پینٹ کرنا شروع کر دوں۔ میں نے دیکھا تھا کہ آئینہ وسعت کا احساس دلاتا ہے۔ اگر ایک دیوار میں آئینہ ہو اور اس میں وہ سب کچھ نظر آ رہا ہو جو کمرے میں موجود ہے تو کمرہ دگنا بڑا معلوم ہوتا ہے۔ اگر آپ دیوار میں ایک در بنائیں اور اس میں ایک اور در، پھر اس میں ایک اور در، تو کمرے میں لامحدودیت کا احساس پیدا ہو جاتا ہے۔ چنانچہ میں نے پتھروں کو گننے کا کام چھوڑا۔ قید خانے میں پڑے ہوتے کاٹھ کباڑ سے ایک

برش اور پینٹ بنائے اور دیواروں کو پینٹ کرنا شروع کر دیا۔ میں دیواروں پر آئینے بناتا اور پھر آئینوں میں آئینے بناتا اور پھر ان آئینوں میں آئینے، اس طرح وہ چار دیواریں اور ان میں پڑی ہوئی گنتی کی چیزیں لامحدود ہوتی گئیں اور میں اس کام میں اتنا محو ہوا کہ دن اور رات کی کوئی قید نہ رہی۔ دروازے کے نیچے سے کب کھانا آتا اور کب جاتا مجھے کچھ پتہ نہ چلتا۔ دیوار کا روزن کب بجھتا مجھے کچھ خبر نہ تھی۔ اپنے قد تک کا کام ہو گیا تو میں نے اسی کاٹھ کباڑ پر چڑھ کر دیواروں کے بالائی حصوں پر آئینے بنانا شروع کر دیئے۔ نہ مجھے وقت کا احساس تھا نہ کبھی کوئی میرے پاس آیا کہ مجھے وقت کا احساس دلائے۔ رفتہ رفتہ میں بھی ساری صورتیں، ساری رفاقتیں، ساری کہانیاں بھول گیا اور اب مجھے دیواریں پینٹ کرنے کی بھی ضرورت نہیں رہی۔ اب مجھے دیواریں چمکانے کا ہنر آگیا ہے۔ دیواریں چمک اٹھتی ہیں تو تمام چیزوں کا عکس اس میں خود جھلملانے لگتا ہے۔

"کبھی آپ باہر نکل کر بھی تو دیکھئے۔ قبرستان کی بھی ایک فضا ہوتی ہے۔" میں نے کہا۔

"اچھا..... مگر میں حیران ہوں کہ مجھے قید سے آزادی کب ملی۔ یہ کب ہوا کہ وہ دیواریں ہٹ گئیں اور یہ دیواریں آگئیں۔"

"دیکھئے آپ کا دروازہ کھلا ہے، آپ قید نہیں ہیں۔ آپ جب چاہیں باہر جا سکتے ہیں۔"

"اچھا، مگر میرا کام ابھی باقی ہے، کام ختم کر لوں تو نکلوں۔"

"مجھے رنگاں کا کام کبھی ختم نہیں ہوگا۔" وہ جھک کر گویا ہوئے۔

"آپ کی بات سے میرے ذہن میں ایک نہایت عمدہ خیال آیا ہے، کیوں نہ میں ان دیواروں کو اتنا باریک اور شفاف کر لوں کہ اس کے پار دیکھ سکوں۔ پھر مجھے باہر جانے کی ضرورت ہی نہیں رہے گی یہیں سے سب کچھ دیکھ سکوں گا۔"

اور اس سے قبل کہ میں کچھ کہوں وہ اپنے کام میں مصروف ہو چکے تھے۔۔۔

"اچھا میں چلوں، خدا حافظ۔۔۔"

قبر کی جگمگاہٹ دروازہ بند کرتے ہی بند ہو گئی اور اس کے ساتھ وہ بھی جنہیں پتہ بھی نہ چلا کہ کون آیا اور کون گیا۔۔۔

بھرم

ایک مریضہ کو دیکھ کر لوٹی تو ملازم نے مٹھائی کی ایک بڑی سی پلیٹ سامنے کر دی۔
"یہ ملک نواز صاحب کے گھر سے آئی ہے۔ ان کے ہاں پوتا ہوا ہے ۔۔۔"

"پوتا؟" میرے لہجہ میں بے یقینی کا کچھ ایسا عنصر تھا۔ کہ ملازم بھی پاگلوں کی طرح مجھے دیکھنے لگا۔

"اچھا، رکھ دو اور اچھی سی چائے بنا کر لاؤ ۔۔۔" میں نے بات بنائی۔

اس کے جانے کے بعد میں جوتوں سمیت صوفہ پر نیم دراز ہو گئی۔ اور اس انہونی پر غور کرنے لگی۔ ملک نواز کے گھر پوتا ہو گیا۔ واقعی کیا یہ ممکن ہے؟

"عزیز ابھی کلینک سے نہیں آئے تھے اور جیسے ہی وہ آئے میں نے آؤ دیکھا نہ تاؤ جھٹ سے بولی۔ سنتے ہو عزیز، ملک نواز کے بیٹے جمال کے ہاں لڑکا ہوا ہے۔"

عزیز نے شک سے مجھے دیکھا، پھر کروشیا کے پوش سے ڈھکی ہوئی پلیٹ پر نظر کی۔ ان کے چہرے پر کچھ عجیب و غریب تاثرات اُبھرے جیسے ان کی سمجھ میں نہیں آ رہا ہو کہ وہ اس خبر پر ہنسیں یا رو دیں اور پھر وہ بغیر کچھ کہے سنے ٹائی کھولتے ہوئے دوسرے کمرے میں چلے گئے۔

طبی اخلاق جو کچھ بھی کہتا ہو مگر اس میں کوئی شک نہیں کہ مرض اور مریض ڈاکٹروں کی کمزوری ہوتے ہیں۔ کوئی نئی پیچیدہ سی، نایاب سی بیماری ہو تو ایسے کیسے کسی کو نہ بتائی جاتے خواہ وہ ہمارا بتانے والے کا مشترکہ دوست ہی کیوں نہ ہو۔ میاں بیوی تو یوں بھی ایک دوسرے کا پردہ ہوتے ہیں اور پھر ڈاکٹر میاں بیوی ۔۔۔ اور یہ تو بات بھی کچھ

ایسی نہ تھی۔ بس ایک دن کلینک سے واپسی پر عزیز نے کہا۔ "آج جمال نواز میرے پاس آیا تھا۔"

"کیوں خیریت؟" میں نے یونہی روا روی میں پوچھا۔

"وہی بچے وچے کے چکر میں"

"اچھا ___؟ بڑے دن بعد ہم یاد آئے۔"

ساری دنیا کو معلوم تھا کہ ملک نواز کے اکلوتے بیٹے جمال کے ہاں کوئی بچہ نہیں ہوا تھا اور اب تو یہ بات اتنی پرانی ہو چکی تھی کہ کبھی اس کا خیال بھی نہیں آتا تھا۔ ہاں یہ ضرور سنا تھا کہ علاج معالجہ ٹونے ٹوٹکے اب تک جاری ہیں۔ ملک نواز پوتے کے دیدار سے پہلے مرنے کو کسی طرح تیار نہ تھے۔ ان کی بیوی بڑے چاؤ سے اپنے بیٹے کے لئے بہن کی بیٹی بیاہ کر لائی تھیں مگر ایک عمر گزر جانے کے بعد بھی اس ٹھونٹھ سے کونپل نہ پھوٹی تھی اور ماں باپ کو کمی محسوس ہوتی ہو یا نہ ہوتی ہو دادا دادی تو جیسے مرے ہی جا رہے تھے پوتے کے بغیر ___ اصل بات وہی ہوگی جو عموماً جاگیردار گھرانوں میں ہوتی ہے۔ یعنی جائیداد کا وارث کوئی نہ تھا۔ جمال کے بعد ___ خدا جانے اللہ میاں کو ان بڑے لوگوں سے بیر رہے یا یہ لوگ ہی وقت پر بیج ایسی بیدردی سے جگہ بے جگہ لٹا دیتے ہیں کہ اپنے گھر کے باغیچے بے برگ و بار ہی رہ جاتے ہیں یا یہ محض اتفاق تھا کہ ہمارے علاقہ کے جتنے بڑے زمیندار تھے۔ سب کے یہاں یا تو لڑکیاں تھیں یا سرے سے اولاد ہی نہیں تھی۔ بہر حال برسوں سے ہم سن رہے تھے کہ ملک نواز کی بیگم پوتے کے لئے منتیں مان رہی ہیں۔ ٹونے ٹوٹکے ہو رہے ہیں۔ ملک کا شاید ہی کوئی مرا یا جیتا بزرگ انہوں نے چھوڑا ہو جس کے در پر جبہ سائی نہ کی ہو، اس کے علاوہ بڑے بڑے ڈاکٹروں کے ہاں بھی چکر لگتے رہے۔ گھر کی مرغی دال برابر۔ یوں تو ہمارا اُن کا ملاپ برسوں پرانا تھا جیسا کہ ایک ہی شہر میں رہنے والے لوگوں کا ہوا کرتا ہے مگر اس معاملے میں انہوں نے ہم سے رائے لینی کچھ مناسب نہ سمجھی تھی۔ اب اتنے دن بعد، ہم نہ معلوم کیسے یاد آ گئے۔

" پھر؟" میں نے عزیزنہ سے پوچھا۔

" معلوم نہیں وہ اب تک کسی ڈاکٹر کے پاس گیا تھا یا نہیں، مجھ سے تو اس نے یہی کہا تھا کہ وہ پہلی مرتبہ میرے پاس آیا ہے۔"

" اچھا۔"

" ہاں — میں نے ٹیسٹ کروایا اور وہی بات نکلی — نو اسپرم —"

"مجھے تو پہلے ہی خیال تھا کہ ان تلوں میں تیل نہیں معلوم ہوتا مگر یہ ستم تو دیکھو کہ بیویوں کے سینکڑوں علاج معالجوں کے بعد ان کم بخت مردوں کو خیال آتا ہے کہ ذرا اپنا بھی معائنہ کروائیں اور اماں ہیں کہ بے بہو کی دوا دارو، جھاڑ پھونک۔ یہ نہیں کہ پوچھیں بیٹے تیرے منہ میں کے دانت ہیں،،

" وہ تو اب بھی جھاڑ پھونک میں لگی رہیں گی کیونکہ بیٹا انہیں یہ بات بتانے سے رہا۔"

" بتا دینی چاہیئے، ماں کو نہ بتائے باپ کو تو بتا دے یا کسی اور سے کہلوا دے۔"

"پاگل ہوئی ہو — ان لوگوں کی مردانگی پر ایسی زبردست آنچ آتی ہے کہ حد نہیں، مرنا گوارا مگر یہ ننگ گوارا نہیں — مجھے بھی حضرت تڑی دے رہے تھے کہ کسی کو اس بات کی خبر ہوئی تو اچھا نہ ہوگا۔ میں نے ڈانٹ کر کہہ دیا کہ ملک صاحب ہمارے پیشے کے اپنے کچھ اصول ہوتے ہیں، کچھ ہمارے ذاتی اصول بھی ہوتے ہیں — مگر یاد رکھئے آئندہ کسی ڈاکٹر کو نہ دھمکا دیجئے گا، دھمکانے کا اثر اکثر الٹا ہوتا ہے۔ بس ممیانے لگے، میرا یہ مطلب نہیں تھا۔ آپ تو ہمارے پرانے جاننے والوں میں سے ہیں لیکن یہ ایسی نازک صورتِ حال ہے کہ انسان خواہ مخواہ محسوس کرتا ہے وغیرہ۔ بہ حال میں نے اپنی طرف سے انہیں یقین دلایا اور وہ چلے گئے —،،

" عجیب بے وقوفی ہے،، میں نے کہا،" قدرت سے کون لڑ سکتا ہے۔ اسے یہ بات اپنی بیوی اور ماں باپ کو صاف بتا دینی چاہیئے۔ ایک مرتبہ صبر آجائے گا بیچاروں کو۔"

اس بات کو بھی دو چار ماہ گزر گئے تو ایک دن ملک نواز کی بیگم کا فون آیا۔ وہ اپنی بہو کو مجھے دکھانا چاہتی تھیں۔ کس سلسلے میں، اب فون پر کیا پوچھتی میں نے کہلا بھیجا۔ لائیں تو وہی چکر۔ میں اپنی بھانجی کو بڑے ارمانوں سے بیاہ کر لائی تھی مگر اس کے اولاد نہیں ہوتی۔ لوگوں نے میرے بیٹے کو بہکا دیا ہے وہ دوسری شادی کرنا چاہتا ہے۔ ملک صاحب بھی کہتے ہیں کہ ہاں ہم بغیر پوتے پوتی کے نہیں رہ سکتے۔ اب میں اپنی بہن کو کیا منہ دکھاؤں گی ——آپ اس کا کچھ علاج کیجیے — آپ کی بڑی تعریف سنی ہے —۔''

مجھے ہنسی آئی۔ یہ بڑی بی کچھ سٹھیا گئی ہیں، ملک کے بڑے سے بڑے ڈاکٹر کو دکھانے کے بعد میرے پاس لائی ہیں اور پھر بیٹا اس بہانے دوسری شادی کرنا چاہتا ہے۔ حد ہے ان لوگوں کی چالاکیوں کی۔ میں بہو کو معائنہ کے کمرے میں لے گئی عجب ہٹش سی عورت تھی۔ ہوں ہاں سے زیادہ کچھ نہ بولی۔ اس کو معائنہ کے کمرے میں چھوڑ کر میں ساس کے پاس آئی اور میں نے کہا: ''بیگم صاحبہ آپ بڑا مانیں یا بھلا میں آپ کو صاف بتا دیتی ہوں۔ کہ آپ کے بیٹے میرے میاں کے پاس آئے تھے انہوں نے اچھی طرح ٹیسٹ کر لیا ہے وہ اولاد پیدا کرنے کے قابل نہیں ہیں۔ سمجھیں آپ! اگر وہ اس بہانے دوسری شادی کرنا چاہتے ہیں تو آپ کو دھوکا دے رہے ہیں۔'' یہ خبر ان کے لئے کتنی افسوسناک ہوسکتی ہے اس کا مجھے اندازہ تھا۔ جس مرض کو قابلِ علاج سمجھ کر ہزاروں روپیہ خرچ کر چکی ہیں اور کر رہی ہیں وہ ناقابلِ علاج ہے اور اس حد تک۔ مگر میں کہہ گزری۔ کیونکہ جس بات کو صحیح سمجھوں اسے ہر قیمت پر کر گزرنا میری عادت ہے میرا خیال تھا کہ بیگم نواز یہ بات سن کر سفید پڑ جائیں گی۔ لیکن ہوا یہ کہ وہ صرف میری طرف دیکھتی رہیں، ان کی کسی بات سے یہ اندازہ نہیں ہوا کہ یہ اندوہناک خبر وہ پہلی مرتبہ سن رہی ہیں۔ چند لمحے میری طرف دیکھنے اور شاید دل ہی دل میں کچھ فیصلہ کرنے کے بعد بولیں۔

''اس بات کو آپ جانے دیں۔ آپ صرف ثریا کا علاج کریں۔''

میں ان کا منہ تکنے لگی۔"میں آپ کا مطلب نہیں سمجھی"

"مطلب یہ کہ ——آپ —— اس کا علاج کریں ۔ کچھ دوا دے دیں۔ ٹیکے لگا دیں اور سب کو یہ بتائیں کہ آپ اس سلسلے میں اس کا علاج کر رہی ہیں۔"

"مگر اس سے ہو گا کیا؟" میں زچ ہو گئی۔

"ہو گا یہ ——" ان کے لہجے میں بھی جھلاہٹ تھی جیسے وہ میری کوڑ مغزی پہ کڑھ رہی ہوں۔ "کہ جب میری بہو کے بچہ ہو گا تو لوگ کہیں گے کہ آپ کے علاج سے اسے فائدہ ہوا۔ اور اللہ نے چاہا تو میں کیس بھی آپ ہی سے کراؤں گی۔"

"مگر بچہ ہو گا کیسے؟" میرا دل چاہ رہا تھا کہ ان کی بے وقوفی پہ روؤں۔

"یہ ہمارا اپنا بندوبست ہے اس کی آپ فکر نہ کریں ——" انھوں نے کرسی سے اپنی سفید چادر اٹھائی اور اوڑھنے لگیں۔ پھر بولیں "اس کام کے میں آپ کو دو ہزار روپے دے دوں گی۔"

جب ہوش میں آئی تو میں نے کہا "روپیہ لے کر اس سے بھی بدتر کام کرنے والیاں آپ کو مل جائیں گی مجھے معاف رکھئے ——" اور جا کر معائنے کے کمرے کا دروازہ کھول دیا۔ وہ اپنی بہو کو لے کر باہر چلی گئیں اور جب بہو پردہ لگی لمبی سی کار میں بیٹھ گئی تو وہ واپس آ کر سرگوشی میں مجھ سے بولیں "سوچ لو، میں پانچ ہزار دے دوں گی —— کوئی ایسا بڑا کام نہیں ہے۔ نہ قانون کے خلاف ہے، صرف لوگوں کو یہ بتانا ہے کہ تم اس کا علاج کر رہی ہو۔ اور تمہیں یقین ہے کہ اس سے فائدہ ہو گا۔ اس سے تمہاری بھی شہرت ہو جائے گی۔ اس کے علاوہ اپنے میاں سے یہ وعدہ لے لینا کہ کوئی پوچھے بھی تو اسے جمال کے بارے میں کچھ نہ بتائے۔"

"معاف کیجئے میں یہ کام نہیں کر سکتی۔" میں نے کہا "اور آپ بھی ایک اہم بات بھول رہی ہیں۔ وہ یہ کہ آپ کے بیٹے کو اپنی نااہلی کا علم ہے اب اس کی بیوی کے بچہ ہوا تو....."

"رہنے دو۔۔۔" وہ میری بات ختم ہونے سے پہلے جھلا کر بولیں۔ "بڑی آئیں مجھے پڑھانے والی، ایک ذرا سا کام تو ہوتا نہیں اور عقل دینے چلی ہیں، ہم لوگوں کو ہزار علم ہونا، ملی کا تو کیا ہوتا ہے۔ اپنی عزت کا بھرم تو رکھنا پڑتا ہے۔ اس کے باپ کو کیا علم نہیں تھا!!!۔۔۔"

وہ غصے میں پیر پٹختی باہر چلی گئیں۔۔۔

اور مٹھائی کی پلیٹ سامنے رکھے میں سوچ رہی ہوں کہ ہم دونوں میاں بیوی جنہیں لوگ بڑا سمجھدار، دنیادار اور تجربہ کار سمجھتے ہیں۔ اس پیچیدہ دنیا کو سمجھنے اور انسانی نفسیات کو پرکھنے میں کتنے پھسڈی ہیں۔

قبر کا رشتہ

قبرستان کے آخری کونے میں دیوار کے نزدیک ایک سایہ سا کھڑا تھا۔ مجھے دیکھ کر اس نے سلام کیا۔

"میری قبر یہاں سے خاصی دور ہے" اس نے کہا "میں نے آج پہلی مرتبہ اتنی دور آنے کی ہمت کی ہے۔ پہلی مرتبہ خود کو بتانے کہ آج میں آزاد ہوں آزادی کا یہ مطلب ہے نا کہ آدمی جہاں چاہے جا سکے۔"

"آپ بہت رنجیدہ ہیں۔ کوئی خاص بات ہے کیا؟" میں نے اس کی آواز میں ایک عجیب قسم کی مایوسی پا کر پوچھا۔

"رنجیدہ؟ نہیں آج تو میں بہت خوش ہوں۔ آج میری وہ خواہش پوری ہو گئی جس کی تمنا برسوں سے تھی۔ نہ جانے کب سے۔ اب تو یہ بات بھی ذہن سے نکل گئی۔" اس نے ہنس کر بھی دکھایا لیکن اس کی ہنسی میں کوئی شگفتگی نہ تھی۔

"اچھا۔" میں نے تذبذب سے کہا۔

"آپ کو میری بات کا یقین نہیں۔ آپ اجنبی ہیں اور میرے پاس وقت ہے۔ میرا خیال ہے میں آپ کو اپنی کہانی سنا دوں ــــــ اگر آپ سننا چاہیں۔" بعد میں اس نے آخری جملے کا اضافہ کیا۔

"نہیں میرے پاس وقت نہیں ہے۔ پھر کبھی سہی" میں نے کہا۔

"اچھا تو آپ ابھی اسی منزل میں ہیں" اس کی ہنسی میں تلخی کم، دکھ زیادہ تھا۔

"کس منزل میں؟" میں نے پوچھا۔

"اوہ — کچھ نہیں۔ ہر ایک کو اپنے ہی ترازو میں تولنے کی عادت بھی کتنی غلط ہے۔ مجھ میں بھی خرابی ہے — ظاہر ہے کہ جو کچھ مجھ پر گزری، ضروری نہیں کہ وہ سب پر گزرے۔"

"آپ کی بات میری سمجھ میں نہیں آرہی۔" میں نے کہا۔

"وہ — ہمارے ہاں ایک ایک قبر میں دو دو مردے دفن کرنے کا دستور ہے نا، اور ان کے درمیان ایک بندھن بھی باندھا جاتا ہے، تو نہ جانے کیوں مجھے یہ خیال ہوگیا کہ یہ بندھن اور اس کا طریق کار سب کے لئے یکساں ہوگا۔ غلط بات ہے نا؟"

"ذرا کھل کر کہیئے۔"

"بات یہ ہے کہ میں اور ساتھی جو ایک قبر میں تھے ایک عجیب و غریب رشتے سے بندھے ہوئے تھے۔ رشتہ دھاگے کو کہتے ہیں نا۔ وہ دھاگا نہیں تھا ایک ٹیوب تھی جو ایک سرے پر میرے جسم میں پیوست تھی اور دوسرا اس کے بدن میں تھا۔ اس میں قدرتی طور پر ایک محلول سا بنتا رہتا تھا جو شیریں ہوتا تھا مگر جب وہ زیادہ شیریں ہو جاتا تھا تو ایک دم تلخ ہو جاتا تھا۔ زہر کی طرح — نہیں وہ زہر ہی ہو جاتا تھا۔ وہ زہر میرے اور اس کے جسم میں گردش کرتا رہتا تھا اس کے جسم کا زہر اپنی گردش ختم کر کے میرے بدن میں اور میرے جسم کا زہر اس کے بدن میں داخل ہو جاتا تھا۔ ایک وقت ایسا آتا تھا کہ اس کی کڑواہٹ واقعی ناقابلِ برداشت ہو جاتی تھی۔ میرے ساتھی کی استدعا ہوتی تھی: "خدا کے لئے اس نلکی کو کاٹ دو، اس بندھن کو کاٹ دو تاکہ یہ زہر نکل جائے اور ہم سکون کا سانس لے سکیں"۔ "تم خود کاٹ دو — مجھ ہی پر حکم کیوں" ہم دونوں نفرت سے منہ پھیر لیتے۔ زہر کے اثر سے نیلے ہو جاتے۔ اتنی ہمت بھی نہیں رہتی کہ اس نلکی کو واقعی کاٹ دیں۔ دل تاویلیں ڈھونڈتا ابھی اس نلکی کو کاٹنا ٹھیک نہیں۔ اس میں زہر ہے۔ اگر سرا بننے پر نکل بھی گیا تب بھی ممکن ہے کچھ بدن کے اندر رہ جائے۔ جس وقت محلول شیریں ہوگا اس وقت کاٹنا مناسب رہے گا۔ اگر کچھ رہ بھی گیا تو جسم کو پھونکے گا تو نہیں جلائے گا تو نہیں۔ وقت گزر جاتا۔ محلول شیریں ہو جاتا تو نلکی کاٹنے کی بات بھی

ذہن سے نکل جاتی اور جب تلخ ہو جاتا تو اتنی سکت نہ رہتی ـــــ آخر ایک دن ساتھی نے ہی ہمت کی۔ جانے کہاں سے کلہاڑی حاصل کر کے اس نے نلکی کی طرف ہاتھ بڑھایا۔ "سوچ لو" میں نے کہا۔ "اس کے بعد ہم ایک قبر میں نہیں رہ سکتے" ـــ "مجھے معلوم ہے" اس نے جواب دیا۔ "تو یوں کہو کہ تم نے کسی قبر کا بندوبست کر لیا ہے ـــــ شاید کوئی اور بھی اسی کلہاڑی سے اپنے بندھن کاٹ چکا ہوگا" ـــــ یہ سنتے ہی کلہاڑی اس کے ہاتھ سے گر گئی مگر اس کا رنگ اتنا گہرا نیلا ہو گیا کہ اس سے پیشتر کبھی نہ ہوا تھا ـــــ اس کے بعد سے اس نے وہ کلہاڑی پھر کبھی نہ اٹھائی۔ زہر کے پٹ تارے بنے ہم اسی طرح پڑے رہے۔ برسوں گزر گئے۔ لگتا تھا جیسے ہم اس زہر کے عادی ہو گئے ہیں۔ مگر ایسا نہیں تھا۔ زہر کا عادی ہونا ممکن نہیں ہے پھر پتہ ہے آج صبح اچانک کیا ہوا؟ ہم خود بخود الگ ہو گئے۔ قدرتی طور پر۔ مجھے محسوس ہو رہا تھا جیسے یہ نلکی سوکھ رہی ہے۔ میں اسے اپنا وہم سمجھا تھا۔ مگر آج صبح وہ بڑی آسانی سے جھڑ گئی۔ اس نے ہم دونوں کو آزاد کر دیا۔ کتنی عجیب بات ہے مگر اس سے عجیب بات یہ تھی کہ ہم خوشی سے نہ ناچے نہ کودے، نہ دیوانے ہوتے۔ بس شرمندگی سے ایک دوسرے کو دیکھا اور چپ ہو رہے۔ میں نے سوچا۔ آج تنہا گھومنا پھرنا، آزادی سے ہر جگہ جانا اور ہر ایک سے باتیں کرنا کتنا اچھا لگے گا، لیکن مجھے کوئی بھی نہ ملا۔ شاید سب اپنے اپنے زہر بھرے بندھنوں میں بندھے قبروں میں پڑے تھے۔ آپ کو دیکھا تو میرا دل خوشی سے کھل اٹھا کہ اب خوب باتیں ہوں گی۔ مگر آپ کو شاید جلدی ہے"

"جی ہاں۔"

"پھر بھی میری تسلی کے لئے اتنا تو بتا دیجئے کہ کیا سب کے ساتھ یوں ہی ہوتا ہے؟ کیا سب اسی رشتے سے بندھے ہوتے ہیں جس سے ہم بندھے تھے؟ کیا سب کے رشتے اسی طرح خود بخود ٹوٹ جاتے ہیں ـــــ ؟"

"یہ باتیں کہنے سننے کی نہیں ہوتیں۔" میں نے کہا۔ "رشتوں کی اپنی تقدیس ہوتی ہے اور یہ

رشتہ تو بے حد مقدس ہے۔ یہ خود بخود کیسے ٹوٹ سکتا ہے۔ یہ بڑا مہمان رشتہ ہے، قبر کا رشتہ۔"

"اچھا۔" اس نے میری طرف تذبذب سے دیکھا۔ میں نے نگاہیں جھکالیں۔ "پھر میں چلوں۔"

جاتے ہوئے اس کے قدم سست تھے۔ میں نے سوچا دیکھوں تو اس کی منزل کہاں ہے۔ میں نے اس کے نقشِ قدم پکڑ لیے۔ وہ سایہ بہت دیر تک ایک قبر کے آس پاس منڈلانے کے بعد اندر غائب ہو گیا۔ میں نے وہاں پہنچنے میں دیر نہ کی۔

"تم ——؟" اندر اندھیرے میں کوئی اس سے مخاطب تھا۔

"ہاں، مجھے تو آنا ہی تھا، یہ قبر میری ہے۔ اس پر میرے نام کا کتبہ ہے۔ — مگر تم ابھی تک یہاں کیسے ہو۔؟"

"میں —— میں —— میں نے ابھی تک کسی دوسری قبر کا انتظام نہیں کیا۔" آواز میں شرمندگی تھی۔

"اوہ —— تو پھر تم یہیں رہو۔"

"بغیر کسی رشتے کے؟"

"نہیں، یہ رشتہ خود بخود ٹوٹ نہیں سکتا —— مجھے ابھی ابھی ایک دانشمند نے بتایا ہے کہ یہ رشتے ٹوٹ ہی نہیں سکتے۔ یہ بہت مقدس ہوتے ہیں، بڑے مہمان ہوتے ہیں۔"

میں نے چاہا پکار کر کہوں۔ "نہیں نہیں ایسی کوئی بات نہیں ہے۔ میں نے تو مذاق کیا تھا۔ تم اس بات پر کوئی دھیان نہ دو۔ زندگی میں آزادی سے بڑی کوئی نعمت نہیں ہے۔"

مگر نہ جانے کیا ہوا کہ آواز میرے حلق میں گھٹ کر رہ گئی۔

بازیافت

ٹاور آف لندن کی سنگین عمارت اور اس کے باغیوں کے گیٹ سے نکل کر سیلی ہوئی تیز چلتی سڑک پر چلتی ہوئی میں ٹیمز کے اوپر بنے ہوئے ٹاور بریج پر چلی گئی۔ ٹیمز کے گدلے پانی میں کوئی چیز ابھر اور ڈوب رہی تھی۔ میرا دل اس کے ساتھ ابھرنے اور ڈوبنے لگا۔ میں بڑے ذوق و شوق سے انگلینڈ آئی تھی، اس لئے نہیں کہ یہ انگریزوں کا ملک تھا جنہوں نے ہم پر صدیوں حکومت کی تھی، بلکہ اس لئے کہ مجھے دنیا کی سیاحت کا شوق تھا اور انگریزوں کو میں نے انگریزی ناولوں کے ذریعہ بہت بچپن سے جانا پہچانا تھا۔ لندن کے جانے پہچانے نام مجھے اپنے بچپن کے خوابوں کی طرح عزیز تھے، مگر جب میں یہاں آئی تو یہاں کے لوگ اس نازک رشتے کو نہ سمجھ سکے۔ وہ صرف یہ سمجھے کہ میں ان کے وطن میں ان کے کسی ہم وطن کا حق سلب کرنے آئی ہوں اور اب کبھی اپنے ملک واپس نہیں جاؤں گی۔ ان کے نزدیک میں اور میرے ہم وطن ایسی جونکیں ہیں جو اپنے ملک سے ان کا خون چوسنے یہاں آتی ہیں۔ وہ ہمیں پسند نہیں کرتے اور اس بات کو چھپانے کی ضرورت بھی نہیں سمجھتے۔ کیا یہ ان کا احساس جرم ہے۔ کیا انہیں اپنا خون چوسنا یاد آتا ہے؟ کیا وہ نسلی تعصب ہے جس کی جڑیں نسلوں پرانی ہیں؟ کیا یہ احساس برتری ہے، معاشی یا ثقافتی برتری؟ یا پھر اس میں ہمارا کچھ قصور ہے؟ میں نے دور مغرب کی طرف دیکھا نیشنل آرٹ گیلری کے رومن ستونوں کے پیچھے بادلوں میں بارش سے بھیگا ہوا سورج بڑی کس مپرسی کے عالم میں ڈوب رہا تھا۔ جیسے اپنے ہی خون میں نہا رہا ہو۔

شاید یہی وقت ہوگا جب ایک صدی پہلے افریقہ میں بہتے دریائے نارنج کے کنارے

حسب معمول کھیل رہے تھے۔ دریا کے دونوں طرف دور دور تک پتھریلے کنارے تھے، جہاں ہر رنگ ہر شکل کا ڈھلا ڈھلایا پتھر موجود تھا۔ دریا سے ذرا دور چراگاہیں شروع ہوتی تھیں جو میلوں میل تک چلی گئی تھیں۔ لمبی گھاس ہوا میں یوں لہراتی جیسے سبز سمندر میں لہریں اٹھتی چلی جارہی ہوں۔ دور افق پر پہاڑوں کا سلسلہ تھا جہاں گھنے جنگلات کا ڈیرہ تھا اور ہر وقت چھما چھم بارش ہوتی تھی۔ اس بارش میں بڑے درخت سر جھکا کے انکساری سے کھڑے رہتے تھے۔ یہ انکساری اور منکسر مزاجی ان کی عادت بن گئی تھی۔ یہاں کے بچوں کے سیاہ ننگے بدنوں پر بہتی ہوتی بوندیں ان کے لئے کوئی نئی بات نہیں تھی۔ بارش میں بھیگتے ہوتے دریا کے کنارے کھیلنا، تیرنا اور چپٹے پتھر پانی میں اس طرح پھینکنا کہ وہ پانی کی سطح سے چھوتے ہوئے دور تک جائیں ان کا محبوب مشغلہ تھا۔

"بتو نگ"، قبیلے کے ایک لڑکے نے پتھر پھینکتے پھینکتے ہاتھ روک لیا اور پتھر کو غور سے دیکھنے لگا۔ دوسرے بچوں نے بھی اسے حیرت سے دیکھا۔ طرح طرح کی شکلوں اور رنگوں والے پتھروں سے بالکل مختلف وہ پتھر ڈوبتے سورج کی شعاعوں میں عجیب غیر معمولی انداز سے چمک رہا تھا۔ ڈچ کالونی کے ایک "بور" نے لڑکے کے ہاتھ سے چھین لیا۔ ہوتے ہوتے یہ پتھر یورپ پہنچا تو ہیرے ہیرے کی پکار سے سارا یورپ لرز اٹھا۔ تب تک چند اسی طرح کے پتھر دریائے وال کے کنارے دستیاب ہو چکے تھے۔ ۱۸۷۱ء میں کیمبرلے کے علاقہ میں معلوم ہوا کہ زمین کا ایک خاصا وسیع ٹکڑا ہیروں سے پٹا پڑا ہے۔ یہ زمین دو علاقوں کے بیچ میں تھی ایک اورنج فری اسٹیٹ دوسری گریکوینڈ دراصل زمین ایک غریب آدمی کی تھی جو ڈچ نو آبادکاروں میں سے تھا اور جس کا نام نکلس واٹر بور تھا۔ دوسرے یورپی ملک ابھی اس معاملے پر سوچ ہی رہے تھے کہ انگریزوں نے ترنت اس مفلس کا ہاتھ تھاما اور زمین اس سے خرید لی اور بیچ فری اسٹیٹ اور ٹرانسوال والے لاکھ چلائے کہ ہمارا حق ہے لیکن انگریزوں نے کہا "کیسا حق۔ یہ سارا علاقہ تاج برطانیہ کے زیر نگیں ہے۔"

ان دنوں برطانیہ میں چھوٹی موٹی سی ملکہ وکٹوریہ راج کر رہی تھی کہ جس کی سلطنت افریقہ آسٹریلیا، نیوزی لینڈ، ہندوستان اور کینیڈا تک پھیلی ہوئی تھی اور برطانوی جہاں کہیں بھی تھا ملکہ کا دلدادہ اور وفادار تھا اور ہر اس چیز کو جو قیمتی معلوم ہوتا جبدار برطانیہ تک پہنچانا اپنا فرض جانتا تھا۔ چنانچہ جتنے علاقے دنیا میں جہاں کہیں ہیرے، موتی، سونا، تیل یا نیل اگلتے تھے وہ سب تاج برطانیہ کے زیر نگیں تھے اور سارے ہیرے چاہے وہ افریقہ کے اورینج یا دال دریا کے کنارے ملیں، یا جنوبی ہندوستان کے کسی کسان کے کھیت میں وہ کسی تخت میں جڑے ہوں یا تاج میں بالآخران پر حق کس کا تھا؟ تاج برطانیہ کا کیونکہ اس کے ہر باشندے نے تہیہ کر رکھا تھا کہ دنیا میں جہاں کہیں چاند، سورج، ہیرے، موتی، نیل پھلیل ملے گا وہ اپنی ملکہ کے قدموں میں رکھ دیں گے اور ان سب چیزوں کے بدلے انہیں ہمیشہ انعام ہی نہیں ملا۔ مقدمے بھی چلے رسوائی بھی ہوئی، دار پہ بھی چڑھے، مگر وہ یہی کہتے رہے ؎

؎ خانہ سلامت ہے تو ہم سرخیٔ مے سے تزئین در و بام حرم کرتے رہیں گے
باقی ہے لہو دل میں تو ہر اشک سے پیدا رنگِ لب و رخسار صنم کرتے رہیں گے

اور ان دنوں برطانیہ کی ملکہ مٹی میں ہاتھ ڈالتی تھی تو وہ سونا بن جاتی تھی۔ اپنے گھر میں فیکٹریاں سونا اگل رہی تھیں۔ دیکھتے دیکھتے غریب انگلستان امیر ہو رہا تھا۔ متوسط طبقہ صنعتی انقلاب میں پیسہ کما کر رئیس ہو گیا تھا۔ مزدور طبقہ اپنے حقوق کے لئے جد و جہد کر رہا تھا۔ دھڑا دھڑ ریلیں بن رہی تھیں اور چل رہی تھیں۔ تیل کے بجائے گیس کے ہنڈے جل رہے تھے اور جوہڑوں اور دریاؤں کے پانی کی جگہ گھر گھر نلکے لگ رہے تھے۔ کھانے کا سامان دوسرے ملکوں سے برائے نام قیمت پر اور بعض اوقات تو مفت آ جاتا تھا۔ پھر کیا ضرورت تھی اپنے ہاں زمینیں جوتنے کی۔ لوگ جوق در جوق کھیت کھلیان چھوڑ شہروں کا رخ کر رہے تھے اور لارڈوں کے محلات اور باغات میں بھیک کے ٹھیکرے دھرے تھے۔

جن پر لکھا تھا کہ ان کی دیکھ دیکھ اور مرمت کے لئے کچھ عطا ہو تو بڑی عنایت ہو۔ جن کے پاس پیسہ تھا وہ زمین کوڑیوں کے مول خرید کر اپنے لئے محلات شکار گاہیں اور باغات تعمیر کر رہے تھے۔ ہر طرف پیسے اور خوشحالی کی ریل پیل تھی۔ اس وقت بھی برطانیہ میں ایسے سرپھرے تھے، جو کہتے تھے بادشاہی ختم کر دو یہ مہنگا سودا ہے، اس پہ بہت خرچ آتا ہے۔ مگر برطانیہ کی نوجوان ملکہ اپنے جرمن نژاد شہزادے میاں کے ساتھ دنیا میں چوکھونٹ راج کرتی رہی اور ایک ایک وقت میں سولہ سولہ کورس کے ڈنر کھا کر اپنا وزن اور بچے بڑھاتی رہی۔

یہ وہ وقت تھا کہ انگریز دنیا میں جو چاہے کرے کوئی پوچھنے والا نہ تھا۔ اگر کوئی پوچھتا تو منہ کی کھاتا۔ روس نے ذرا ہاتھ پاؤں نکالے، انگریزوں نے کریمیا میں جا دبایا۔ ہندوستانیوں نے میرٹھ اور دلی میں سر اٹھایا تو ایسا کچلا کہ صدیوں تک سانس نہ آیا اور پورا ہندوستان مع کوہ نور ہیرے کے ملکہ کی گود میں آ گیا۔ اس زمانے میں شاید منکر نکیر بھی انگریزوں سے حساب کتاب لیتے ہوئے ڈرتے ہوں۔ رہی پبلکن کی کیا حقیقت، جو کہتے تھے کہ کالونیوں سے کچھ حاصل نہیں ہو رہا دفع کرو انہیں۔ ہمارے لئے اپنا "چھوٹا انگلینڈ"، ہی بہت ہے۔ مگر چھوٹے انگلینڈ کی بات کون سنتا جب انگلینڈ تو بڑھتا ہی جا رہا تھا۔ جنوبی افریقہ میں، ہندوستان میں پہاڑوں پہ، سمندروں میں، سوئز نہر، بے چارے، مفلس، مقروض مصر کے گورنر نے کوڑیوں کے مول انگریزوں کے ہاتھ بیچ دی۔ ادھر افریقہ کے مغربی ساحل پر سفید فام آبادی بڑھتی جا رہی تھی، حالانکہ ان میں سے آدھے غریب ملیریا کا شکار ہو کر جان بحق ہو رہے تھے۔ غرضیکہ یہ وقت تھا جب سورج برطانوی راج کے کسی نہ کسی حصے میں چمکتا رہتا تھا اور غروب ہونا نہیں جانتا تھا۔

ایسے میں ملکہ اور اس کے دانا وزیروں نے سوچا کہ اپنے امیر کبیر ملک، اور کبھی سورج غروب نہ ہونے والی سلطنت کے ٹھاٹھ دکھانے کے لئے ایک کی نمائش کی جائے اس

کام کا ذمہ ملکہ کے خوبرو شوہر البرٹ نے لیا۔ فوراً ڈھنڈورا پڑوا دیا گیا کہ "عظیم نمائش" کے لئے ایک عمارت کا ڈیزائن درکار ہے۔ ایک باغبان زادہ نقشہ تیار کر کے لایا۔ لوہے کے فریم میں شیشے جڑے ہوئے کمرے جیسے وہ اپنے لارڈ کے باغات میں پودوں کی نشو و نما کے لئے بنایا کرتا تھا۔ یہ نقشہ انہی کمروں سے مماثلت رکھتا تھا۔ یہ نقشہ منظور ہوا اور ہائڈ پارک میں لوہے اور شیشے کی یہ عظیم عمارت بننی شروع ہوئی۔ لوگ ہنستے تھے کہ کبھی شیشے کے گھر بھی بنے ہیں۔ کوئی کہتا تھا کہ بارش میں یک بیک ہی ڈھے جائے گا۔ کوئی کہتا تھا کہ دھوپ اور گرمی سے پگھل جائے گا۔ کوئی کہتا تھا کہ طوفان میں اُڑ جائے گا، مگر ان دنوں برطانیہ کے لئے کوئی کام ناممکن نہیں تھا۔ عمارت بنی اور لوگوں نے دیکھا کہ شیشے کا یہ محل کوئی چھوٹی موٹی عمارت نہیں تھی، بلکہ اٹھارہ سو اکیاون فٹ لمبی، چار سو فٹ چوڑی اور چونسٹھ فٹ اونچی یہ ایک ایسی عمارت تھی جس کے اندر تین قد آور درخت سما گئے تھے۔

نمائش کے لئے اس میں لوہے کی بڑی بڑی مشینیں، ریلوے انجن، گرم ممالک کے انوکھے پودے اور سلطنت برطانیہ کی انمول چیزیں تھیں، جن میں کوہ نور ہیرا بھی تھا۔ ملکہ وکٹوریہ بڑی شان کے ساتھ ایک لمبے جلوس کی قیادت کرتی ہوئی بکنگھم پیلس سے جہاں وارد ہوئی تھیں۔ ہزارہا لوگ ہائیڈ پارک میں یہ تماشہ دیکھنے اکٹھے ہوئے تھے۔ ملکہ ایک اونچے پلیٹ فارم پر رکھے ہوئے تخت پر بیٹھی تھی۔ سر پہ ریشمی چھتر سایہ فگن تھا جس پہ یونین جیک لہرا رہا تھا۔ پرنس البرٹ نے تقریر کی۔ گانے گائے گئے جس کے بعد ملکہ اور خواص نے گھوم پھر کر ساری نمائش دیکھی۔ شاہی مہمانوں کے بعد عوام کے لئے اس کے دروازے کھول دیئے گئے۔ پہلے ہی دن پچیس ہزار افراد نے یہ نمائش دیکھی۔ ایک سو اٹھتیس دن تک یہ نمائش چلی؛ جسے دیکھنے دور دراز سے لاکھوں افراد آئے۔ انگلینڈ کے دور پار کے علاقوں سے لوگ باگ زندگی میں پہلی بار اپنے گھروں سے نکلے تھے۔

مگر اب میں جس ہائیڈ پارک کو دیکھ کر آ رہی تھی، وہاں کوئی شیشں محل نہیں تھا۔" وہ

تومت ہوئی نذرِ آتش ہوگیا" کسی نے مجھے بتایا۔ اب اس کی یادگار چند چھوٹے شیشے کے پگوڈے تھے۔ جن میں سبز بیلیں لگی ہوئی تھیں اور جو ایک ریستوران کی زینت تھے۔ ٹیمز کے کنارے ٹاور محل میں کوہ نور اب تک موجود تھا جو پانچ ہزار سال پہلے ہند کی سرزمین سے برآمد ہوا تھا اور جس کا وزن ۸۰۰ قیراط تھا اور اب کاٹنے چھانٹنے کے بعد اس کا وزن صرف ۱۰۹ قیراط رہ گیا ہے۔ یہ دنیا کا سب سے بڑا ہیرا تاج برطانیہ میں جڑا ہوا ہے گو برطانیہ کی موجودہ ملکہ نے اس تاج کو آج تک سر پر نہیں دھرا۔

پھر میرے دیکھتے ہی دیکھتے سورج ڈوب گیا۔ اب نہ اندھیرا ہے نہ اُجالا۔ یہ کیفیت یہاں تادیر رہے گی۔ ٹاور برج پر ہوا تیز اور ٹھنڈی تھی۔ میں نیچے اُتر آئی۔ اس وقت تک ٹاور کا "باغیوں کا گیٹ"، خطرناک حد تک سنسان اور ڈراؤنا ہو چکا تھا۔ ٹاور کی سنگین عمارت اور مضبوط جنگلے سے لگی ہوئی پتلی سیاہ سڑک کچھ اور سیاہ ہو رہی تھی۔ میرا دل بوجھل سا تھا۔ اب تو سورج غروب ہوگیا۔ اب تو سب کی زمینیں واپس ہوگئیں، نہریں لوٹا دی گئیں۔ تیل واپس ہوگیا۔ کیوں نہ میں بکنگھم پیلس جا کر کہوں ۔۔۔ ' اب مجھے میری چیزیں لوٹا دو۔ میرے شاعروں کے دیوان۔۔۔۔ بہادر شاہ کے مقدمے کے فائل، کوہ نور ہیرا اور ہاں میرا کھویا ہوا وقار بھی تو۔۔۔۔"

میں نے پلٹ کر غور سے دیکھا۔ دریائے ٹیمز میں جو چیز بہت دیر سے تیر رہی تھی، کبھی ڈوبتی تھی، کبھی اُبھرتی تھی، وہ تو انگلش پاؤنڈ تھا اور سورج کو ڈوبے دیر ہو چکی تھی۔ اس وقت نہ اجالا تھا نہ اندھیرا۔ یہ کیفیت ابھی یہاں تادیر رہے گی۔

کونج

اگر دیکھا جائے تو یہ لڑکی ایک عدد کالے، سفید اور گلابی رنگ پر مشتمل ہے۔ مگر اس کی شخصیت میں کیسی رنگا رنگی ہے۔ ان تین رنگوں میں کیسی کشش ہے کہ کھلے منہ پھرنے والی ساری لڑکیاں بے دُھلے لٹھے کی طرح بے کیف نظر آتی ہیں۔ پھر اس کالے برقع میں چھپے ہوئے اس کے سر میں بھی کچھ ضرور ہے جو وہ اتنی اچھی انگریزی لکھ لیتی ہے اور ہر وہ بات اس کے دماغ میں سما جاتی ہے جو ان دیہاتی لڑکوں کی ذہنی سطح کو صرف چھوتی ہوئی گزر جاتی ہے۔ جب پوری کلاس سے وہ کوئی بات پوچھتا ہے اور سب کورے رہ جاتے ہیں تو آخر میں بڑے اعتماد سے وہ کہتا ہے "مس رضا"، یوں جیسے اب وہ خود جواب دینے والا ہو اور وہ دھیمے لہجے میں اس سوال کا جواب دے دیتی ہے اور وہ "ویری گڈ" کہہ کر اس کا جواب دہراتا ہے اور جب اسے کوئی بات پوچھنی ہوتی ہے تو وہ دوسری لڑکیوں کے ساتھ پرا باندھے کار کے پاس کھڑی اس کا انتظار کرتی ہے وہ آتا ہے تو آگے بڑھ کر اس سے سوال پوچھتی ہے اور ایک ہاتھ سے برقع کو ناک پر تھامے رکھتی ہے۔ کار کے اوپر چیڑ کا سایہ ہوتا ہے۔ سامنے پرنسپل کے گھر کی نیلی چقیں ہوتی ہیں۔ یہاں سے وہاں تک گملوں میں پلی کھلی ہوتی ہے۔ فضا میں سرسبز گھاس اور پانی کی طراوت ہوتی ہے اور وہ اپنی کار کے ہُڈ پر کتاب رکھ کر ان لڑکیوں کو سمجھاتا ہے اور سوال سمجھانے کے بعد اِدھر اُدھر کی کوئی بات چھیڑ دیتا ہے اور اس وقت باڑ کے اس پار گزرنے والے لڑکے اسے دیکھ کر مسکراتے اور پروفیسر مل بھن جلتے ہیں۔ ان کا خیال ہے کہ لڑکیاں اس کے پڑھانے کے انداز پر نہیں اس کی سفید چمڑی اور لمبی کار پہ مرتی ہیں۔ اس کی باتوں کے جواب زیادہ تر وہی دیتی۔ ٹھہر ٹھہر

کے سنبھل سنبھل کے۔ کیونکہ جس زناٹے کی انگریزی وہ لکھتی ہے۔ اس فرانٹے سے بول نہیں سکتی۔ اسی لئے اس کی باتوں میں بہت سی باتیں نہ کہہ سکنے کا تاثر رہ جاتا ہے۔ یہی تشنگی تھی یا کچھ اور کہ کبھی کبھی جم کو یوں لگتا جیسے اس کا کوئی ٹکڑہ ٹوٹ کر کہیں گر گیا ہے اب وہ اسے کہاں ڈھونڈے۔ اسے بڑی کوفت سی ہوتی۔ ادھورے پن کا احساس کانٹا بن کر چبھے جاتا اور یہ بھی تو پتہ نہیں کہ جو حصہ ٹوٹ کر گر گیا ہے کہاں کا تھا، کیسے ٹوٹا کہاں گیا۔"

جوں جوں فائنل ایئر ختم پر آرہا تھا اس احساس میں شدت آرہی تھی اور اس قسم کے دردوں میں اضافہ ہو رہا تھا۔ رات کو بلا وجہ آنکھ کھل جاتی اور نیند نہ آتی تو کھلے صحن میں گونج کی رفاقت اس کے احساسِ تنہائی کو اور بھی بڑھاتی، یہ بے چارہ چھوٹی سی جگہ میں قید ہے اور میں ملک ملک پھرنے کو آزاد مگر جہاں تک تنہائی کا تعلق ہے ہم دونوں میں کوئی فرق نہیں۔ وہ جو سارے سال کبھی ایک دن کا ناغہ کرتا تھا، کبھی ایک منٹ کی دیر نہ کرتا تھا۔ روز لیٹ ہو جاتا اور اب کلاس میں بھی اس سے عجیب عجیب حرکتیں سرزد ہونے لگیں۔ یہ خیال کہ جو کچھ اب میرے نزدیک ہے ہمیشہ نہیں رہے گا۔ ذہن کے کسی گوشہ میں چھپا رہتا۔ کلاس ختم ہو جاتی، دوسرا لیکچرار دروازے کے باہر آ کر کھڑا ہوتا اور وہ پڑھائے جاتا، پڑھائے جاتا جیسے آج کلاس سے جانا جان سے جانا ہے۔

اور پھر ایک دن حسبِ معمول بہت سے لڑکے لڑکیوں کے پاس کتابیں نہیں تھیں۔ چھوٹے سے اس شہر میں ایم۔ اے کی کلاسیں مقامی کالج میں نئی نئی کھلی تھیں اور یونیورسٹی کی پڑھائی ادھر ادھر کے گاؤں سے آنے والے دیہاتی لڑکوں کے لئے کچھ اسکول ہی کے انداز کی ہوتی تھی۔ کتاب اس کے پاس بھی نہیں تھی جو عموماً سب سے پہلے کتاب خریدتی تھی۔ پڑھاتے پڑھاتے یکایک وہ اس کے پاس جا کھڑا ہوا اور بڑی کھوکھلی آواز میں جیسے کوئی پہاڑی کوا گنگنایا، ہو کہا "ہم دونوں اس کتاب میں ساجھا کر لیتے ہیں۔" اس نے کتاب ڈیسک پر رکھ دی اور جب وہ انگلی رکھ کر عبارت کی نشاندہی کر رہا تھا اور باقی کلاس کو سمجھا رہا تھا۔ تو یکایک اسے احساس ہوا کہ سب سے آگے بیٹھی مس رضا کے ساتھ کتاب کا ساجھا کرنے سے ساری

کلاس کی طرف اس کی پیٹھ ہو گئی ہے اور یہ عجب مضحکہ خیز حرکت اس نے کی ہے۔ کسی کی سمجھ میں کچھ نہیں آ رہا ہے اور سارا زمانہ اس پر ہنس رہا ہے۔ تب اس نے کتاب آہستہ سے وہاں سے اٹھا لی تھی۔ منہ موڑ کر کلاس کی طرف کر لیا تھا اور حسبِ معمول ڈائس کے نیچے ذرا سا بائیں طرف کو کھڑے ہوتے کہ کبھی کبھی پنکھے کی ہوا سے پھڑپھڑاتا برقع اس کے بدن سے ہلکا سا مس ہو جاتے۔ کلاس کو سمجھانے لگا مگر گیا اسے کچھ ہوش نہیں تھا۔ اس کے کان سرخ ہو گئے تھے اور ان میں سائیں سائیں ہو رہی تھی۔ اب ایسی غلطیاں اکثر ہونے لگی تھیں اور ان کا احساس ہمیشہ کر چکنے کے بعد ہوتا تھا جیسے ایک دن اس نے نئی کتاب شروع کر دینے سے پہلے کہا تھا "میں یہ کتاب خریدنے جا رہا ہوں۔ دوکاندار نے کہا تھا آج پہنچ جائیں گی، جتنی بھی ملیں لیتا آؤں؟"

"یس سر" بہت سی آوازیں بلند ہوتیں۔

"آؤ، لڑکیو تم بھی میرے ساتھ چلو بازار نزدیک ہی تو ہے" سر کے اس کی طرف دیکھنے پر وہ شرم سے سرخ پڑ گئی تھی اور آہستہ سے معذرت کر دی تھی۔ کیونکہ وہ ایک مولوی گھرانے کی لڑکی تھی اور یہ شہر اتنا چھوٹا تھا کہ سب اسے اور اس کے خاندان والوں کو جانتے تھے، ویسے ہی ایم۔ اے میں داخلہ لینے کے لئے ان لڑکیوں کو بغاوت کی حد تک ضد کرنی پڑی تھی۔ اس کے منع پر باقی لڑکیوں نے بھی بڑی حسرت سے اس موقع کو کھوتے دیکھا تھا۔ مگر کسی کی ساتھ جانے کی ہمت نہ پڑی۔ ہاں اگر وہ راضی ہو جاتی تو شاید...... اس روز جو وہ کتاب لینے گیا تو پھر سارا دن کالج نہ لوٹا تھا۔

اور پھر فائنل کا آخری دن آ پہنچا تھا۔ اس کے بعد امتحان کی تیاری کے لئے ان کو چھٹی دی جا رہی تھی اس دن ٹوٹوریل تھا جو اس نے لائبریری میں لیا تھا۔ اسٹاف کم ہونے کی وجہ سے پریویس اور فائنل کی کلاسیں اکٹھی ہوتی تھیں مگر ٹوٹوریل میں صرف فائنل کلاس ہوتی تھی۔ اس دن لائبریری کے ایک علیحدہ سنسان کمرے میں بیٹھے ہوئے اس کا دل کچھ عجیب طور سے بھر آ رہا تھا۔ لڑکیاں اس کے بالکل سامنے بڑی سی میز کے دوسری طرف بیٹھی تھیں، لڑکے

اس کے برابر میں بیٹھے تھے۔ جم نے اس سے اپنا تازہ مقالہ پڑھنے کو کہا۔اس کی مدھم ،مدھر آواز کو سنتے ہوئے اس کی لمبی پتلی انگلیوں کے گلابی ناخونوں کو دیکھتے ہوئے اس کی کالی گہری آنکھوں کی طرف تکتے ہوئے کتنی ہی مرتبہ اس کا دل چاہا کہ میز کو زور کی ٹھوکر مارے اور کھڑکی سے کود کر بھاگ جائے یا پھر۔۔۔اسے اپنے بازوؤں میں بھینچ لے اور سب کے سامنے اتنا چومے کہ ہالی وڈ کے پکچر بات ہو جائیں یا پھر۔۔۔یا پھر۔۔۔۔ وہ کیا پڑھ رہی تھی۔ اس نے تو کچھ نہ سُنا تھا اور دیکھا ایک لڑکے لڑکیوں نے دیکھا کہ اس کا چشمہ بھیگ گیا ہے جیسے موسلادھار بارش کی بوچھاڑ میں گھروں کے شیشے بھیگ جاتے ہیں۔ اس نے چشمہ اتار لیا اور ٹپ ٹپ آنسو سامنے رکھی ہوئی کتاب کی جلد پر گرے۔ اس کے آنسو گویا بارش کے پہلے قطرے تھے۔

فوراً ہی لڑکیاں یوں رونے لگیں جیسے وہ باقاعدہ رونے کا پروگرام بنا کر آئی ہوں۔ آنکھوں سے موٹے موٹے آنسو گر کر اس کے مقالے کو بھگونے لگے۔ پھر اس نے اپنے بازو کا چٹا میز پر بچھایا اور اس پر سر رکھ کر ہچکیاں لینے لگی۔ باقی لڑکیاں بھی رونے میں اس کا ساتھ دے رہی تھیں۔ دو ایک کی تو باقاعدہ چیخیں نکلیں۔ ماحول ایسا گھمبیر ہو گیا تھا کہ لڑکے تک افسردہ ہو گئے۔ جم نے رومال سے اپنا چشمہ صاف کیا، کتاب اٹھائی۔ اور بغیر کچھ کہے سنے باہر نکل گیا۔ لڑکے بھی اس کے پیچھے چلے گئے اور لڑکیاں ایک دوسرے کے گلے مل کر دیر تک کہرام مچایا کیں۔ اور پھر جم نے سنا کہ وہ کالج کے ایک ایک درخت سے لپٹ کر روئی اتنا کہ روتے روتے بے ہوش ہو گئی۔

کچھ دیر بعد ایک لڑکے نے آن کر اطلاع دی "سر جم نے کہلوایا ہے کہ گو کالج کی چھٹیاں ہو رہی ہیں لیکن اگر لڑکے لڑکیاں ان سے پڑھنا چاہیں تو علی الصبح ان کے گھر پر آجایا کریں۔ لڑکوں نے تو اس طرف کوئی دھیان نہیں دیا مگر لڑکیوں نے مل کر کھچڑی پکائی اور دو ایک لڑکیوں کو چھوڑ کر جن کے گھر بہت دور تھے یا جن کے ماں باپ کالج کے علاوہ ان کو کہیں جانے کی اجازت نہیں دیتے تھے۔ سب علی الصبح اس کے مکان پر آنے لگیں۔ اس کے پاس

ایک بڑا سا صاف ستھرا کمرہ تھا جس میں سونے کے لئے پلنگ بھی تھا۔ بیٹھنے کے لئے صوفے بھی تھے، کھانے کی میز بھی تھی اور کتابوں کی شیلف بھی تھی ہر چیز ایک خاص مردانہ وجاہت اور نفاست لئے ہوئے تھی۔ صاف نظر آتا تھا کہ اس کمرے کی صفائی اور سجاوٹ میں صنفِ نازک کا ہاتھ نہیں۔ وہ سب صوفوں اور کرسیوں پر ایک بکھرے سے نیم دائرے میں بیٹھ جاتیں اور پڑھتی رہتیں۔ پڑھتے پڑھاتے اس کے کالج جانے کا وقت ہو جاتا مگر وہ نظر انداز کر دیتا۔ پھر لڑکیوں کے شدید احتجاج کے باوجود چائے آجاتی۔ جم اس سے درخواست کرتا کہ سب کو چائے بنا کر دے۔ یہ چائے کا سارا کھڑاگ اس ایک لمحے ہی کے لئے تو تھا جب وہ اپنی پتلی انگلیوں اور گلابی ناخونوں سے پیالی اس کی طرف بڑھائے۔ دوسری لڑکیاں اس کی مدد کرتیں اور کبھی کبھی کوئی اور لڑکی اس کی طرف پیالی بڑھاتی تو اسے یوں محسوس ہوتا جیسے سارا کیا کرایا مٹی میں مل گیا۔ چائے کے بعد وہ پھر پڑھانے بیٹھ جاتا۔ حالانکہ وہ خوب جانتا تھا کہ کالج شروع ہو چکا ہوگا۔ پر یویس کے چھوٹے چھوٹے کھڑے بالوں والے دیہقانی لڑکے اس کے منتظر ہوں گے اور لڑکیاں چہ می گوئیاں کر رہی ہوں گی کہ جب سے فائنل ائر گیا ہے۔ سر نے ان کا نوٹس لینا چھوڑ ہی دیا ہے اور چند ہی دن جاتے ہیں کہ اس سلسلے میں اس سے باز پرس ہوگی۔ دل کو یہ سب سمجھاتے سمجھاتے جب دیر ہو جاتی تو آخر ہمت کر کے وہ پڑھائی کے خاتمہ کا اعلان کر دیتا۔ لڑکیاں چلی جاتیں تو وہ بڑی بے دلی سے کالج کے لئے روانہ ہو جاتا۔ پہنچتا تو دو ایک پیریڈ نکل چکے ہوتے۔

پھر ایک دن اس نے لڑکیوں سے کہا کہ وہ کل نہ آئیں اسے کہیں جانا ہے۔ رخصت سے پہلے اس نے بک شیلف میں سے ایک کتاب نکال کر اس کی طرف بڑھائی۔

"مس رضا! تم اسے ضرور پڑھو۔" کتابیں وہ اکثر لڑکے لڑکیوں کو پڑھنے کے لئے دیا کرتا تھا۔ کوئی خاص بات نہ تھی۔ گھر آکر جب اس نے کتاب کھولی تو پہلے ہی صفحے پر پن کے ساتھ ایک پرچہ لگا ہوا تھا جس پر اس کے مخصوص بڑے بڑے خط میں لکھا تھا کل میں کہیں نہیں جا رہا،

تمہارا انتظار کروں گا،، اور اب وہ آئے گی یا نہیں۔۔۔ یہ تھا وہ سوال جو جم رات بھر اپنے آپ سے کرتا رہا تھا۔ کروٹ بدل بدل کے، پچھلے لان میں ٹہل ٹہل کے جہاں اس کے ساتھ تنہائی اور برہا کے دکھ کا مارا ایک کونج بھی اسی طرح بے چینی سے ٹہلا کرتا تھا جس دن سے اس کا ساتھی ہمت کرکے پچھلی دیوار پھاند گیا تھا۔ یہ دن رات بس ٹہلے جاتا جیسے حبسِ دوام کا کوئی قیدی، گلابی منہ، سفید اور کالے پر، سوکھی لکڑی کی سی پتلی پتلی ٹانگیں، سنبھل سنبھل کر رکھتے ہوئے وہ ایک کونے سے دوسرے کونے تک چکر لگائے جاتا جیسے اپنے ساتھی کو ڈھونڈ رہا ہو۔ اس افسردہ پرندے نے اس کے دل کے بھائیں بھائیں کرتے سناٹے کو اور گہرا کر دیا۔ رات کی تاریکی اور تنہائی بے خوابی بن کر اس کی آنکھوں میں کھٹکتی رہی۔ مگر دراصل یہ سب ایک دن میں نہیں ہوا۔ اس کے پیچھے پورے ایک سال کے تین سو پینسٹھ دلوں کا ہاتھ تھا اور کچھ اس کم بخت ماحول کا بھی سا۔ اگر کالج کے گرجے کے سائے میں اتنا زبردست سبزہ نہ ہوتا۔ اگر اس سپاٹ میدان میں وہ اکلوتا چیڑ کا درخت نہ جھکا ہوتا، اگر گھاس کے قطعوں میں یوں لبالب پانی نہ بھرا رہا کرتا اور سرخ برش کے سے پھول اس پر نہ جھکے ہوتے۔ پرنسپل کے بنگلے میں سفید للی کے گملوں کی اس قدر بہتات نہ ہوتی۔ اس کے لمبے برآمدے میں یہ نیلی چقیں نہ ہوتیں یہ سبز بنچیں نہ ہوتیں اور ان کے جھکے درختوں کے درمیان وہ اس کی کار کے پاس کھڑی اسے روک کر اپنی ،،مشکلات،، نہ پوچھا کرتی تو شاید یہ سب کچھ نہ ہوتا۔

جب کوئی لڑکا اس سے کوئی بات پوچھنا چاہتا تو وہ کلاس کے بعد ٹھہر جاتا اور باقی لڑکے لڑکیوں کو جانے کی اجازت ہوتی۔ اس وقت جب وہ اپنے گلابی ناخنوں کے درمیان کوئی کتاب پکڑے برقعہ کی نقاب گرائے باہر نکلتی وہ اس کا سراپا ضرور دیکھتا اور سوچتا پیچھے سے اس کی کمر اتنی پتلی ہے کہ اس کے دونوں چوڑے چکلے ہاتھوں کے حلقے میں سما جائے۔ برقعہ کے تکون کی جھالر بھی عین کمر پر پھڑ پھڑاتی رہتی ہے۔ برقعہ گھٹنے سے ذرا ہی نیچا ہے۔ اسی لئے اس کی سفید براق شلوار، رنگین چپلوں سے جھانکتے ہوئے سفید پیر اور گلابی ناخن کیسے اچھے

لگتے ہیں۔ گلابی نیل پالش، گلابی رنگ کی لمبی انگوٹھی، گھڑی کا گلابی پٹہ، یہ چیزیں کبھی تو زندہ رہنے کی شدید خواہش پیدا کرتی ہیں اور کبھی مر جانے کی رنگ بدل بھی جاتے ہیں مگر احساس وہی رہتا ہے۔ ملیے نگ والی انگوٹھی اور پٹے کا رنگ بدلتا ہے۔ ضرور قمیص کے رنگ کے ساتھ بدلتا ہوگا، چپل کا رنگ بھی بدل جاتا ہے۔ مگر پاؤں کے لمبے لمبے ناخون اور ہاتھ کے لمبے لمبے ناخون ہمیشہ گلابی رہتے ہیں۔ وہ کیسے ناخون ہیں۔ پتلی پتلی نازک انگلیوں کے لمبے ناخون، کتنی مرتبہ دل چاہا ہے کہ ان پتلی انگلیوں کو ہاتھ میں لے کر کیا کرے ؟؟؟ ہاں کچھ دل چاہا ضرور ہے مگر پڑھانے میں اتنی فرصت کہاں ہوتی ہے کہ آدمی اپنی خواہشوں کا تجزیہ کرتا پھرے۔ انگوٹھی اور گھڑی کے پٹے کے رنگ سے اس کی قمیض کے رنگ کا بھی تو اندازہ لگانا ہوتا ہے۔ ایک ہاتھ سے برابر برقع کو اس طرح تھامے رکھتی ہے کہ ناک اور ٹھوڑی کا حصہ چھپا رہے۔ اس کی آنکھیں بڑی نہیں ہیں۔ ترچھی ترچھی ہیں۔ آنکھوں میں دھندلی دھاریاں، زیتونی چہرے پر سیاہ بھنویں، نہ بے حد نیکھی نہ بہت سیدھی، سیاہ ہالے میں چھپے ہوئے چہرے میں بس یہی اس کی دید کا حصہ ہے۔ جب وہ ہنستی ہے تو اس کی آنکھوں کے کونے میں عجیب خوبصورت چھوٹی چھوٹی جھریاں سی پڑتی ہیں اور اس کی آنکھوں میں موتی سے ٹوٹتے ہیں اور کالے برقعہ میں سے اس کی میٹھی جھرنے ایسی ہنسی گرتی ہے وہ ایک خاص ادا سے کھینچ کر ناک پر سے پھسلتے ہوئے برقعے کو دوبارہ اسی جگہ رکھ لیتی ہے اور اس کی لمبی لمبی انگلیاں گلابی ناخونوں سمیت اس کے ذہن میں کھب جاتی ہیں۔

چکر لگا لگا کر تھک جاتا تو اپنے بستر پہ لیٹ جاتا اور لیٹے لیٹے تھک جاتا تو اٹھ کر ٹہلنے لگتا۔ صبح ہوئی تو روز کی طرح وہ تیار ہوا، ناشتہ کیا اور صوفہ پہ بیٹھ کر پڑھنے لگا، پڑھتا گیا، سطریں نگلتا رہا جس کا ایک لفظ بھی آنکھوں کی راہ اس کے ذہن میں نہ پہنچا۔

دروازہ پر ہلکی سی دستک ہوئی۔ جم کے "کم اِن" کہنے پر وہ اندر آئی۔ اسی طرح کالے برقع میں لپٹی ہوئی سفید براق شلوار، گلابی انگوٹھی، گھڑی کا گلابی پٹہ اور گلابی چپل۔ وہ کچھ گھبرائی

ہوئی تھی مگر جھجک کو چھپاتے ہوئے وہ قطعی نارمل بننے کی کوشش کر رہی تھی جیسے آج کا دن دوسرے دنوں سے ذرا بھی مختلف نہ ہو۔ اس نے روز کی طرح اسے سلام کیا، اپنی مخصوص جگہ بیٹھ کر یہ پوچھنے کے بجائے کہ اسے کیوں بلایا ہے ایلیٹ کی "پروفراک" کھول لی جسے وہ ایک بار اور سمجھنے کی فرمائش پہلے بھی کر چکی تھی۔ وہ آہستگی سے اس کے پاس بیٹھ گیا جیسے ابھی اس کو پڑھانا شروع کر دے گا۔ مگر ایکا ایکی اس نے انگوٹھی والا ہاتھ اپنے ہاتھ میں لے لیا اور اس کے حلق سے آواز یوں نکلی جیسے باغ میں ہوا سنسنا رہی ہو۔ "آئی لو یو... آئی لو یو..."

وہ خاموش بیٹھی رہی اور اسی سنسناتی ہوئی آواز میں جانے وہ کیا کیا کہتا رہا۔ اس نے ساری دنیا کی خاک چھانی تھی مگر وہ کبھی اس طرح دیوانہ نہیں ہوا۔ اس نے آکسفورڈ میں پڑھتے ہوئے کبھی لڑکیوں کو گھاس نہیں ڈالی۔ اس نے آسٹریلیا اور نیلیاپن کی لڑکیوں کو بھی پڑھایا ہے اور سعودی عرب کی ان فیشن ایبل لڑکیوں کو بھی جو فراک پر منی جُبّہ پہن کر اور فل میک اپ کر کے اس سے ہنس ہنس کر باتیں کرتی تھیں اور جن کی زبان بھی وہ جانتا تھا۔ ان سب جگہوں کو چھوڑتے وقت اسے ذرا بھی دکھ نہیں ہوا تھا۔ مگر اب.... نہ جانے اسے کیا ہو گیا ہے۔ آخر میں اس نے اپنی جھکی ہوئی پلکیں اٹھا کر کہا "تم ہی مجھے بتاؤ میں کیا کروں۔"

وہ کانپنے لگی، وہ رونے لگی۔ وہ اتنی روانی سے انگریزی نہیں بول سکتی تھی کہ فرفر اپنے گھر کے حالات اور دل کی واردات بتاتی چلی جاتی اور پھر اس وقت تو کیفیت ہی دوسری تھی۔ اس نے صرف اتنا کہا "میں کچھ نہیں کر سکتی، میں مجبور ہوں۔"

"کاش تمہیں معلوم ہوتا کہ تم نے میرے ساتھ کیا کیا ہے۔" جم نے اسی سرگوشیانہ لہجے میں کہا "میں کسی کام کا نہیں رہا، میں کالج نہیں جا سکتا، میں پڑھا نہیں سکتا۔ تمہاری غیر موجودگی میں اس کلاس میں جانے کا تصور بھی نہیں کر سکتا جہاں جاتے ہی سب سے پہلے تمہیں دیکھتا تھا۔ تمہاری انگوٹھی کو اور گھڑی کے پٹے کو اور یہ اندازہ کرتا تھا کہ آج تمہاری قمیص کا رنگ

کیا ہے؟" پھر وہ خاموش ہو گیا اور وہ بھی چپ رہی۔ اس کی نظریں کتاب پر جمی ہوئی تھیں۔ جم نہ جانے کدھر دیکھ رہا تھا۔ نا معلوم کتنا وقت گزر گیا۔ کے جگ بیت گئے۔ یکایک اسے احساس ہوا کہ وہ کب تک بیٹھی رہے گی۔ آخر اسے جانا ہے۔ جانا ہے اور ہمیشہ کے لئے۔ اب اس کمرے کی دہلیز پار کرنے کے بعد وہ دوبارہ یہاں نہ آسکے گی۔ اس نے خاموشی سے اپنی انگوٹھی اتار کر میز پر رکھ دی۔ پھر گھڑی کا پٹہ کھول کر اس کے نزدیک رکھ دیا اور اٹھ کھڑی ہوئی "میں جا رہی ہوں،" اس نے کہا۔

جم بھی اٹھ کھڑا ہوا۔ آہستہ آہستہ چلتا وہ اس کے نزدیک آیا اور اس کے برقعے کے پہلے بٹن کو ہاتھ لگایا وہ بھڑک کر پیچھے ہٹی۔

"میں تمہیں ایک بار دیکھنا چاہتا ہوں بغیر برقعے کے، ایک بار اور آخری بار...... اپنے تصور میں یہ تصویر سجانے کے لئے، اس احساس کے ساتھ کہ جس طرح میں نے تمہیں دیکھا ہے کسی اور مرد نے نہیں دیکھا۔

اس نے آہستہ آہستہ اپنے برقع کے بٹن کھول دیئے۔ پھر ایک جھٹکے کے ساتھ جو برقع اتارنے کے لئے مخصوص ہے اپنے برقع کا نچلا حصہ پلنگ پر ڈال دیا۔ پھر آہستہ سے اس نے اپنے سر کا بند کھولا اور برقع کا اوپری حصہ بھی اتار دیا۔ پھر وہ یوں لجا کر کھڑی ہو گئی جیسے کسی غیر مرد کے سامنے ننگی ہو گئی ہو۔ وہ اسے دیکھتا رہا۔ اس کی قمیض گلابی سی تھی۔ اس کا دوپٹہ سفید تھا۔ اس کے بال بہت اونچے بنے ہوئے تھے جو ہمیشہ برقع میں چھپے رہتے تھے۔ اس کی ٹھوڑی بہت لمبی تھی وہ بھی ہمیشہ برقعے میں چھپی رہتی تھی۔ ... وہ اسے دیکھتا رہا، دیکھتا رہا اور یکایک اسے یہ احساس ہوا کہ یہ وہ لڑکی نہیں ہے۔ جسے اس نے اپنے دل میں سجا رکھا تھا، نہیں، یہ وہ لڑکی نہیں ہے۔ اس لڑکی کو اتنے اونچے بے ڈھنگے بالوں، اس لمبی نکونی ٹھوڑی اور اس سپاٹ سینہ سے کیا واسطہ۔ لپک کے اس نے پلنگ سے برقع اٹھایا اور اسے پہنا دیا۔ پھر اوپر کا حصہ اس کے ہاتھ میں تھما دیا۔ جسے اس نے اسی پُر اسرار طریقے سے

باندھ کر سر پہ اوڑھ لیا اور اسی مخصوص انداز میں لمبی پتلی انگلیوں سے کھینچ کر اپنی ٹھوڑی چھپالی۔ اب اس کے ماتھے پہ دو کالی محرابیں رہ گئیں، ایک ننھی سی ناک اور بولتی ہوئی ترچھی آنکھیں ..... جم نے گھڑی کا پیڈ اٹھا کر اس کی کلائی پہ باندھ دیا اور انگوٹھی اس کی انگلی میں پہنا دی۔ پھر اس نے ایک اور عجیب حرکت کی۔ اس کے سر سے نقاب گرا کر نقاب کے اوپر سے اس کی پیشانی چومی اور کہا "گاڈ بلیس یو۔"

"خدا حافظ" اس نے کہا اور برقع کی نقاب کے پیچھے چھم چھم آنسو بہاتی کمرے سے نکل گئی۔

کالج کے بعد چپڑاسی پرنسپل کا رقعہ لے کر جم کے پاس آیا۔ جس میں لکھا تھا: "مجھے افسوس سے کہنا پڑتا ہے کہ آج کل تم بہت غیر ذمہ داری کا ثبوت دے رہے ہو۔ مانا کہ تم ہمارے تنخواہ دار ملازم نہیں ہو۔ مگر ہمارے تمہارے درمیان جو معاہدہ ہوا ہے وہ اپنی جگہ قائم ہے اور ہم نے کوئی ایسی بات نہیں کی جو تمہیں اس سلوک پر اکسائے۔ براہِ کرم اپنے اس رویّے کا خاطر خواہ جواز پیش کرو۔"

مگر اس رقعہ کو وصول کرنے والا مع سارے سامان کے جا چکا تھا۔ مالی نے بتایا وہ جلتے جاتے پچھلے لان سے کوچ کو بھی اپنی بغل میں دبا کر لے گیا۔

دوزخ کا ایندھن

بہت سے سروے کر لینے کے بعد اب مجھے سروے کرنے کا ایک خاص ڈھب آگیا ہے، یعنی میں جانتا ہوں کہ فیشن ایبل علاقوں سے ان در بستہ گھروں کی بیگمات تک کسی ایسے گھر میں سروے کے لئے جانا جہاں چوبیس گھنٹے باہر دربانوں کا اور اندر کتوں کا پہرہ رہتا ہے اور یہ کہ کسی ایسے گھر میں سروے کے لئے جانا جہاں کسی دعوت کا انتظام ہو، شامیلنے لگائے جا رہے ہوں یا برتن کھڑک رہے ہوں اپنی شامت کو دعوت دینا ہے مجھے خوب معلوم ہے کہ کن کن علاقوں میں لوگ اپنی آمدنی جلد اور عمر دیر سے بتاتے ہیں۔ کونسی بستیاں ہیں۔ جہاں ہر سروے کرنے والے کو فیملی پلاننگ سے وابستہ سمجھا جاتا ہے اور لوگ اپنی عمر بتاتے ہوئے اتنا نہیں ہچکچاتے جتنا بچوں کی تعداد اور آمدنی بتاتے ہوئے گھبراتے ہیں کس قسم کے لوگ ہمارے سوال نامے کو نظر انداز کر کے یہ جاننے کی پھیر میں رہتے ہیں کہ آخر ہمیں یہ معلوم کر کے کہ ایک گڑ کی بھیلی پر کتنی مکھیاں بیٹھتی ہیں یا چھلنی میں کتنے سوراخ ہوتے ہیں، کے رکعت کا ثواب ہوگا۔ ہم انہیں لاکھ سمجھاتے ہیں کہ بھئی سروے سراسر ترقی یافتہ ہونے کی دلیل ہے جس ملک میں بات بات پر سروے اور سیمینار ہوتے ہیں اس کی ترقی میں کوئی کافر بھی شک نہیں کر سکتا۔ مگر یہ تمام باتیں ان کی سمجھ میں نہیں آتیں اور ہم حتیٰ الامکان ایسے لوگوں سے دور ہی رہنے کی کوشش کرتے ہیں۔

اب ان دنوں جو سروے ہم کر رہے تھے وہ یہ معلوم کرنے کے لئے تھا کہ ملک میں مرغی کھانے والوں کی تعداد کتنی ہے۔ ہمارے ملک میں مرغی کا شمار مہنگے بلکہ بہت مہنگے کھانے میں ہوتا ہے۔ تقریباً بیس روپے کی ایک مرغی ملتی ہے، جس میں ایک بڑا کنبہ مشکل

ایک وقت کا کھانا کھا سکتا ہے اس لیئے یہ دعوتوں کے لئے مخصوص ہو کر رہ گئی ہے۔ اگر کسی دعوت میں مرغی ہے تو وہ اصل دعوت ہے ورنہ بس چل چلاؤ ہے مگر ایسے بھی گھر ہوں گے جہاں بغیر دعوتوں کے مرغی کھائی جاتی ہو گی، ایسے گھروں کی تعداد کتنی ہے؟ یہی تو ہمیں معلوم کرنا تھا۔ سب سے پہلے تو ہم نے ایسے علاقے کا رُخ کیا جہاں ہمارے خیال میں ہر دن عید اور ہر رات شب برات ہوتی ہے تو ظاہر ہے کہ ایسے گھروں میں دن رات مرغی ہی کھائی جاتی ہو گی۔ مگر ہمیں سخت ناامیدی ہوئی جب اس علاقے میں بھی ایسے گھر کم نکلے جہاں روز مرغی پکتی ہو، انہوں نے اقرار کیا کہ گوشت کے ناغے سے بھی انہیں کوئی فرق نہیں پڑتا کیونکہ گوشت اُن کے ہاں ریفریجریٹرز کے سرد خانوں میں بھرا رہتا ہے۔ وقت بے وقت کے لیئے مرغی بھی رہتی ہے اور بے وقت سے اُن کی مراد بن بلائے مہمانوں سے تھی۔

سخت نااُمیدی کے عالم میں ہم نے سوچا کہ اب دوسرے علاقوں کا رُخ کیا جائے۔ یا نہیں۔ کیونکہ غربت زدہ علاقوں کے سروے کے بعد ظاہر ہے کہ یہ اوسط کم ہی ہوتی جائے گی۔ ممکن ہے یہ تعداد کم ہوتے ہوتے ہزار دو ہزار میں ایک مرغی کھانے والا یا دس پانچ ہزار میں ایک مرغی خور رہ جائے۔ میرے ساتھی کا بھی خیال تھا کہ زیادہ دل بڑا کرنے کی ضرورت نہیں، اب ہمیں سروے روک کر رپورٹ دے دینی چاہیئے، مگر میں نے رائے دی کہ کم از کم ایک غریب علاقے کا دورہ کر لیا جائے اس کے بعد جب دھوپ تیز ہو جائے گی تو باقی کا حساب کتاب آرام سے پنکھے کے نیچے بیٹھ کر کر لیں گے۔ آخر اللہ میاں نے عقل دی ہے تو اسی لئے دی ہے کہ اسے کام میں لایا جائے اور جہاں تک ہماری عقل کام کرتی تھی یہ کوئی ایسا مسئلہ نہ تھا کہ جس سے ملک کو ناقابلِ تلافی نقصان پہنچنے کا اندیشہ ہو اور جو ملک ناقابلِ تلافی نقصانات کا بھی عادی ہو گیا ہو اس کے لئے مُرغی کھانے والوں کی صحیح تعداد کا معلوم نہ ہو سکنا کوئی ایسا المیہ نہیں ہے جس کے لئے گرمی کی سڑی دوپہر میں لوگوں کو بے آرام کیا جائے۔

چنانچہ سروے کرنے والوں کے مزاج پر ایک ٹھنڈی بوتل پینے کے بعد ہم نے نکہت آباد کے سروے کا فیصلہ کرلیا، جس وقت ہم ایک دکان کے آگے کھڑے کوکاکولا کی بوتلیں پی رہے تھے تو ہمارے سامنے کی دکان کے مختصر سے سائے میں کھڑا ایک آٹھ دس سالہ لڑکا ہماری طرف عجیب حسرت بھری نگاہوں سے تک رہا تھا، اس کی پیاسی نظروں کو دیکھ کر مجھے خیال آیا کہ اب ہمیں اس بات کا بھی سروے کرنا چاہیئے کہ ہمارے ملک میں کتنے فیصد لوگ ٹھنڈی بوتلیں پیتے ہیں، میں نے لڑکے کو اشارے سے اپنے پاس بلایا اور پوچھا۔

"تو نے آخری ٹھنڈی بوتل کب پی تھی؟" اس نے مجھے حیرت سے دیکھا اور کہا۔

"ابھی تو نہیں پی"

"ابھی تک تو نے آخری ٹھنڈی بوتل نہیں پی، اچھا یہ بتا پہلی کب پی تھی؟"

"ابھی تک تو پہلی بھی نہیں پی۔"

"یعنی کبھی تو نے .... ٹھنڈی بوتل کو منہ نہیں لگایا، اپنی زندگی میں۔!" میں نے حیران ہوکر پوچھا۔

"میں نے تو کبھی ہاتھ بھی نہیں لگایا۔" اس نے بڑی حسرت سے کہا۔

"اوہ! اچھا لے، میری بوتل کو ہاتھ لگا لے۔ کم از کم قسم کھانے کو تو ہوگا"، مگر لڑکے نے بوتل کو ہاتھ لگانے سے انکار کر دیا۔ تب میں نے اپنی بوتل جو چوتھائی خالی ہو چکی تھی ایک بڑا سا گھونٹ بھرنے کے بعد اُسے دے دی اور کہا "لے یہ پی لے اور کبھی کوئی سروے کرنے والا آئے اور پوچھے کہ تو نے کبھی ٹھنڈی بوتل پی ہے تو دیکھ انکار نہ کرنا، ورنہ خدا کے سامنے جواب دہ ہوگا۔"

"ہاں۔" میرے ساتھی نے ایک جھاگ بھری ڈکار لے کر کہا "سن لے کہ جھوٹ بولنے والے کی بڑی سزا ہے۔"

"اب چلیں۔؟" میں نے کہا۔

"یار ذرا تو زلفوں کے سائے میں دم لو۔" میرا ساتھی گانے کا بہت شوقین ہے کوئی موقع گانا گانے اور آرام کرنے کا نہیں چھوڑتا، چنانچہ وہ زلفوں کے سائے تک پہنچتے پہنچتے باقاعدہ گانا گانے لگا اور دکان کے چھجے کے نیچے پڑی ہوئی دھوپ سے جلتی ہوئی چارپائی پر نیم دراز ہو گیا۔

وہ لڑکا ابھی تک خالی بوتل ہاتھ میں اتنے پیار سے لئے کھڑا تھا جیسے کوئی باپ بڑھاپے کی اکلوتی اولاد کو گود میں لئے کھڑا ہو۔

"ادھر لا بے!" دوکاندار لڑکے نے اسے جھڑک کر اس کے ہاتھ سے بوتل چھین لی، اس کی آنکھوں میں محرومی کا دکھ مجھ سے نہ دیکھا گیا، اور میں نے اُسے باتوں میں بہلانا چاہا۔

"یار کبھی مرغی بھی کھائی ہے؟" میں نے اس سے مذاق میں پوچھا۔

"ہاں۔" اس نے اپنی منڈیا ہلا دی۔

"آخری مرغی کب کھائی تھی۔؟"

"کل۔"

"اور اب کب کھائے گا؟"

"آج۔"

"یار تو روز مرغی کھاتا ہے۔ امین نے چھیڑنے کے انداز میں پوچھا۔

"ہاں۔" لڑکے نے پُراعتماد لہجہ میں جواب دیا۔

"جھوٹ بولنے والا دوزخ کی آگ میں جلایا جائے گا۔" میرے ساتھی نے گانا چھوڑ کر کہا جیسے ریڈیو پر فلمی گانا روک کر ضروری اعلان کیا جاتا ہے اور دوبارہ گانا شروع کر دیا۔

"یار ذرا گپ کم کرو۔" میں نے لڑکے سے کہا۔

"خدا کی قسم ہمارے ہاں روز مرغی پکتی ہے۔" میں نے ایک بار پھر اُسے سر سے

پہر تک دیکھا۔

" چل بے..... روز مرغی کھانے والوں کی یہی شکل ہوتی ہے،" دکاندار لونڈے نے پیلے بڑے بڑے دانت نکال کر کہا۔

" عزیز ٹھہرو..... سروے کا تقاضہ ہے اور انصاف کا بھی کہ اس کی پوری بات دھیان سے سنی جائے۔ ہاں تو لڑکے تیرے ہاں جو روز مرغی پکتی ہے وہ کہاں سے آتی ہے؟"

" ماں لاتی ہے"

" ماں کس جگہ کام کرتی ہے؟"

" کہیں نہیں"

تب بات کچھ میری سمجھ میں آنے لگی، اس کی ماں کہیں کام نہیں کرتی اور روز مرغی لاتی ہے تو ضرور دال میں کالا ہے' میرے رومانی خیالات کو میرے ساتھی نے جھٹ توڑ دیا۔

" کیا چوری کر کے لاتی ہے؟" اس نے اکھڑ پن سے پوچھا۔

" نہیں۔"

" تو پھر کہاں سے لاتی ہے؟"

" ایک جگہ سے۔"

" مفت۔؟"

" ہاں مفت۔"

" جھوٹ بولتا ہے" میرے ساتھی نے قطعیت سے کہا۔

" نہیں سچ کہہ رہا ہوں۔" لڑکے نے اصرار کیا۔

" تجھے پتہ ہے وہ کہاں سے لاتی ہے؟"

"ہاں۔"

"ہمیں بتائے گا؟"

لڑکے نے ہمیں بے یقینی سے دیکھا جیسے ہم اس کا بھانڈا پھوڑ دیں گے یا پھر خود بھی اسی جگہ سے مرغی لے جانا شروع کر دیں گے۔

"میں کیا کہہ رہا تھا کہ جھوٹ بولتا ہے اب کیسی میّا ماری گئی۔"

"اچھا آؤ بتاتا ہوں۔" لڑکے نے جیسے چیلنج قبول کر لیا "دور سے دیکھ لینا۔"

میں جھٹ اس کے ساتھ چلنے کو تیار ہو گیا۔

"تجسس میں بلی ماری جاتی ہے بھیّا۔" میرے ساتھی نے ہانک لگائی۔

"پڑا رہ کچھ دیر اور یہ بھی تو سرو سے ہی ہے۔ اتنی دیر بعد تو ایک مرغی کھانے والا ملا ہے۔"

"چلو پھر میں بھی چلتا ہوں۔" وہ جلدی کھاٹ پر سے اُٹھ کھڑا ہوا۔

وہ لڑکا آگے آگے ہم پیچھے پیچھے چلے۔ وہ تجارتی علاقے کی ایک گلی میں مڑ گیا۔ یوں تو کراچی میں جگہ جگہ کوڑے کے ڈھیر لگے ہیں۔ ایسے علاقوں میں بھی جہاں دیوار کے ایک طرف قالین ایسا سبزہ، بوٹل پام اور جھومتی بوگن ولا اور سانوری بیل کے سائے ہیں دیوار کے دوسری طرف ناقابل بیان اور ناقابلِ یقین حد تک گندگی میں نے اپنی آنکھوں سے دیکھی ہے۔ مگر یہ گلی کچھ ایسی سڑ رہی تھی کہ ناک نہ دی جاتی تھی، مختلف نوعیت کے کوڑوں کے انبار میں ایک جگہ مرغی کے پروں کا ڈھیر لگا ہوا تھا، جنہیں ایک عورت موتیوں کی طرح رول رہی تھی۔ ان میں سے وہ کلیجی رنگ کے چھوٹے چھیچھڑے سے نکال کر پولی تھین کے ایک تھیلے میں ڈالتی جا رہی تھی۔

"کیا کرو گی ان کا؟" میں نے آگے بڑھ کر کہا۔

"کن کا؟" اس نے بڑی بڑی پرفانی آنکھوں سے مجھے گھورا۔

"یہ جو تم نکال رہی ہو۔"

" پکائیں گے اور کیا کریں گے۔" اس کے لہجہ میں ایسی کاٹ تھی کہ بیان سے باہر۔ کلیجی رنگ کے وہ چھیچھڑے جو وہ پروں میں سے کھینچ کھینچ کر نکال رہی تھی پکا کر کھانے کے لئے ہیں، میرا دماغ چکرا گیا۔

" چلو بھاگو یہاں سے، میرا جی متلا رہا ہے،" میرے ساتھی نے ابکائی لی۔

ہمارا لا مبر لڑکا کوڑے کے ڈھیر کے پیچھے چھپا کھڑا تھا۔ "یہ میری ماں ہے" اس نے آہستہ سے کہا۔

" تو یہ مرغی تمہارے ہاں روز پکتی ہے،" میرا لہجہ زہر میں بجھا ہوا تھا جیسے اس گلی کے سارے کوڑے اور تعفن کا ذمہ دار وہی ہو۔

" ہاں ——!" اس نے بے حد سادگی سے کہا۔ اس کی آنکھوں میں حیرت تھی کہ ہمیں اس کی بات ماننے میں تامل کیوں ہے؟

" کم بخت! یہ مرغی ——!" میرا ساتھی جھلا کر بولا "میں نے کہا تھا کہ جھوٹ بولنے والے قیامت کے دن دوزخ میں ایندھن کی طرح جھونکے جائیں گے۔"

" تو میں کب جھوٹ بولا ہوں۔" لڑکے نے معصومیت سے کہا۔

" ارے خدا سے ڈر...... مرغی کے......!" میرے ساتھی نے چلتے چلتے ایک دھپ اس لڑکے کی گردن پہ دیا۔ لڑکے نے اپنی ماں کی سی بڑی بڑی زرد آنکھیں اُٹھا کر اس کی طرف دیکھا اور گردن سہلاتے ہوئے بولا۔

" ایک ٹیڈی پیسہ بابو جی ——!" جیسے اپنے مار کھانے کا معاوضہ مانگ رہا ہو۔

" چل بے۔ ایک ٹیڈی پیسے میں ٹھنڈی بوتل نہیں آتی ...... اور تو تو روز مرغی کھانے والوں میں سے ہے تجھے پیسوں کی کیا ضرورت ہے۔"

ہم نے ایک رکشہ پکڑی۔

"نکبت آباد —" میں نے کہا۔

"یار اب گھر چلو، بھوک لگ رہی ہے۔ دھوپ بھی تیز ہو گئی۔ لوگ اس وقت مرغی کی بات کرنے کے بجائے ہمیں کھانے کو دوڑیں گے۔"

" اچھا کل سہی..... رکشہ موڑ لو بھئی۔" میں نے کہا۔

تیرھواں آدمی

یقین آنے والی بات نہیں، مگر یہ حقیقت ہے کہ ایک زمانے میں اس شہر گمنام کی بسوں میں ایک آدمی بھی کھڑا نہ ہوتا۔ تھا سب بیٹھ کر سفر کرتے تھے۔ مسافروں میں کبھی ذرا فساد نہ ہوا تھا۔ مسافروں اور کنڈکٹر میں کبھی تو تو میں میں نہ ہوئی تھی۔ مسافروں، ڈرائیوروں اور کنڈکٹروں کا رشتہ ایسا تھا جیسا کہ ایک اچھے شہر میں شہریوں کا ہونا چاہیئے۔

مگر پھر یہ ہوا کہ بڑھتی ہوئی آبادی کے اس شہر میں رفتہ رفتہ بسیں کم ہوتی گئیں، مسافر بڑھنے لگے اور سواریوں کی کمی کا مسئلہ شروع ہوا۔ لوگ دفتروں سے دس پندرہ منٹ لیٹ ہونے لگے تو تشویش کا آغاز ہوا۔ شہریوں کی زبانوں پر عام شکایات، اخباروں میں خطوط اور محکمے کے نام آنے والی عرضیوں کے بعد ایک بلند سطح کی کانفرنس بٹھائی گئی جس میں بسوں کی کمی اور مسافروں کی تکالیف کا مسئلہ سامنے لایا گیا۔ عام خیال تھا کہ ضرورت واقعی ہے، مسئلہ سنگین ہے اور اس کا فوری حل ہر حال میں دریافت ہونا چاہیئے۔ چنانچہ کئی سو بسوں کی درآمد کی تجویز فوری طور پر منظور ہونے ہی والی تھی کہ ایک ماہر حسابیات جو آدھے زمین سے اوپر اور آدھے اندر تھے، بول اٹھے۔

"صاحب! اگر اجازت ہو تو میں کچھ عرض کروں۔"

"فرمائیے۔" صاحبِ صدر نے کہا۔

"جناب والا! حساب کی رو سے اتنے لوگ بسوں میں سفر کرتے ہیں اور بسیں اتنی ہیں۔ چنانچہ اگر ہر بس میں فقط آٹھ آدمیوں کو کھڑے ہونے کی اجازت دے دی جائے تو بات بن سکتی ہے۔ ہر پندرہ منٹ بعد ایک بس چلتی ہے اور ہر بس میں آٹھ آدمی زیادہ سفر کر

سکتے ہیں تو حساب کی رو سے کوئی بھی آدمی بس سٹینڈ پر انتظار نہ کرے گا اور اس طرح ہمارا زرمبادلہ... قیمتی زرمبادلہ جو کسی پیداواری قوت میں اضافہ کرنے والی مشین پر خرچ کیا جا سکتا ہے بچ جائے گا۔ یہ میری چھوٹی سی ذاتی رائے ہے۔"

"واہ، واہ، تو آپ پہلے کیوں نہ بولے۔ اس میں تو کچھ جان نظر آتی ہے۔" صاحبِ کرسی نے کہا۔

ہر ایسی تجویز جس میں زرمبادلہ بچتا یا صرف اس کی ذات پر خرچ ہوتا ہو حکومت کے ہر افسر کو بڑی جاندار نظر آتی ہے۔ جب اس تجویز کو دوبارہ صاحبِ کرسی نے اپنے الفاظ میں کمیٹی کے سامنے پیش کیا تو جن لوگوں کو پہلے یہ مردہ نظر آتی تھی انہیں بھی اس میں جان پڑتی نظر آئی اور تھوڑی ہی دیر کی بحث و تمحیص کے بعد مردہ زندہ ہو گیا۔

سب نے اس تجویز پر صاد کر دیا۔ زرمبادلہ کی بچت کی فوری خوشی میں بھاری چائے پی گئی اور ضروری کارروائی کے بعد۔ یہ حکمنامہ جاری کر دیا گیا کہ بحکمِ سرکار شہر گمنام کی ہر بس میں آٹھ آدمیوں کو کھڑے ہونے کی اجازت ہے۔ کنڈکٹر کا فرض ہے کہ وہ آٹھ سے زیادہ آدمی بس میں کھڑے نہ ہونے دے کہ وہ امنِ عامہ کے لئے خطرہ اور حادثے کا سبب ہو سکتے ہیں۔

دوسرا دن وہ پہلا تاریخی دن تھا جس میں شہرِ گمنام میں لوگ بسوں میں کھڑے ہوئے اور جب بھی کنڈکٹر نے گنا وہ آٹھ سے زیادہ تھے۔ نو... دس... گیارہ یا بارہ۔ اور جب کنڈکٹر نے آخری آدمی سے اترنے کی درخواست کی تو کوئی بھی نہ اُترا۔ کسی نے کہا کہ وہ پہلے چڑھا تھا آخری آدمی کوئی اور تھا۔ کسی نے کہا کہ وہ بوڑھا اور کمزور ہے اس لئے اسے پہلے جانے دینے کی اجازت ہونی چاہیئے نوجوان نے جواب میں کہا تو کیا وہ اپنی جوانی کی سزا بھگتے اور بس سٹینڈ پر کھڑا کھڑا بوڑھا ہو جائے۔ پہلے ہی دن آخری آدمی کی تلاش نہ ہو سکی نہ یہ طے پا سکا کہ کس عمر اور سائز کا بچہ آٹھواں آدمی شمار کیا

جا سکے گا۔ یہ وہ پہلا دن تھا جب بوڑھوں نے جوانوں کے سر سے شفقت کا ہاتھ اٹھایا اور جوانوں کے دلوں میں بوڑھوں کا لحاظ ختم ہوا۔ مسافروں کی آنکھوں سے ایک دوسرے کی مروت اُٹھ گئی۔

اس دن تقریباً ہر اخبار میں بسوں میں کھڑے ہونے والوں کی تصویریں شائع ہوئیں۔ اور یہ خبر چھپی کہ شہر گمنام میں ہر جگہ آٹھ سے زیادہ آدمی کھڑے ہوئے جس پر آپس میں جھگڑا ہوا۔ تب کانفرنس دوبارہ طلب کی گئی اور بڑے صاحب نے کہا کہ مسئلہ حل تو ہوا مگر پوری طرح حل نہیں ہوا۔ تب اس ماہر حسابیات نے کہ آدھا زمین کے اوپر اور آدھا زمین کے اندر تھا کہا۔

"آپ نے غور کیا کہ ہر جگہ کھڑے ہونے والوں کی تعداد گیارہ اور بارہ کے درمیان تھی۔ چار ہی مسافروں کی تو بات ہے۔ اگر ان چار مسافروں کو کھڑے ہونے کی اجازت دے دی جائے تو مسئلہ خود بخود حل ہو جائے۔"

چنانچہ دوسرے دن سے بارہ مسافروں کو کھڑے ہونے کی اجازت دے دی گئی اور تا حال اس شہر گمنام میں ایک بس میں بارہ مسافروں کو کھڑے ہونے کی اجازت ہے۔ تیرھواں آدمی وہ آخری آدمی ہے جسے بس میں گھسنے کی اجازت نہیں ہے۔ مگر اس کی تلاش آج تک نہ ہو سکی۔ تیرھواں آدمی قانوناً مجرم ہے اور کنڈکٹر کو حق ہے کہ گردن پکڑ کر اسے نیچے اتار دے مگر ہر شخص کہتا ہے کہ وہ تیرھواں آدمی نہیں ہے اور اب تو مدت ہوئی یہ پوچھنا اور دیکھنا بھی چھوڑ دیا گیا ہے کہ تیرھواں آدمی کبھی کوئی تھا بھی۔ بس میں جو آدمی مسافروں کی تعداد چیک کرنے آتا ہے اسے بس میں گھسنے تک کی جگہ نہیں ملتی اور ویسے بھی اب کھڑے ہونے والوں کی تعداد گن لینا آسان بات نہیں ہے۔ اس لئے چیکنگ کرنے والا باہر ہی سے لوٹ جاتا ہے۔ جیسے تیرھواں آدمی وہ خود ہی ہو۔

اپنا نذرانہ وہ باہر ہی سے لے لیتا ہے اور حکومت سے اس کی تنخواہ ماہ بماہ آج بھی مل رہی ہے۔ اب شہر گمنام میں نئی بسوں کی درآمد کا سوال کبھی نہیں اُٹھتا۔ جب اُٹھتا ہے یہی سوال اُٹھتا ہے کہ آیا مسافروں کو بس کی چھت، اس کے ریک، ونڈ اسکرین یا اسٹیئرنگ وہیل پر بیٹھنے یا کھڑے ہونے کی اجازت دی جا سکتی ہے۔

مگر ایک شاخِ نہالِ غم

اُس دن مجھے پھر اس گھر میں انتظار کی بو پھیلی ہوئی لگی۔ گل دانوں میں تازہ پھول سجے ہوئے تھے۔ خالہ آئیں، ہمیشہ کی طرح سفید کپڑوں میں تھیں۔ مگر آج کے لباس میں کچھ زیادہ نفاست، کچھ زیادہ سفیدی، کچھ زیادہ رکھ رکھاؤ تھا۔

یونہی آزمانے کے لئے میں نے باورچی سے پوچھا۔ آج کیا پکایا ہے اس نے جن چیزوں کے نام بتائے اس سے میرا شبہ یقین میں بدل گیا اور پھر آج میٹھی چیز بھی تھی۔ میں نے اس سے پوچھا۔

"کیا آج کوئی آرہا ہے؟"

"نہیں جی کوئی نہیں۔" اس نے اپنے ازلی احمقانہ پن سے جواب دیا اور میں نے سوچا کیا واقعی اس نے کبھی محسوس نہیں کیا کہ جس دن گلدانوں میں تازہ پھول سجے ہوں، جس دن خالہ کے کپڑوں میں زیادہ سفیدی اور نفاست ہو اور جس دن کھانے میں کئی چیزوں کے ساتھ میٹھا بھی ہو تو اس دن کوئی آتا ہے۔

"کیا کوئی آرہا ہے جی؟"

اس نے اُلٹا مجھ سے سوال کر ڈالا۔

"بی بی جی نے تو مجھے نہیں بتایا۔"

ارے احمق! میں نے دل میں کہا۔ بی بی جی نے زبان سے نہیں بتایا، تو کیا ان کا رواں رواں نہیں بتارہا۔ ان کی ڈھلی ہوئی جلد کی شفاف سفیدی، ان کی بڑی بڑی آنکھوں کی اُداسی میں ایک انتظاریہ کیفیت، دروازے پر لگی ہوئی ان کی نگاہیں اور بار بار باغ

کے پھیرے، کیا یہ بھی تجھے کچھ نہیں بتا رہے۔ بعضے لوگ بغیر کچھ دیکھے بھالے کیسے مزے سے زندگی بسر کر دیتے ہیں۔ دل میں کانٹے تو ہم جیسے لوگوں کے کھٹکتے رہتے ہیں۔" آج یا کل میں کوئی خط یا تار آیا——؟" میں نے اس سے پوچھا۔

" نہیں تو، کیسا تار؟ خط وط بی بی جی کے پاس آتے ہی کون سے ہیں، یہی کوئی بل وِل آجاتے ہیں۔" اس نے بڑے اطمینان سے کہا اور میں پھر سوچ میں ڈوب گیا۔ ٹیلیفون گھر میں نہیں تھا۔ کیونکہ خالہ کو ضرورت ہی نہیں تھی۔ خط یا تار بھی نہیں آیا.... تو پھر کیا مہینے کا کوئی خاص دن کوئی خاص تاریخ۔ مگر نہیں ایسی بھی کوئی بات نہیں تھی۔ تو پھر آخر خالہ کو کیسے پتہ چل جاتا ہے۔ کیا واقعی پتہ چل جاتا ہے؟؟؟

دوپہر کے کھانے تک خالہ بڑی بے چین سی رہیں میں جان بوجھ کر کہیں نہیں گیا آج فرصت سے بہت سی باتیں سوچتا رہا۔ خالہ کی عمر بھلا کتنی ہوگی۔ بہت حساب کتاب کے بعد طے ہوا، کہ پچاس سے تو ہر حالت میں اوپر ہی ہوگی، ساٹھ بھی ہو سکتی ہے یا پچاس ساٹھ کے درمیان کسی بھی سیڑھی پر ہلکی پھلکی سی، سوچتی ہوئی سی، خالہ کے نہ معلوم خالو جان سے کیسے تعلقات رہے ہوں گے۔ میں خالو جان کی زندگی میں یہاں کبھی نہیں آیا۔ یہ تو میڈیکل کالج میں داخلہ ملا تو خالہ نے خود ہی اپنے گھر میں رہنے کی پیش کش کی۔ ظاہر حالات سے اندازہ ہوتا ہے کہ خالو اور خالہ ایک دوسرے پر فدا نہ بھی ہوں تب بھی انہوں نے نارمل ازدواجی زندگی تو ضرور گزاری ہوگی۔ کیونکہ کبھی کوئی ایسی ویسی کہانی سننے میں نہیں آئی انکل مجیب خالو جان کی زندگی میں بھی ضرور آتے ہوں گے، ان سے تو بڑی پرانی دوستی تھی اس وقت خالہ کی کیا کیفیت ہوتی ہوگی۔ خدا ہی جانے۔ ہو سکتا ہے اس وقت وہ انکل مجیب سے اور انکل مجیب ان سے عشق نہ کرتے ہوں۔ ہو سکتا ہے اس وقت انہیں اندازہ نہ ہو کہ وہ انکل مجیب کو چاہتی ہیں اور یہ بھی تو ہو سکتا ہے کہ انہیں اب بھی اندازہ نہ ہو کہ وہ انکل مجیب کو چاہتی ہیں۔ مگر یہ کیسے ہو سکتا ہے!!!

خالہ نے آہستہ سے دروازہ بند کیا۔ تھکے ہوئے قدموں سے اندر آئیں اور صوفے پر بیٹھ گئیں ان کے ہاتھ میں ایک پرچہ تھا شاید کوئی باہر دے کر گیا تھا۔ ذرا دیر بعد وہ باورچی خانے میں چلی گئیں مگر جیسے ہی کھانا میز پر رکھا گیا انہوں نے مجھ سے کہا "نجم بیٹے تم کھانا کھاؤ، میری طبیعت ٹھیک نہیں میں اس وقت کھانا نہیں کھاؤں گی۔"

ان کے جانے کے بعد میں نے دیکھا کہ صوفے پر وہی پرچہ پڑا ہے جو ان کے ہاتھ میں تھا۔ میں نے اُٹھا کر پڑھا۔ لکھا تھا.....

"آج میں اچانک آیا تھا۔ ضرور آتا مگر فوراً واپس جانا پڑ گیا۔ سوچا تمہیں اطلاع تو دے دوں شاید کسی اور سے پتہ چلے اور تم سوچو کہ بغیر ملے چلا گیا۔ کیا ایسا ہو سکتا ہے؟" مجیب!

تو انکل مجیب دراصل لاہور سے آئے اور خالہ سے بغیر ملے چلے گئے۔ خالہ نے جو اتنے اہتمام سے کھانا پکوایا تھا ان کے بغیر زہر مار نہ کر سکیں اور غالباً ویلیم کھا کر سو گئیں۔ مگر سوال پھر وہی ہے کہ خالہ کو کیسے پتہ چلا تھا کہ وہ آئیں گے جب کہ انہوں نے پرچے میں خود لکھا تھا کہ ان کا پروگرام اچانک بنا اور یہ اسی دفعہ کی بات نہیں تھی۔ سینکڑوں مرتبہ میں نے دیکھا تھا کہ جب گھر میں انتظار کی بو پھیلی ہوتی ہوتی تو اچانک باغ کا دروازہ کھلتا اور انکل مجیب مسکراتے ہوئے داخل ہوتے۔

"ارے انکل آپ کب آئے؟"

"کب کیا معنی!! ابھی تو ایئر پورٹ سے چلا آرہا ہوں۔"

جوانی کے کتنے ہی عشق دیکھے ہوں گے مگر بڑھاپے کا عشق میں نے ایک ہی دیکھا تھا اور اسی عشق دیکھنے نے مجھے بوکھلا کر رکھ دیا تھا۔ انکل مجیب خالہ سے بڑے ہی ہوں گے۔ خالہ سے انہیں کب سے عشق تھا میں نہیں کہہ سکتا۔ شاید وہ خود بھی نہ جانتے ہوں اور میرے تو فرشتوں کو بھی پتہ نہ چلتا اگر میں اس گھر میں آکر نہ رہا ہوتا اور اس دن

میں نے خالہ کو قالین پر ان کے قدموں سے چند فٹ کے فاصلے پر یوں بیٹھے نہ دیکھا ہوتا جیسے وہ کسی دیوتا کے چرنوں میں بیٹھی ہوں۔ انکل صوفے پر بیٹھے تھے۔ میں بھی صوفے پر بیٹھا تھا۔ وہ مجھ سے باتیں کر رہے تھے خالہ آئیں اور قالین پر بیٹھ گئیں ہم دونوں نے دیکھا کہ وہ قالین کے اوپر سے فرضی پھول سمیٹتی جا رہی ہیں اور ان کو غیر شعوری طور پر یوں اُچھال رہی ہیں کہ اگر وہ سچ مچ کے ہوتے تو انکل مجیب کے پیروں پر پڑتے جاتے وہ انکل مجیب کو مجھ سے باتیں کرتے۔ یوں دیکھ رہی تھیں جیسے پلک جھپکنا بھول گئی ہوں۔ جب ہماری گفتگو طویل ہو گئی تو انہوں نے کھسک کر دوسرے صوفے سے سر ٹکا دیا اور آنکھیں موند لیں اب انکل مجیب نے جس طرح باتیں کرتے کرتے ان کی طرف دیکھا تو مجھے یقین ہو گیا کہ یہ آگ آج کی نہیں پرانی ہے۔ اتنی پرانی کہ اب اس کے بھڑکنے اور ان دونوں کو جلا کر خاکستر کر دینے کا بھی کوئی ڈر نہیں۔ شاید وہ نور بن چکی ہے یا راکھ ہو چکی ہے۔ ممکن ہے چنگاریاں رہ گئی ہوں۔ مگر میں تو دیکھنا چاہتا تھا کہ محبت کی آگ کیا واقعی نور بن سکتی ہے جس میں چھپی ہوئی چنگاریاں کسی کا ہاتھ نہ جلائیں کسی کے پاؤں نہ پھونکیں.... اور اب جب انکل مجیب آتے۔ چھپ چھپ کر دونوں کو دیکھا کرتا۔

میں جوان تھا اور افلاطونی محبت میں قطعی یقین نہیں رکھتا تھا۔ لمس بغیر کوئی محبت پنپ نہیں سکتی۔ میں یہ بات سینکڑوں مرتبہ دعوے سے کہہ چکا تھا اور اب چاہتا تھا۔ بلکہ بڑی شدت آس لگائے تھا کہ کسی لمحے بوڑھے انکل کو بوڑھی خالہ کی گردن میں بانہیں ڈال کر اپنے سے نزدیک کرتے دیکھ لوں۔ شاید کوئی لمحہ آئے جب وہ بے اختیار ان کا ہاتھ پکڑ کر چوم لیں شاید کوئی بے پناہ لہر اُٹھے جب خالہ ہی ان کے پیر پکڑ کر آنسوؤں کے گُہر نچھاور کریں۔ مگر چھپ چھپ کر جو میں نے دیکھا اس سے میں حیرت میں ڈوب گیا۔ تنہائی میں وہ اپنی نگاہوں کو بھی ایک دوسرے کے لمس سے بچاتے تھے۔ انکل بات کرتے تو خالہ کسی اور طرف دیکھ رہی ہوتیں۔ خالہ بات کرتیں تو انکل کسی اور طرف متوجہ ہوتے۔

اور ایک دوسرے کی آنکھوں میں آنکھیں ڈال کر بات نہیں کرتے تھے اور کیا یہ اس بات کا ثبوت نہیں کرتے تھے۔ کہ وہ ایک دوسرے کو بے انداز چاہتے ہیں۔ اتنا کہ ان کے لئے ایک دوسرے کی قربت ہی لمس ہے۔ اس کے بعد نہ کسی لمس کی ضرورت ہے نہ گفتگو کی نہ نگاہوں کے بتا دینے کی ان سب کی ضرورت تو تب ہوتی ہے جب اپنا پیار جتانا مقصود ہو اور یہاں تو مقصد چھپانا تھا جب کبھی میں نے ان دونوں کی باتیں سننے کی کوشش کی وہ بے معنی، ٹکڑوں میں بٹی ہوئی عام سی باتیں نکلیں۔ انہیں اتنا بھی سلیقہ نہ تھا۔ کہ ماضی کی کہانیاں ہی دہرالیتے۔ ہاں کبھی کبھی دونوں بیرا نتے گانے سننے ضرور بیٹھ جاتے تھے۔ شاید اس لئے کہ باتوں کا ذخیرہ تو تھا ہی نہیں اور بہر حال ایک دوسرے کی موجودگی میں کچھ تو کیا جائے۔

اور جب انکل کہتے۔ "اچھا بھئی میں چلا"، تو خالہ کی نظروں میں خلا سا آجاتا۔ مگر زبان سے وہ کچھ نہ کہتیں۔ جیسے وہ ظاہر کرتیں کہ شوہر کے پرانے دوست ہی تو ہیں۔ آگئے تو خوشی نہیں، چلے گئے تو ملال نہیں، مگر آنے کی خوشی اور جانے کا ملال ان کی رگ رگ میں، نس نس میں بسا ہوتا تھا۔ جب مجھے اندازہ ہو جاتا تھا، تو انہیں کیسے نہ ہوتا ہوگا۔

اور پھر یہ ہوا کہ ان کا عشق مجھے گھلانے لگا۔ میں اس کے بارے میں سوچتا رہتا۔ یاالٰہی یہ کیسا عشق ہے اس کا انجام کیا ہوگا۔ اس کا آغاز کیا تھا۔ کیا ان دونوں کے لئے کوئی اماں نہیں ہے۔ کیا یہ اسی طرح فراق میں تڑپتے رہیں گے؟ کیا اس عمر میں فراق میں تڑپ نہیں ہوتی۔ اگر نہیں تو جدائی کے لمحے میں انکل کا چہرہ زرد کیوں ہو جاتا ہے اور خالہ ایک دم سفید کیوں پڑ جاتی ہیں۔ کیا کبھی ایک دوسرے سے دل کی بات نہیں کہیں گے۔ تو ان کے کلیجے پھٹ نہیں جائیں گے۔ کیا یہ قیامت تک اس درد کو چھپائیں گے یا کبھی کوئی ایسا وقت آئے گا جب انکل مجیب اقرارِ محبت کریں گے۔ میں اس اقرار کے مختلف سین اپنے ذہن کے پردے پر اسٹیج کرنے کا عجیب و غریب کھیل کھیلنے لگا۔ ایک دن چھڑی کی نوک سے گلاب کے ایک پودے کو کریدتے ہوئے انکل مجیب کہتے ہیں،"

"سلمیٰ میں تم سے محبت کرتا ہوں۔ بہت برسوں سے!"

"مجھے معلوم ہے،" خالہ دھیرج سے کہتی ہیں اور پھر گلاب کی ایک کلی توڑ کر انکل کے کوٹ میں لگا دیتی ہیں۔۔۔ مگر نہیں یہ سین کچھ جچا نہیں۔ جب تک جذبات میں تندی نہیں ہوگی۔ وہ کھنبیں گے کیونکر۔۔۔ میں اس میں "پیشن" کا رنگ بھرنے کی کوشش کرتا ہوں۔

"سلمیٰ!!! اب میں برداشت نہیں کر سکتا۔ میرا دل پھٹ جائے گا۔"

"کیا ہوا مجیب؟ خیر تو ہے۔۔۔؟"

"تم کب تک بنتی رہو گی۔ تم خوب جانتی ہو!"

"کیا۔۔۔ نہیں، میں تو نہیں جانتی۔۔۔ کیا کہہ رہے ہو تم؟"

"خدا کی قسم کھا کر کہو کیا تم نہیں جانتیں کہ آج پچاس سال سے میں تم کو چاہتا ہوں تم سے بے پناہ محبت کرتا ہوں۔" اور پھر وہ آگے بڑھتے ہیں۔ خالہ دو قدم پیچھے سرک جاتی ہیں۔

پھر یہ منظر بھی مجھے پسند نہیں آتا میں سوچتا ہوں، نہیں محبت کا اقرار اگر کبھی ہوگا تو خالہ کی طرف سے کمزور ہیں اور کئی دن سے میں دیکھ رہا ہوں کہ بہت لاغر ہوگئی ہیں۔ کئی مرتبہ میں نے ان کے فیملی ڈاکٹر کو بھی اس گھر میں دیکھا ہے۔ شاید ضبط کا دامن ان کے ہاتھ سے چھوٹے۔ وہ شخص مرد ہے، چٹان ہے! وہ اپنے مرحوم دوست کی بیوی سے۔ کبھی اقرارِ محبت نہیں کرے گا۔ اور پھر سین کچھ یوں بنا۔ سردی کے دنوں میں خالہ قالین پر بیٹھی فرضی پھول سمیٹ رہی ہیں۔ کمرے میں ان دونوں کے پسندیدہ پرانے نغمے بج رہے ہیں ایک گانے پر خالہ کو جانے کیا یاد آیا کہ وہ اچانک رونے لگیں۔ انکل مجیب ان کے نزدیک کھسک کر انہیں تسلی دینے لگے اور پھر خالہ ان کی گود میں سر رکھ کر سسکیاں لینے لگیں اور کہنے لگیں۔

"بس مجیب، اب میں برداشت نہیں کر سکتی۔ برداشت کی بھی ایک حد ہوتی ہے۔"

اور پھر انکل مجیب نے ان کا آنسوؤں سے بھیگا ہوا چہرہ اوپر اٹھایا اور ان کے ہونٹوں

پر اپنے ہونٹ رکھ دیئے ہیں سب خواب دیکھتا رہا۔ مگر اصل میں وہ ہمیشہ اننے ہی دو بیٹھے پرانے ریکارڈ سنتے رہے۔ ان کے چہرے پر ایک رنگ آتا، ایک جاتا۔ انکل جب زیادہ برداشت نہ کر پاتے تو اچانک کہہ اُٹھتے۔

"اچھا بھئی اب چلوں گا۔"

اور کبھی یہ کیفیت خالہ کے لئے ناقابلِ برداشت ہونے لگتی تو وہ فوراً کافی بنانے چل دیتیں۔ مجھے ان دونوں پر کبھی غصہ آتا، کبھی پیار آتا۔ کبھی جی چاہتا ان سے کہوں قاضی بلوا کر نکاح پڑھوالو، کب تک اس آگ میں جلو گے۔ کبھی جی چاہتا ان دونوں کو کسی کشتی میں بٹھا کر سمندر میں غرقاب کردوں کہ ایک ساتھ مر جائیں اور اس عذاب سے چھوٹ جائیں۔

ان کے عشق نے مجھے جوانی میں ایسا ڈرا دیا کہ محبت کے سارے ولولے مرکر رہ گئے محبت شراب ہے، محبت نشہ ہے، کوئی بھی تو نہیں میرے نزدیک محبت بوند بوند ٹپکتا زہر اور ایسا کرب ہے جس کا کوئی اختتام نہیں۔ جیسے کسی کو اذیت دے دے کر مارا جائے۔ مار مار کر زخموں پر مرہم رکھا جائے۔ امرت ٹپکایا جائے اور پھر مارا جائے۔ یا الہٰی مجھے ایسے عذاب سے بچا۔ میں دعائیں مانگنے لگا۔

خالہ جس دن صبح نہ اٹھیں اور مجھے بلوا بھیجا وہ ان کی زندگی کا آخری دن تھا۔ میں نے ڈاکٹر کو بلوایا۔ ڈاکٹر نے دیکھا۔ خالہ کو جھوٹی تسلی دی اور مجھ سے کہا "میں انہیں خاصے دنوں سے دیکھ رہا ہوں۔ یہ تو بالکل گھن کھائی لکڑی کی طرح ہیں، بس اب ان کا وقت آ گیا ہے۔ آج گئیں تو آج گئیں ورنہ کل یا بہت ہوا تو پرسوں۔ بس انہیں آرام کرنے دیں۔ جان جتنی آسانی سے نکل جائے اچھا ہے۔ خواہ مخواہ پریشان کرنے کی ضرورت نہیں، ہاں بے چینی محسوس کریں تو یہ دوا دے دیں۔"

خالہ نے مجھ سے کچھ نہیں کہا مگر میں نے انکل مجیب کو تار دے دیا۔ تار دے کر تار گھر سے سیدھا چلا آرہا تھا کہ دیکھا باغ کا دروازہ کھول کر انکل مجیب اندر داخل ہو رہے ہیں۔

"انکل آپ کیسے؟"

"بس اچانک آنا ہوگیا" مگر آج وہ مسکرائے نہیں، کچھ پریشان سے تھے۔

"خالہ بہت بیمار ہیں۔" میں نے جلدی سے انہیں شاک کے لئے تیار کرنا چاہا وہ چونکے نہیں جیسے انہیں پہلے سے ہی اطلاع ہو۔ ڈاکٹر نے کہا ہے۔۔۔۔" میری زبان لڑکھڑا گئی۔ انہوں نے میری طرف دیکھا جیسے پوچھ رہے ہوں کیا کہا ہے ڈاکٹر نے۔۔۔۔؟"

"وہ کہتا ہے کہ وہ زیادہ دن نہیں جیئیں گی۔"

تب انہوں نے نظریں جھکا لیں اور گھر میں داخل ہوگئے۔ خالہ نے انہیں دیکھا تو ان کی آنکھوں میں زندگی کی لہر تو آئی۔ مگر حیرت کی نہیں جیسے انہیں معلوم ہوا نہیں تو آنا ہے وہ تو آ ہی گئے ہیں۔ مجھ سے کسی نے کہا نہیں مگر میں نے از خود خالہ کے پسندیدہ ریکارڈ لگا دیئے۔ مجھے معلوم تھا یہ گانے انہیں سکون پہنچائیں گے پرانے گانے، بھجن، ستار اور کیا کیا کچھ۔ ایسے دھیمے دھیمے بجتے رہے جیسے کہیں من کے اندر سے کچھ آوازیں آ رہی ہوں۔

انکل مجیب اس وقت خالہ کے ساتھ اکیلے تھے۔ خالہ مر رہی تھیں اور میرا کلیجہ کٹ رہا تھا۔ کیا آج انکل خالہ کو سینے سے نہیں لگائیں گے ـــ ان کے ہونٹوں پر نہیں تو ان کی پیشانی تک پیار نہیں کریں گے۔ ان کے انگ کو نہیں تو ان کی چھنگلی کی پور تک کو نہیں چھوئیں گے۔

آج سجن موہے انگ لگالے جنم سپھل ہو جائے۔

ریکارڈ بج رہا تھا۔ یہ بھجن گیتا دت نے کیسی خوبصورتی سے گایا تھا۔ شاید خالہ کے کانوں تک اس کی آواز پہنچ رہی تھی۔ ان کی آنکھوں میں کچھ تھا۔ ان کی آنکھوں میں کیا تھا؟ کیا وہ بھی یہی بات کہہ رہی تھیں یا تنبیہہ کر رہی تھیں کہ خبردار آخری وقت میں ہمارے عشق کی بے حرمتی نہ کرنا۔ اس کی لاج رکھنا۔ خدا ہی جانے وہ کیا کہہ رہی تھیں۔ میں تو یہ جانتا ہوں کہ اگر میں انکل مجیب کی جگہ ہوتا تو کم از کم آج خالہ کو سینے سے لگا کر اتنا تو بھینچ لیتا کہ ان کا اٹکا ہوا سانس آسانی سے نکل جاتا۔ انکل اتنا بھی نہ کر سکے کتنے کٹھور تھے

وہ!!! وہ قطرہ قطرہ مرتی رہیں۔ پہلے پیروں کی جان نکلی، پھر ٹانگوں کی۔ پھر آدھے دھڑکی۔ پھر ان کا سانس سینے میں ایسا اٹکا کہ میں رو رو کر ان کے مرنے کی دعائیں مانگنے لگا مگر انکل مجیب ایک ٹک انہیں دیکھتے رہے۔

پھر جب سانس بھی بند ہو گیا تب بھی ان کا دل دھڑکتا رہا اور آنکھیں کھلی رہیں۔ جانے وہ دھڑکتا دل اور زندہ آنکھیں کیا کہہ رہی تھیں۔ اس وقت تک ڈاکٹر آ چکا تھا۔ اس نے کہا وہ مر چکی ہیں۔ میں نے کہا۔

"ڈاکٹر! ان کا دل تو دھڑک رہا ہے۔"

ڈاکٹر نے کہا۔ کبھی کبھی ایسا ہوتا ہے کہ انسان کے مرنے کے بعد بھی کچھ دیر اس کا دل دھڑکتا رہتا ہے"، یہ بات میری سمجھ میں نہیں آئی۔ کیونکہ میں سمجھتا تھا آدمی مرتا اس وقت ہے جب اس کا دل دھڑکنا بند کر دیتا ہے۔ پھر میں نے انکل مجیب سے کہا۔

"انکل ان کی آنکھیں تو بند کیجیے۔"

انہوں نے مجھے بے بسی سے دیکھا جیسے کہہ رہے ہوں۔ مجھے مجبور نہ کرو..... جس جسم کو جیتے جی نہ چھوا، اسے مرنے کے بعد کیوں گنہگار کرتے ہو۔"

انہوں نے دل پر ہاتھ رکھا نہ آنکھوں پر — انہیں خالہ کے دل سے سروکار تھا۔ نہ آنکھوں سے، نہ ان کی زندگی سے نہ موت سے۔ تو پھر ان کی محبت کس قسم کی تھی۔ کس طور کی تھی۔ کیا وہ محبت تھی؟ کیا وہ عشق تھا۔؟ جی چاہتا تھا۔ انکل سے پوچھوں مگر میرا دل کہتا تھا ان سے پوچھنے کی کیا ضرورت ہے اگر وہ منع بھی کر۔ بس اگر وہ قسمیں بھی کھائیں۔ اگر وہ سچ مچ یہ سمجھتے ہوں کہ وہ سچی قسم کھا رہے ہیں۔ تب بھی کیا تم مان لو گے۔

اور جب خالہ کی موت کے چھ مہینے کے اندر اندر انکل مجیب کے انتقال کی خبر آئی تو میں نے ڈاکٹر کے سامنے حیرت کا اظہار کیا۔ اس نے کہا۔

"ان کی موت پر کیسا تعجب! تعجب کرنا ہے تو ان کی زندگی پر کرو۔ وہ تو ایک عرصے سے دل کے مریض تھے اور ایسے کہ میں تو مدت ہوئی ان سے ہاتھ دھو چکا تھا۔ مگر خدا جانے ان کا دل کس چیز میں اٹکا ہوا تھا جو وہ اتنا جی لئے۔ ایسے دل کے ساتھ ایسی زبردست قوتِ ارادی میں نے کسی اور میں نہیں دیکھی"

اور تب جو تھوڑا بہت شبہ میرے دل میں تھا وہ بھی جاتا رہا مجھے یقین ہو گیا کہ خالہ اور انکل نجیب ایک دوسرے کو بے انتہا چاہتے تھے۔ خدا بڑھاپے کے عشق سے بچائے۔ واقعی اس میں کہیں پناہ نہیں شاید موت میں بھی نہیں۔

کالے کمرے میں مارے جانے والے لوگ

شام ابھی ابھی رات میں تبدیل ہوئی تھی۔ قبرستان اپنی ہی ہیبت سے سہما ہوا تھا۔ اور اس کی دیواریں ڈر کے مارے دبکی ہوئی تھیں۔ درختوں میں الٹی لٹکی ہوئی چمگادڑیں بھی خاموش، محض پر پھڑپھڑانے پر اکتفا کر رہی تھیں۔ ایسے میں قبرستان کی دیوار کے پاس مجھے ایک قوی ہیکل سایہ نظر آیا اس کا قد لا بنے درختوں تک پہنچا ہوا تھا۔ مگر نہ جانے کیا بات تھی کہ مجھے اس سے خوف نہ آیا۔ میں نے اس سے پوچھا۔

"کیا آپ بتا سکیں گے کہ آپ اتنے قدآور کیسے ہیں؟ معاف کیجئے، میں نے آج تک دیو، آسیبوں اور بھوتوں پر یقین نہیں کیا۔"

"دیو اور آسیب اور سارے مافوق الفطرت ہم ہی میں سے ہوتے ہیں۔" اُس نے جواب دیا۔

"ہم میں سے! ـــــ اس سے کیا مراد ہے آپ کی؟"

"میرا مطلب ہے، انسانوں میں سے۔"

"کیا آپ انسان ہیں؟"

"ہم سب ایک زمانے میں انسان تھے۔"

"ہم سب! کیا یہاں کوئی اور بھی ہے؟ مجھے تو صرف آپ نظر آرہے ہیں۔"

"ہاں، آپ صرف مجھے دیکھ رہے ہیں، مگر میں ایک نہیں ہوں۔ ہم بہت سے ہیں۔ جنھوں نے ایک قالب میں اٹھنے کو پسند کیا ہے۔ مرنے کے بعد آپ کو انتخاب کا حق ہوتا ہے کہ آپ جس قالب میں چاہیں اُٹھیں۔ کچھ لوگ روحانی اور مادرائی قالب کا انتخاب

کہتے ہیں، کچھ لوگ دوبارہ جسمانی قلب میں آنا چاہتے ہیں، ہم سب نے ایک ہی قالب میں اُٹھنا پسند کیا ہے۔"

"آپ سب کون ہیں؟"

"ہم سب کالے کمرے میں مارے جانے والے لوگ ہیں"

"کالا کمرہ!۔۔۔ یہ کہاں تھا؟"

"یہ ہر جگہ ہوتا ہے اور ہو سکتا ہے۔ دنیا کے کسی ملک میں، کسی بھی عہد میں۔"

"وہاں کیا ہوتا ہے؟"

"گھُپ اندھیرا۔۔۔ وہاں کی ہر چیز کالی ہوتی ہے۔ کالی دیواریں، کالی چھت، کالے پردے، باہر سے روشنی کی رمق بھی اندر نہیں آتی اور اس اندھیرے گھُپ کالے کمرے میں آپ کے اندر کی تحفظ اور بچاؤ کی دیواریں آہستہ آہستہ گرنی شروع ہوتی ہیں۔ آپ کے اندر خوف سے بچنے کا جو اسلحہ ہوتا ہے وہ ختم ہو جاتا ہے جیسے محاصرے میں گھرے ہوئے سپاہیوں کی گولیاں آخر کار ختم ہو جاتی ہیں۔ تب گھبراہٹ، پریشانی اور خوف و ہراس آپ کو گھیر لیتا ہے۔ اب کیا ہوگا سوچنے کی مہلت بھی نہیں ملتی، کیونکہ دماغ کام کرنا چھوڑ دیتا ہے۔ وہ خوف و ہراس اور پریشانی اس بچے سے ملتی جلتی ہوتی ہے جس کو ماں کسی اکیلے کمرے میں سوتا چھوڑ کر چلی گئی ہو اور جب وہ جاگے تو کمرہ اندھیرا ہو۔ وہ بچہ یہ نہیں سوچتا کہ یہیں کہیں بجلی کا بٹن ہوگا جسے دبانے سے روشنی ہو سکتی ہے۔۔۔۔ وہ یہ نہیں سمجھتا کہ پردہ ہٹا کر دیکھوں شاید باہر روشنیاں ہوں۔ ممکن ہے سورج نکلا ہوا ہو یا چاند ستارے ہوں۔ نہیں اس سے پیشتر کہ بجلی کا بٹن دبانے کا خیال اُس کے ذہن میں آئے یا پردہ اُٹھا کر باہر جھانکنے کا سوچے طرح طرح کے عفریت اسے نظر آنے لگتے ہیں جو اس کی طرف لپکنے لگتے ہیں اور اسے سوچنے کی مہلت نہیں دیتے۔

اسی طرح کالے کمرے میں اب تک کے سارے سوچے اور نہ سوچے سُنے ہوئے اور نہ سُنے ہوئے جن، بھوت، چھل پائیاں، چڑیلیں، چھلاوے۔ ڈریکولا اور شیر اور بھیڑیے آپ کی طرف لپکتے ہیں اور آپ کا ذہن ماؤف ہو جاتا ہے۔ اس میں بُرے بھلے کی تمیز اور سوچنے سمجھنے کی طاقت نہیں رہتی ـــ گویا ذہن کا اپنا سوئچ آف ہو جاتا ہے اور وہ بھی ایک کالے کمرے میں تبدیل ہو جاتا ہے۔ اس کیفیت کو وہ لوگ جنھوں نے آپ کو کالے کمرے میں ڈالا تھا ''بریک ڈاؤن'' کہتے ہیں۔

اس کے بعد آپ کے ذہن کے ٹیپ پر جو کچھ بھرا ہوا ہوا سے صاف کر دیا جاتا ہے۔ یہ دوسرا مرحلہ ہے۔ تیسرے مرحلے میں وہ آپ کے ذہن میں اپنی سوچ ڈالتے ہیں۔ آپ کے ذہن کا ٹیپ صاف ہو چکا ہے اور اب جو کچھ بھرا جا رہا ہے آپ اسے من وعن قبول کرتے ہیں۔ کیا ہونا چاہیئے، کیوں ہونا چاہیئے، آپ کے لئے وہی سچ اور آخری سچ ہے۔ اس میں آپ کا کوئی قصور نہیں ہے کیونکہ آپ نہیں جانتے کہ آپ کے ساتھ کیا ہو رہا ہے۔ دوسرے مرحلے میں بھی آپ نہیں جانتے کہ آپ کے ساتھ کیا ہوا کیونکہ اس وقت آپ باہوش تو ہوتے ہیں مگر باشعور نہیں ہوتے۔ صرف پہلے مرحلے ہی میں آپ کو معلوم ہوتا ہے کہ آپ کے ساتھ کیا سلوک ہونے والا ہے اور جان لڑا لے، اٹل ہو جانے، شکست دینے اور شکست نہ کھانے کا فیصلہ صرف اسی منزل پر ہوتا ہے بعد میں نہیں ـــ صرف سیاہ کمرہ جہاں جنگ کا پہلا حملہ ہوتا ہے تحفظ کی آخری پناہ ہے۔''

''آپ کے نزدیک بچاؤ کا طریقہ کیا ہے؟''

''سب سے پہلے آپ اپنے ذہن سے 'سیاہی' کا خوف نکالیں۔ اندھیرا آپ کے نزدیک مکروہ سہی، سیاہی آپ کو بری لگتی ہے۔ برائیوں، ماتموں اور غموں کا تصور سیاہ رنگ سے وابستہ ہے مگر اپنے ذہن کو ہر وہم اور تعصب سے پاک رکھ کر یہ سوچنا ہے کہ سیاہی روشنی کے نہ ہونے کا احساس ہے اور کچھ نہیں ہے اگر آپ یہ سوچ لیں کہ

یہاں روشنی ہے تو وہ کالا کمرہ آپ کے لئے کالا نہیں رہے گا۔ انسان کے تصور اور تخیّل میں بے انتہا وسعت اور توانائی ہے۔ آپ قیاس کر لیجئے کہ آپ کے لئے یہ کمرہ سفید ہے، سبز ہے یا زرد ہے۔ اس کے بعد آپ اس کے کمرے کو ذہن میں از سرِ نو تعمیر کیجئے اس طرح کہ وہ آپ کے ذہن سے نکل کر اصلیت بن جائے۔ سوچئے کہ اس کی دیواریں سفید ہیں۔ اس کی چھت سفید ہے۔ اس کے پردے سفید ہیں اور جب آپ آہستہ آہستہ آنکھیں کھول کر دیکھیں گے تو کالا کمرہ اتنا کالا نہ ہوگا۔ اس میں سفیدی کی جھلک ضرور ہوگی ـــــ

اس کے بعد آپ خود کو اس کمرے کے رنگ و روغن سے بالکل الگ کر لیجئے اور کچھ تعمیری باتیں سوچئے مثلاً جب آپ اس کمرے سے باہر نکل جائیں گے تو کیا کام کریں گے۔ کبھی ایک لمحے کے لئے بھی یہ خیال دل میں نہ لائیے کہ آپ اس کمرے سے کبھی باہر نہ نکل سکیں گے۔ آپ سوچئے کہ جب آپ باہر نکلیں گے تو کیا کیا کریں گے ـــ کام ڈھیروں ہوں گے اور وقت کم ہوگا۔ آپ اپنے کاموں کی فہرستیں بناتے جائیے اور اپنے ذہن کے ٹیپ میں بھرتے جائیے۔ ذہن کو ان فہرستوں سے کئی کئی مرتبہ بھریئے کہ ایک فہرست میٹ بھی جائے تو اندر سے اور فہرستیں نکل آئیں، پھر اور۔ پھر اور ـــــ

اس کے بعد اس بات پر غور کیجئے کہ اب جو وقت آپ کو ملا ہے۔ اس سفید، سبز یا زرد کمرے میں اس کو مستقبل کے منصوبوں کے ساتھ حال میں بھی کام میں لانا ہے۔ حال میں بھی آپ جو کچھ کر سکتے ہیں بہتر سے بہترین طریقے سے کرتے رہیئے۔ وہ لوگ آن کر دیکھیں گے کہ آپ آنکھیں بند کئے ہاتھوں پر سر لٹکائے بیٹھے ہیں۔ وہ سمجھیں گے آپ بس ٹوٹنے ہی والے ہیں، تڑاخ سے، جب کہ آپ اُس وقت ایک نہایت . . . . . نہایت ہی اور یجنل پینٹنگ بنا رہے ہوں۔ آنکھوں کے بند سنہری چوکھٹے پر بہترین موٹے قلم اور بہترین رنگوں کے ساتھ ایسی شاہکار تصویر جو آج تک کسی نے نہیں بنائی۔ اسے محنت سے بنایئے۔ خوب سوچ سمجھ کے اور غور کر کے ـــ یاد رکھئے۔ اتنا وقت، اتنی فراغت جس میں کوئی مخل نہ ہو

آپ کو پھر کبھی میسر نہیں آئے گی۔ ایک تصویر ختم ہو جائے تو اسے سنبھال کر ذہن کے ایک گوشے میں رکھ دیجئے اور دوسری شروع کر دیجئے۔ اسے بھی اتنی ہی احتیاط اور محنت سے بنایئے۔ جلدی نہ کیجئے۔ عُجلت کی ضرورت بھی نہیں، کسی طرف سے کوئی مداخلت نہیں، سوچیے، یہ کتنی بڑی نعمت ہے۔

اگر آپ کوئی نظم لکھنا چاہیں تو اس کے موضوع اور الفاظ پر غور کیجئے۔ ہر ہر مصرے کو پرکھیے۔ نہایت مناسب وقت ہے اور بے حد سکون کہ سوائے آپ کے کوئی اور آپ کے ساتھ نہیں ہے۔

یا پھر کوئی فلسفیانہ کتاب لکھ ڈالئے، خوب سوچ بچار کے اس کتاب کے باب تیار کرتے جایئے اور ذہن میں ایک طرف رکھتے جایئے۔ ان کو بار بار پڑھتے رہیئے تاکہ ذہن میں تازہ رہیں نظموں کو بھی دہراتے رہیئے، تصویروں کو بھی دیکھتے رہیئے مگر ان پر ہی قناعت نہ کیجئے۔ آگے بڑھتے رہیئے۔ کام کرتے رہیئے، اسی دلجمعی اور اسی اطمینان اور لگن کے ساتھ۔ جب تک کام کرتے رہیں گے کالا کمرہ کالا نہ ہوگا اور سارے جن، بھوت، چھل پائیاں، چھلاوے، ڈریکولا، شیر اور بھیڑیے آپ سے دور رہیں گے۔ آپ ٹوٹیں گے نہیں، جب کہ وہ سمجھیں گے کہ آپ ٹوٹ چکے ہیں۔

اس وقت وہ آپ کو کالے کمرے سے باہر نکالیں گے اور آپ کی ناز برداری کریں گے۔ وہ آپ کو بیش از بیش متاثر کرنے کی کوشش کریں گے، آپ کو اچھی اچھی چیزیں دکھائیں گے۔ آپ کو اچھے اچھے تحفے دیں گے اور آپ کے خیر خواہ اور دوست بننے کی کوشش کریں گے۔ یہ آپ کے ذہن کی دُھلائی کا مرحلہ ہوگا آپ یہی ظاہر کیجئے جیسے آپ ان کی باتوں سے اور ان کی دکھائی جانے والی چیزوں سے بہت متاثر ہو رہے ہیں آپ انہیں دھوکے میں رکھیئے۔

تیسرے مرحلے میں جب انہیں یقین ہو جائے گا کہ آپ ان ہی میں سے ہیں، وہ

اپنے سارے نقاب اُتار دیں گے، اپنے سب راز کھول دیں گے، اپنی تمام سفاکیاں عیاں کر دیں گے اور آپ کو اپنے ہی لوگوں کو سُولی چڑھانے کے کام پر لگائیں گے۔

اور یہ وقت ہوگا جب آپ انہیں آئینہ دکھا سکیں گے کہ وہ نہ آپ کے بہی خواہ تھے، نہ نیک تھے۔ ان کی نقابیں نوچ کر ان کے مکروہ چہرے دکھانے کی یہی گھڑی ہوگی۔ اس وقت وہ آپ کو دھوکا نہ دے سکیں گے اور دوسرے لوگ بھی آپ کی بات کا یقین کر لیں گے۔ وہ سب آپ کے طرفدار ہوں گے یہ ظالم لوگ اکیلے رہ جائیں گے اور کوئی ان کا ساتھی نہ ہوگا۔

اب آپ ان کو اپنی صفوں سے الگ کر دیں مگر ان کو کالے کمروں میں نہ ڈالیں۔ ان سے برابری کا سلوک کریں۔ ان کو چناؤ کا موقع دیں۔ انسان کے لئے دو راہوں میں سے کسی ایک پر اپنی مرضی سے چلنے کی خوشی بڑی خوشی ہوتی ہے۔ انہیں بند راہ پر جانے کا حق بھی دیں۔ ہوسکتا ہے وہ اپنی مرضی سے لوٹ کر کھلی راہ پر، آگے جانے والی راہ پر آئیں اور آپ کے احسان مند ہوں کہ آپ نے ان پر کوئی بھی راہ بند نہ کی۔ آپ کا نصب العین کالے کمرے نہیں کُھلی راہیں ہونی چاہئیں۔

" آپ نے یہ سب نہیں کیا؟" میں نے پوچھا۔

" نہیں ـــ پہلے ہی مرحلے میں ہم نے غلط فیصلہ کیا۔ ہم نے سوچا ٹوٹنا شکست ہے۔ مرنا پسپائی ہے ہم سب مرتے چلے گئے کہ ہمیں یہی راہِ فرار دکھائی دی۔ اس وقت تک ہمیں تحفظ کے اس طریقے کا علم نہ تھا ہاں یہ ضرور معلوم تھا کہ جس طرح آدمی کڑی سے کڑی مصیبت جھیل کر زندہ رہ سکتا ہے اسی طرح حیات کی رسّی ڈھیلی چھوڑ کر اپنی مرضی سے مر بھی سکتا ہے۔ ہم سب وہی اپنی مرضی سے مر جانے والے لوگ ہیں اور یہی وجہ ہے کہ اب ہم سب نے ایک قالب میں اٹھنے کا فیصلہ کیا ہے۔ یک جہتی، قد آوری اور تنومندی کی یہ کیفیت نہایت شاندار ہے مگر ہے پس از مرگ افسوس! ـــ"

"تو اب آپ کیا کرنا چاہتے ہیں؟"

"ہم لوگوں کو بتانا چاہتے ہیں کہ کالے کمرے سے زندہ سلامت نکل آنے کا کیا طریقہ ہے مگر ابھی کوئی ہماری بات سمجھ نہیں رہا ہے۔" قوی ہیکل سائے نے دُکھ سے اپنی گردن جھکالی۔ درختوں کے پتے ساکت ہو گئے۔ چمگادڑوں نے پھڑپھڑانا بند کر دیا۔ اس بے پناہ سناٹے میں میرے چہرے پر بوچھار سی ہوئی۔ خدا جانے بادل کا کوئی ٹکڑا اچانک برس پڑا یا وہ اس مردِ عظیم کے آنسو تھے---